嶋子奇談

樋野道流

white heart

講談社X文庫

目次

物紹介

●天本《あまもと》　森《しん》

二十八歳。デビュー作をいきなり三十万部売ったという、話題のミステリー作家。のみならず、種々の霊障《れいしょう》を祓《はら》う追儺師《ついなし》として、「組織」に所属。彫像のような額に該博《がいはく》な知識を潜《ひそ》め、時に虚無的《きょむてき》な台詞《せりふ》を吐《は》くこともあるが、素顔は温かく力強い。暑いベトナムからようやく自宅に戻り、エアコンを満喫していたのも束《つか》の間《ま》、海水浴に行きたがる敏生《としき》に絆《ほだ》され、炎暑《えんしょ》の丹後《たんご》半島へ。

●琴平敏生《ことひらとしき》

二十歳。蔦《つた》の精霊《せいれい》である母が、禁を犯《おか》して人とのあいだにもうけた少年。母の形見の水晶珠《すいしょうだま》を通じて、草木の精霊の守護と、古《いにしえ》の魔道士の加勢とを得、常人には捉《とら》え得《え》ぬものを見聞きする。「裏」の術者たる天本の助手として、「組織」に所属。エアコン漬けの天本を「更生《こうせい》」させるべく、海水浴に連れだした少年は、みごと、天本を、「夏にも強い追儺師」にすることができるのか!?

登場人物

●龍村泰彦《たつむらやすひこ》

天本森の高校時代からの親友。現在、兵庫県《ひょうごけん》の監察医《かんさつい》。奇抜極まる服装センスと、率直な物言いが最大の特徴の、まったく屈託のない大男……のはずなのだが。

●小一郎《こいちろう》

天本の使役《しえき》する要《かなめ》の「式《しき》」で、天本に従う式神《しきがみ》どもの束ねの役を負う。物言いは古風だが、妖魔《ようま》としては若い。通常、羊の人形に憑《よ》り、顕現の際に青年の姿をとる。

●早川知足《はやかわちたる》

「組織」のエージェント。本業は外国車メーカーの販売課長。天本と長年わたりあっているだけに、絶妙のタイミングをはかる才に長《た》けた、結構な食わせ者。

●本田《ほんだ》ハツエ

龍村泰彦の祖母。丹後半島の間人《たいざ》で民宿を営んでいたが、引退。潮と陽《ひ》に焼けた気丈《きじょう》な顔立ちの婦人だが、その目に、懸念《けねん》の翳《かげ》がよぎるのは何故《なぜ》か。

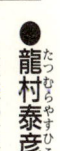

イラストレーション／あかま日砂紀《ひさき》

嶋子奇談《しまこきだん》

一章　色の違う空を見上げて

それは、七月の末の、ある暑い日のことだった。

天本森《あまもとしん》は、ここ数週間……いや、ここ数年、夏の間じゅうずっとそうであるように、自宅居間のソファーで、惰眠《だみん》を貪《むさぼ》っていた。

頭上の時計から鳩《はと》が飛び出し、嫌味《いやみ》なくらい元気に三回鳴いて引っ込む。その音で、森はギョッとして目を覚ました。

数日前、据《す》えられたばかりのその鳩時計の音に、まだ耳が慣れないらしい。心臓が寝起きとは思えないほど速く脈打っている。

それは敏生《としき》が雑誌の懸賞で当てた代物なのだが、森には目障《めざわ》りこのうえない。だが敏生に「鳩時計のある家が、僕の夢だったんです」と言われてしまっては、彼がいない隙《すき》に粗大ごみに出すような暴挙に出るわけにもいかないのだ。

低く呻《うめ》きながら窓の外を見た森は、カーテンから射《さ》し込《こ》む光の眩《まぶ》しさに、不機嫌《ふきげん》そうに目を細めた。

外が明るいから、今は午前ではなく、午後三時だ。

そんな当たり前の結論に達するだけで数十秒かかってしまうくらい、脳の働きがスローになっている。

森の夏バテが酷《ひど》いのは毎年のことだが、今年の夏は特に暑い。久しぶりに溜《た》まり溜まった家事と用事をこなした彼は、すっかり疲労困憊《こんぱい》してしまっていた。

それでも、頭のどこかでふと考える。

(もうすぐ、帰ってくるな……)

森は、気怠《けだる》げに手を伸ばし、ローテーブルの上にあったエアコンのリモコンを取り上げた。設定温度を、十八度から二十七度に上げ、またテーブルに戻す。

その一連のノロノロとした動作が終わるのを見計らっていたように、玄関のほうで、扉《とびら》の開く音がした。それに続いて、軽やかなスリッパの足音。

「ただいま帰りました!」

元気いっぱいの声でそう言いながら居間に入ってきたのは、この家の居候《いそうろう》であり、森の霊障解決業における弟子兼助手であり、そしてプライベートにおいては唯一無二のパートナーである、琴平《ことひら》敏生だった。

「寒っ。もう、天本さんは! 僕が半日出かけただけで、部屋こんなに冷やしちゃうんだから」

敏生はブツブツ文句を言いながらソファーに近づき、テーブルからリモコンを取り上げた。そして、設定温度を見るなり、優しい眉《まゆ》を逆立てて森を見た。

「……天本さん」

「何だ？　君の仰《おお》せのとおり、二十七度まで上げてあるぞ」

森は、明後日《あさって》のほうを向いてうそぶく。だが、敏生はリモコンを放《ほう》り出《だ》すと、わざわざ森と視線の合うところまで移動して、両手を腰に当てた。

「嘘《うそ》つき！　二十七度より全然寒いですよ、この部屋。僕が帰ってくる時間に合わせて、リモコンいじったでしょう。いくら僕がトロくたって、騙《だま》されませんからね」

森は答えなかったが、薄い唇《くちびる》に浮かんだ苦笑いが、何よりの肯定の証《あかし》である。敏生は、Tシャツの袖《そで》から伸びるすんなりした腕をいかにも寒そうにさすりながら、わざと怖い顔を作って、いつもの小言《こごと》を口にした。

「聞き飽きてるってわかってますけど、でも、あんまり冷房を効かせすぎたら、身体《からだ》に悪いですよ」

「……頭ではわかってるんだが、つい……」

歯切れ悪く言い訳して、森は怠《だる》そうに半身を起こした。寝乱れた髪を手櫛《てぐし》で直しつつ、健康そうに日焼けした敏生の顔をつくづくと見る。

「君は季節を問わず元気そうだな。美術館の展示は面白かったかい？」

敏生は大きく頷《うなず》く。

「はい。朝いちばんに行ったから、あんまり混んでなかったし。見たかった絵がゆっくり見られて、すごく楽しかったです」

「昼飯は食ってきたんだろう？」

「ええ。っていっても、ひとりだし、駅前の吉牛《よしぎゅう》で特盛食べてすませちゃいましたけど」

「この暑いのに、よくそんな脂っこいものが食えるな。まあ、絵を楽しんでこられたのならよかった」

「凄《すご》く綺麗《きれい》な絵ばっかりだったんですよ。あ、これお土産《みやげ》です」

敏生はバッグを探り、数枚の絵はがきを取り出して、森に手渡した。

「ロンドンのナショナル・ギャラリーから、いっぱい絵が来てたんです。僕がいちばん好きなのがこれ。ね、素敵でしょう」

森の隣《となり》に寄り添って座り、敏生はいちばん上になっているはがきを指さした。白人の少女が二人、花の咲き乱れる夕暮れの庭で、提灯《ちょうちん》を持って立っている。いかにもヨーロッパ上流階級の東洋趣味溢《あふ》れる、愛らしい作品である。柔らかい色彩に、森はきつい目を細めた。

「可愛《かわい》らしい絵だ」

「でしょう。ホントは、天本さんにも見せたかったな。っていうか、一緒に見たかったたです。絵の素晴らしさは、いつどこで、どんなふうに見ても変わらないんだけど、でもやっぱり、誰かと絵の感想を話し合いたくなるんですよね」

「すまないな。冬なら一緒に行ってやれたんだが」

「ですね。夏の天本さんに無理させるわけにはいきません」

敏生はクスクス笑い、森の眠そうな横顔を見た。

「天本さんは、僕が出かけてから何してたんですか？　朝……は食べてないでしょうけど、お昼は？」

「いや……」

「食べてないんですね。駄目《だめ》ですよ、ビスケット一枚でもいいから、口に入れないと。じゃあ、もしかしてずっとここでお昼寝してたんですか？」

「まさか。君は、俺をそこまで怠惰《たいだ》だと思っているのか？　心外だね」

森は皮肉っぽい口調でそう言って、右眉《みぎまゆ》を吊《つ》り上《あ》げた。

「君が出ていってすぐ、家じゅうに掃除機をかけて、洗濯機を回して、洗濯物を干して……」

森の指が、台所を指さす。

「帰ってくる君のために、三時のおやつまで作った。もう俺はクタクタだ」

「おやつ!?　天本さんが？」

「たまにはね。夏だからといって、あまり放《ほう》っておいては、君を拗《す》ねさせてしまいそうだから」

「拗ねたりなんか……でも、嬉《うれ》しいなあ。何、作ってくれたんですか？」

「それは見てのお楽しみだ。冷蔵庫から、出してきてくれないか？」

「はいっ。いい時間だし、僕、支度《したく》してきます」

敏生は驚くほど素早く席を立ち、台所に駆け込んでいく。ほどなく敏生は、盆の上にお茶の用意を調《ととの》えて戻ってきた。

大きな硝子《ガラス》のコップには、氷たっぷりの冷たい麦茶。そして、大皿には、森が数時間前に作って冷蔵庫に入れておいた、冷たい菓子。

大ぶりのリング形のそれは、上下二層に分かれていて、ベースの部分は卵色のムース、上半分は、透明《とうめい》なゼリーの中に、真っ赤な苺《いちご》が綺麗《きれい》に並んでいる。

「よく型から綺麗に外せたな」

「前に、天本さんがゼリーは一瞬お湯につけてから外せって言ってたから。上手《うま》くいったでしょう？」

「ああ、上出来だ」

森の言葉に、敏生はちょっと得意げに頷《うなず》いた。

「美味《おい》しそう。僕、切りますね」

敏生は、ニコニコしてケーキナイフを取り上げた。大きなゼリーを、迷わず二等分しそうな勢いである。森は呆《あき》れたように、それを制止した。

「ちょっと待て。せめて、六等分か八等分にしておけよ。当分、菓子を作るなんてことはしないだろうから」

「えー。……美味《おい》しそうだから、いっぱい食べたいのになあ」

不満げに口を尖《とが》らせながら、敏生はしぶしぶゼリーを八等分し、一切れずつ皿に取り分けた。

「残りは夜のデザートと、君の夜更《よふ》かしの友にすればいい。さて、冷たいうちに食べようか」

「はーい」

敏生は、さっそくスプーンを取り上げ、二層一度に口に放《ほう》り込《こ》んだ。レモンの酸味が利《き》いたゼリーと、甘酸《あまず》っぱい苺《いちご》を、ふんわりと卵とミルクの味がするムースが包み込む。

「美味しい。なんか、夏なのに春みたいな味がします」

「そうかもしれないな。スーパーに行ったら、季節外れの苺があったから、つい買ってしまった」

それを聞いた敏生は、思わず目を丸くした。

「スーパーにも行ったんですか⁉　凄《すご》い！」

「小一郎《こいちろう》を荷物持ちに、行ってきたよ。駅前の銀行に用事があったから、そのついでにね。……いくら何でも、夏の間ずっと君に、素麺《そうめん》で過ごせというわけにもいかないだろう。今日は、俺が夕飯を作るよ」

照れくさそうに言って、森は皿を取り上げた。自分で作った菓子の味を確かめ、満足げに頷《うなず》く。それから森は、思い出したように口を開いた。

「そういえば、君が出かけている間に、電話があった」

「え？　僕にですか？」

「まあ、そうだな」

「？」

スプーンの手は休めずに、敏生は目で疑問を投げかける。森は、面白くもなさそうな顔つきで、居間のほうを指さした。

「龍村《たつむら》さんからだ。とりあえず、話の内容は君向きのようだったから、電話してやるといい。携帯で捕まるだろう」

「龍村先生が、僕に？」

「ああ」

「何だろう……」

敏生は目で森の顔を窺《うかが》ったが、とても話の内容を教えてくれるような雰囲気ではない。

仕方なく、敏生は席を立ち、居間の電話の前に立った。

電話帳を見ながら、龍村の携帯電話の番号をプッシュする。どうやら手が空いていたらしく、二回目のコールで、いつものバリトンが耳に飛び込んできた。

『はい、龍村です』

「もしもし……ええと、琴平です。こんにちは。お仕事中にすみません」

監察医である龍村は、この時間、おそらくは監察医務室で執務中のはずである。敏生は謝ったが、龍村は屈託なく言った。

『ああ、琴平君か。お帰り。ちょうどよかった。今、解剖《かいぼう》が一段落したところなんだ。昼飯を兼ねた三時のおやつを食おうと思っていたところさ。で、天本から聞いてくれたかい？』

敏生はチラリと森のほうを見てから、申し訳なさそうに答えた。

「あのう、天本さんからは、龍村先生から僕にお電話があった、ってことしか聞いてないんですけど。すみません。あの、僕にご用事なんですよね？」

それを聞くなり、龍村は豪快に笑った。

『はっはっは。天本の心の狭さは相変わらずか。嬉《うれ》しくない話だから、自分から話すのは嫌《いや》なんだろう』

「ええっ。嬉しくないお話なんですか？」

『天本にはな。君には楽しい話だといいんだが。いや、実は、君を遊びに誘おうと』

「遊びに？」

敏生の目が、たちまち輝く。その背中を見、声を聞いている森の顔は、対照的に苦虫を嚙《か》み潰《つぶ》した状態になっていることを、敏生は知らない。

龍村は、陽気に言った。

『天本が夏バテで、君も大変だと思ってね。遊びにいくどころじゃないだろう』

「ええ、まあ。でも、遊びにって、こちらに来られるんですか？」

『いや、そうじゃない。君がこっちに来てくれたら、僕が連れていくさ』

「いったい、どこに連れてってくださるんですか？　海遊館《かいゆうかん》？　それとも……」

『海遊館は、天本とデートででも行きたまえ。僕が連れていこうと思っているのは、丹後《たんご》なんだ』

「タンゴ？　……まさか、僕と龍村先生が踊るんですか？」

思いきり勘違《かんちが》いしている敏生に、龍村はまるで子供に対する父親のような口調で説明した。

『そのタンゴじゃない。京都の北にある丹後半島だよ。そこに、僕の田舎《いなか》があるんだ』

「龍村先生って、京都の人だったんですか？」

『母方の祖父母は向こうの人間でね。その丹後半島の間人《たいざ》という小さな港町に、僕の祖母が今もひとりで住んでいるんだ』

「へえ……」

『その祖母から、本当に久しぶりに、遊びに来ないかと連絡をもらってね。この週末から一週間ほど、夏休みを祖母の家で過ごそうと思ってる。そこで、ひとりで行くのも退屈だし、君を誘ったわけだ。もちろん、天本にも声をかけたが……まあ、反応は君の想像どおりだな。どうだい、僕と一緒に出かけないか？　海水浴はもちろんできるし、釣りもできる。海産物も旨《うま》いぜ』

「うわあ、泳げるんですね！　釣りも……美味《おい》しいものいっぱいありそう」

『ああ。イカが絶品らしい。サザエもアワビも食べ放題だと、祖母が言っていたよ。どうだい？』

「行きたいです！　……あ、でも……えっと……」

大声でそう言った途端、背後から突き刺さった不穏な視線に、敏生はギクリとして口を噤《つぐ》んだ。恐る恐る、背後を振り返る。

長い脚をことさらゆったり組んでソファーに腰掛けた森は、仏頂面《ぶっちょうづら》で、いかにも皮肉っぽく、左手をヒラヒラさせた。

「行きたいなら行けばいい。俺のことなんか、気にするな」

言葉とは裏腹に、「一瞬でも俺のことを忘れて遊びにいこうとしたのは面白くない」とその涼しい顔いっぱいにでかでかと書いてある。

「気にするなって言われても……」

敏生は受話器を耳に当てたまま、途方に暮れて眉《まゆ》をハの字にした。

『何だ、天本がごねてるのかい？』

「はあ……ごねてるっていうか、何ていうか。……ねえ、天本さんってば」

縋《すが》るような敏生の視線に、森はふいと目を逸《そ》らす。

「俺は行かないぞ」

「そんなあ」

「龍村さんなら、君ひとりでも平気だろう。アトリエとカルチャーセンターのほうさえ都合がつくようなら、行ってくればいい」

敏生は電話の前にかけられたカレンダーを見上げ、しばらく考え、森のほうを向いてかぶりを振った。

「カルチャーセンターは今週いっぱいで夏休みに入っちゃうし、アトリエも今大きな仕事とかないから、お休みもらえると思いますけど……でも、ひとりで行くのは嫌《いや》ですよう」

「何を子供みたいなことを言ってる。前に家出して、ひとりで神戸《こうべ》まで行ったじゃないか」

「そういうことを言ってるんじゃないです！　もう、すぐに僕のこと、子供扱いするんだから。行くだけだったら、日本の端っこまでだってひとりで行けますってば」

「だったら……」

「何言ってるんですか。僕が、天本さんを置いてひとりで出かけて、楽しく過ごせるわけないでしょう」

もう、変なところで子供みたいなんだから、と心の中でぼやきつつ、敏生は語気を強めて宣言した。

「天本さんが行かないなら、僕も行きません！　……本当は、凄《すご》く行きたいけど」

最後の一言が、最強の殺し文句である。

二人のやりとりを聞いていた龍村は、思わず肩を震わせて笑った。無言で携帯電話を耳に押し当て、くつくつと笑う龍村を見て、事務員が訝《いぶか》しげな視線を投げかける。それに気づいてはいたのだが、笑いを堪《こら》えることが、龍村にはできなかった。実際は見ていないのに、二人の様子が目に浮かぶようで、おかしくて仕方がないのである。

「……だから、行きたいなら我慢《がまん》せずに行ってこいと……」

「駄目《だめ》です。僕がいたって、天本さんはご飯食べずに寝てばっかりいるんだから。ちゃんと僕が見張ってないと、それこそ本当に冬眠中の熊《くま》みたいに、ここで部屋を冷やして寝てばっかりいるでしょう」

図星である。森はばつの悪そうな顔で、しかし平静を装《よそお》い、反論を試みた。

「君がいないならいないで、ちゃんとやるさ。そんなに心配なら、小一郎を置いていけばいい」

「駄目《だめ》ですよ。小一郎は、天本さんのこと怒れないんだから。いいです、僕、やっぱり行きません。凄《すご》く、すごおおおく、行きたいですけど！　あああ、残念だなあ。今年も僕、泳ぎに行けないんだー」

もはや、殺し文句を通り越して、脅迫である。敏生は受話器を耳に当てたまま、彼にしてはいかつく足を踏ん張り、森を睨《にら》みつけた。森も、不機嫌《ふきげん》な顔つきで敏生を睨み返す。天本家のほうから何も聞こえてこなくなったので、龍村はタイミングを見計らって声をかけた。

『琴平君？　どうだ、話はまとまったかい？』

「……まとまったとも」

しかし聞こえてきたのは、期待していた敏生の声ではなく、不機嫌を寄せて固めたような森の低い声だった。どうやら、敏生から受話器を取り上げたらしい。

「そういうわけだから、お言葉に甘えて、喜んで二人で行かせてもらう」

『……言葉と裏腹に、全然喜んでない声だぞ、お前』

龍村の笑いを含んだ声に、森は腹立ちを隠さない口調でツケツケと言い返す。

「この暑い中、関西《かんさい》くんだりまで出かけなくてはならないんだぞ。しかも仕事ではなく、純粋な遊びにだ。喜べるものか！」

『だったら、琴平君だけこっちによこせばいいじゃないか。お前はその間、家でのうのうとペンギンライフを送れるぜ？』

「敏生が、俺と一緒でないと行きたくないと言い張るんだ！」

『ほほう。今度はのろけか。そこまで琴平君に愛されているとは、結構なことだな』

電話の向こうで、森がぐっと言葉に詰まる気配がする。龍村は、思わず笑いだしてしまった。

『はははは、冗談《じょうだん》だ。お前も来てくれるなら、僕だって嬉《うれ》しいさ。祖母も、客が多いほうが、もてなし甲斐《がい》があるだろう。……では、前日にでも、また電話するよ。待ち合わせ場所と時間を決めよう』

「……わかった」

からかわれて目元を僅《わず》かに赤らめた森は、それだけ言って、受話器を叩《たた》きつけるように置いた。そのすぐ脇《わき》から、敏生が心配そうに森の顔を覗《のぞ》き込《こ》む。

「天本さん？　……怒ってるんですか、顔赤いですけど」

「怒ってはいないさ。面倒なことになったとは思っているがね」

森は、何とか表情を取り繕う時間を稼ごうと顔を明後日《あさって》の方向に向けたが、変なところでしつこい敏生は、身軽に森の正面に回り込んだ。

「天本さんってば。ちゃんと僕のほう見て、答えてください。ホントにいいんですね？」

「いいと言ってるだろう」

「だったら、今みたいな不機嫌《ふきげん》な顔で出かけちゃ嫌《いや》ですよ？　龍村先生のお祖母《ばあ》さんは、天本さんが夏に弱いなんて知らないんですからね」

「わかってる」

「絶対ですよ！　そうじゃなくても、天本さん、初対面の人には愛想悪いんだから」

これでは、どちらが年長者かわかったものではない。辟易《へきえき》した森は、わかったわかったと言いつつ、敏生に背を向け、居間から出ていってしまった。そのまま、自分の部屋に退散するつもりらしく、階段を上がっていく力ない足音が聞こえる。

「もう、天本さんってば……」

敏生は困り果てて、しばらくその場に立ち尽くしていたが、やがてどすんとソファーに腰を下ろした。クーラーのスイッチを切り、食べかけだったゼリーの皿を取り上げる。あっという間に自分の分を平らげてしまい、森の皿にまで手を伸ばしつつ、敏生はひとりごちた。

「無理やり、天本さんも一緒に行ってもらうことにしちゃったけど……。大丈夫《だいじょうぶ》かなあ。でも、天本さんだって、たまには外に出たほうがいいし。それに、潮風に当たるだけでも身体《からだ》にいいよね！」

自分に言い聞かせるようにそう言った敏生の目前に、ドロンと音がしそうなほど唐突に、ひとりの青年が現れた。言うまでもなく、森の式神《しきがみ》の小一郎である。

「あ、小一郎」

細身のジーンズに身体《からだ》にピッタリしたVネックのTシャツを着た式神は、無言で敏生の手から皿を引ったくった。スプーンなど使わず、犬のように、ゼリーをペロリと平らげてしまう。

「あー。僕が食べちゃおうと思ってたのに、天本さんの残したやつ」

「やかましいわ。黙って聞いておれば、お弱りになっておられる主殿《あるじどの》に、つまらぬ我《わ》が儘《まま》を通しおって」

「だってさあ」

敏生は、ちょっと後ろめたそうな様子で、小一郎の険しい顔を上目遣《うわめづか》いに見た。

「何が、だって、だ」

「だって、天本さんだって、夏じゅう家の中に閉じこもってたら身体にいいわけないじゃないか。この辺は暑すぎるから駄目《だめ》でも、海辺だから、きっと夜は涼しいよ」

「屁理屈《へりくつ》をこねるでない」

「屁理屈じゃないってば。天本さんだって、こんな氷みたいな部屋で寝てばかりいるより、少しでも外に出たほうがいいと思うんだ。小一郎もそう思わない？」

小一郎は空の皿を持ったまましばらく考え、そして曖昧《あいまい》に首を捻《ひね》った。

「まあ、そうなのだろうな。町行く人間どもは、主殿《あるじどの》より遥《はる》かに元気そうに歩いておった。主殿が、あ奴《やつ》らより虚弱であられるはずがない」

「そうでしょう？　天本さんだって、頑張《がんば》って出歩けば、もっと元気になると思うんだよね。海だったら……まあ、泳ぐのはきっと無理だけど、日が暮れて涼しくなってから散歩したり、花火したりしてさ」

「花火？　何だそれは」

敏生の迂闊《うかつ》な一言が、式神《しきがみ》の好奇心に火をつけたらしい。小一郎は、皿をテーブルに置き、敏生の顔を正面から見据《みす》えた。

「花火っていうのは、ええと……火薬、だよ。火をつけたら綺麗《きれい》なんだ」

当たり前に使っている言葉をいざ説明しろと言われると、人間、往々にしてボキャブラリーが貧困になってしまうものである。敏生は、しどろもどろにやっとそれだけ言った。

予想どおり、小一郎は眦《まなじり》を吊《つ》り上《あ》げる。

「待て。火薬に火をつければ、爆発するのではないのか。そもそも、それは爆弾とか申すものではないのか？」

「爆弾と花火は、全然違うよう」

いつもの如《ごと》く、事態がややこしい方向へ向かいつつあることを感じながら、敏生はそれでも必死で小一郎を納得させようとした。

「爆弾は爆発するけど、花火は火が出るだけなんだ」

「火が出るということは、燃えておるのではないか」

「そりゃ……火薬なんだから、燃えるよ」

「では、やはり危険であろうが。お前は何故《なにゆえ》、主殿《あるじどの》にそのような危険物を持たせようとしておるのだ！」

「き、危険物……」

あまりの言われように、敏生は思わず絶句する。その隙《すき》に、小一郎は勢いよくまくし立てた。

「だいたい、いつもながらお前の説明は要領を得ぬにもほどがある。花火と申すもの、いったいどのような形状をしておるのか、そこから言わぬか」

「形状……って言われても。ええと……」

「姿形もわからぬ火薬を、お前は容易に娯楽に使用しておるのか！」

「ああ、そうじゃなくて。ええと、花火にもいろいろあるんだよ。普通のはね、木の棒とか紙の棒とかに、火薬がくっつけてあるの。で、端っこに火をつけたら、こう、綺麗《きれい》な火花がパチパチって」

「火花！」

「あああ、ちょっと待って！　小一郎が想像してるのとちょっと違う。最後まで聞いて。その火花が、花みたいだったり星みたいだったりして、色つきのやつとかもあったりして、ホント綺麗《きれい》なんだよ」

「ふむ？　その火花とやら、俺には関係ないが、人間にも熱くない代物なのか？」

「え……いや、当たったらちょっと熱い」

「……うつけ……お前」

　小一郎の形相がますます険悪になっていくのを見て、敏生は大慌《おおあわ》てで両手を振った。

「天本さんに火傷《やけど》させたいわけじゃないってば。それだけじゃなくてね。いろんな花火があるんだ。こう、火をつけたら、火花を噴きながら凄《すご》い勢いで回転する吊《つ》り下《さ》げ花火とか、火花が出終わったら鳥かごになってたり、塔になってたりする細工花火とか。音だけ凄いロケット花火とか、ちっちゃなパラシュートがいくつも落ちてくるやつとかさ」

「……よくわからぬが。その塔やら鳥かごやらを作ることが、その花火の目的なのか？」

「目的とかじゃなくて、終わった後、そんなのができてたら、ビックリして嬉《うれ》しいじゃないか」

「ふむ。実際その鳥かごの中で鳥が飼育できるのであれば、有用ではあるな」

「ほ……本物の鳥を飼うのは絶対無理だと……思うな。紙の鳥が最初から入ってるし」

「では、そのようなもの、何の役にも立たぬではないか。役に立たぬものを、人間は喜ぶのか？」

「う……えと、喜ぶ人も、喜ばない人もいる……かも」

「相変わらずよくわからぬぞ、お前の言いようは」

「んー」

困った顔で天井《てんじょう》を仰いだ敏生は、ポンと手を打った。

「そうだ、どうせ小一郎も一緒に行くでしょ、龍村先生の田舎《いなか》」

小一郎は、偉そうに腕組みして、ソファーにふんぞり返る。

「当然だ。俺は、主殿《あるじどの》をお守りし、お前を監視するのが仕事だからな」

「酷《ひど》いなあ。僕を子供扱いするのまで、天本さんの真似《まね》しなくていいのに」

敏生は口を尖《とが》らせつつも、だったら、と言った。

「向こうで僕、絶対花火買うから。そしたら一緒にしようよ。ね。『百聞は一見に如《し》かず』って言うでしょ？」

「なるほど。お前にしては、難しい言葉を知っておるではないか」

「でしょ。こっちに来てから、天本さんがさんざんややこしい言葉使うの聞いてるからね！　それはともかく、約束だよ？　絶対一緒に花火しようね、みんなで」

敏生はやや語調を強め、右手の小指を立てて小一郎のほうへ差し出した。式神《しきがみ》は、狼《おおかみ》のような鋭い目を訝《いぶか》しげに細める。

「みんなで……と申すと、龍村どのや主殿《あるじどの》と同じ場で俺にその……何だ、花火とやらを使えと言うのか」

「そうだよ。だって、危険なものなら、天本さんに持たせられないんでしょ？　だったら、先に小一郎が試さなきゃ」

「なるほど。一理あるな」

本心を言えば、さっきから花火に興味津々《きょうみしんしん》の小一郎である。その目からは、ぜひ一度試してみたいという気持ちが簡単に読みとれた。しかし意固地に表情を厳しくしたまま、小一郎は敏生の手……小指を凝視した。

「それはよいが、お前は何を奇天烈《きてれつ》な手つきをしておるのだ。それは、何かの印《いん》か？」

真面目《まじめ》くさった顔で問われて、敏生は笑いながらも、律儀《りちぎ》に新たな説明に取りかかる。

「印じゃないよう。約束、って言ってるの。約束するときは、指切りするんだよ」

それを聞いて、いったん身を乗り出した小一郎は、ギョッとしたように背もたれに背中を押しつけた。

「に……人間の指は、我ら妖魔《ようま》のように、容易に再生したりはせぬのではないのか？」

「再生って……うん、しないけど？」

「な、ならば、花火をすると誓うくらいのことでいちいち指を切り落としていては、お前の指などあっという間にすべてなくなってしまうではないか！」

「……は？」

敏生は小一郎の驚愕《きょうがく》の意味がわからず、キョトンと大きな目を瞬《まばた》く。

「どうしたの、小一郎？」

「何がどうしただ、この馬鹿者《ばかもの》！　そのようなつまらぬ約束事で、『指切り』などするなと言うておるのだ。もっと重要な約束のときに、その指、とっておけ！」

小一郎は、真剣な顔で敏生を諭《さと》し、立てた小指をしまわせようとする。ポカンとしていた敏生は、小一郎の勘違《かんちが》いに気づくなり、今度こそ盛大に吹き出した。

「あっはっはっはっは！　小一郎ってば、やだなあ。指切りっていうのは、ホントに指をちょん切ることじゃないよう。そんな痛いこと、僕だって嫌《いや》だってば」

今度は、小一郎が呆《ほう》ける番である。表情も動きも凍りついてしまった小一郎の右手を、敏生はそっと左手で取った。そして、自分と同じように小指を立てさせ、それに自分の細い小指を絡《から》ませ、軽く上下に振る。

「指切りってのは、こうしてね、それから歌を歌うんだよ。指切りげーんまーん、嘘《うそ》ついたら針千本呑《の》ーます」

「は……針千本だと！　そんなものを呑んで大丈夫《だいじょうぶ》なのか⁉」

「いや……だからそれも言葉のあやだってば。約束を破ったら、それくらい酷《ひど》い目《め》に遭《あ》わせるよっていう脅《おど》しみたいなもの。でね、締めくくりにこうするの。指切ったー！」

最後に節を付けてそう言って、敏生は勢いよく絡《から》めた指を振りほどいた。小一郎は、解放された小指を自分の顔の前に持ってきて、しげしげと見る。

「……小指など切れておらぬぞ。お前の仕事は、いつも詰めが甘いな」

「違うってのに……。さっきので、『指切った』ことになるの。本当に切るんじゃない、ってのはそういうこと」

「何だ、そういうことか。人間の言葉というのはよくわからぬな。それも、古来よりの伝統なのか?」

「たぶん」

「むう……。では、人間の約束の儀式、ひいては契約の一種なのだな、さっきの一連の動作は」

「た、たぶん、ね」

あくまでも生真面目《きまじめ》な小一郎に、敏生は躊躇《ためら》いつつも頷《うなず》く。小一郎は、そんな敏生にキッパリと言い放った。

「半ば強制的ではあったが、俺は確かにお前と『約束』した。契約は守られねばならぬ。俺は必ずや、お前と花火を試すであろう。お前こそ、誓いを違《たが》えるな。よいか」

「う、うん」

「よし。では、俺は所用あって出かける」

そう言うが早いか、目の前の青年の姿が掻《か》き消《き》える。敏生はまだ「指切り」の手のままで、はああ、と深い溜《た》め息《いき》をついた。

「小一郎が相手だと、どうして花火がそんな大事《おおごと》になっちゃうかなあ……」

＊　＊

それから四日後の土曜日、午後四時。

森《しん》と敏生《としき》は、新神戸《しんこうべ》オリエンタルホテル内の喫茶店にいた。龍村《たつむら》の仕事が終わるのを待ち、その足で彼の祖母宅に向かうことにしたのだが、監察医という業務の性質上、何時に上がれるかがハッキリしない。

そこで、龍村は二人に、その店でお茶でも飲みながら待っているようにと指示したのである。そのホテルは、二人が新幹線を降りたＪＲ新神戸駅に直結しているので、暑い屋外に出ずに移動することができる。龍村なりの、森への気遣《きづか》いなのだろう。

「龍村先生、まだですかねえ」

二つ目のケーキを平らげ、二杯目のカフェオレを飲みながら、敏生は人待ち顔で入り口のほうを見た。ガムシロップ三個を投入したアイスコーヒーを飲みながら持参の文庫本を読んでいる森は、ページから目も上げず、おざなりに答えを返す。

「そのうち来るさ」

「三十分前も、十五分前も、天本《あまもと》さんはそう言いました」

敏生は丸みを帯びた頰《ほお》をハムスターのように膨《ふく》らませて不服そうに言った。だが森は、やはり上の空で、

「そうだったかな」と呟《つぶや》くだけである。

実際彼らは、もう一時間近くそこにいた。龍村は、三時頃には同僚に仕事を任せて大学を出られそうだと言っていたのだが、おそらくは急な解剖《かいぼう》でも入ったのだろう。まだ敏生の携帯電話に、龍村からの連絡は入っていない。

自宅から神戸までの移動だけで疲れてしまったらしい森は、どちらかといえば冷房の効いた店内でゆったりと座っていられることを歓迎している様子だが、元気いっぱいの敏生のほうは、ただ待っているだけの時間に退屈しきっていた。

「ねえ、天本さん。何読んでるんですか？」

「『眠れる美女』だよ」

森は、眼鏡を押し上げながら答える。ほんの少し目が悪いらしい森は、読書や執筆のときだけ、眼鏡をかけるのだ。

そのせいか、いつもと少し雰囲気の違う森の顔を、下から覗《のぞ》き込《こ》むようにして、敏生は訊《たず》ねた。

「それ、面白いですか？」

「……ああ」

森は、読書を邪魔《じゃま》されたくないらしく、ぶっきらぼうに答える。だが待つことに飽きった敏生は、森の仏頂面《ぶっちょうづら》にもめげず、質問を続けた。

「それって、悪い魔法使いに眠らされたお姫様が、王子様のキスで目覚めるっていうあれですか？」

「……それは『眠れる森の美女』だろう。何だって俺がこの歳《とし》になって、そんな童話を読まなくてはならないんだ」

あまりのことに、さすがの森も、本から顔を上げ、敏生の顔を見る。

「あれ？　違うんですか？」

「違うよ。俺が読んでいる話の中では、眠っているのは西洋のお姫様ではなく着物姿の娘だし、キスするのも王子様ではなく、年老いた男だ」

「それ……ホントに面白いんですか？」

「君がどう思うかはわからないが、俺には面白いね。ちなみに、作者は川端康成《かわばたやすなり》だ。名前くらいは知っているだろう」

「えっと……川端康成っていうと、教科書にあった、カブトムシみたいな顔の人！」

どうやら敏生は、作家を小説ではなく、その顔をマンガのようにデフォルメして記憶しているらしい。森は、苦笑いで頷《うなず》いた。

「そう言われては、元美少年も形なしだな」

「あの人、美少年だったんですか？」

「俺も会ったわけじゃないから断言はできないが、そういう話だよ」

「ふーん。天本さんって物知りですねえ」

敏生はいかにも感心したようにそう言って、テーブルに頬杖《ほおづえ》をついた。その「退屈！」とでかでかと書かれている幼い顔を見ながら、森は右眉《みぎまゆ》を軽く上げた。

「君がものを知らなさすぎるんだよ。旅に出るときは、こういう場合を考えて、本の一冊くらい、荷物に入れてくるものだ」

敏生は、恥ずかしそうに笑って言い訳した。

「だって、荷物は少なくまとめようと思ったから」

「嘘《うそ》をつけ。そうでなくても、君はあまり読書癖《へき》がないだろう。それでは、知識がなかなか増えないぞ」

「……はーい」

あまり真剣さの感じられない敏生の返事に、森は嘆息しながらも読みかけの本をテーブルに伏せた。そして、鞄《かばん》の中から、もう一冊の本を取り出し、敏生に差し出した。

「これは？」

「ガイドブックだよ。これから行く土地のことくらい、勉強しておけ」

「天本さんは、勉強好きだなあ」

「どこへ行っても、それが将来、何かの弾《はず》みで小説の舞台に使えるかもしれないだろう？　頭の引き出しに溜《た》め込《こ》む情報は、多いに越したことはないさ」

「あ、そっか。僕が、どこへ行くにもスケッチブックを持っていくのと同じですね」

「そういうことだ」

「じゃあ、ちょっとお借りします」

敏生は森から本を受け取り、付箋《ふせん》のついたページを開いてみた。そこに描《か》かれているのは、丹後《たんご》半島の地図である。

日本海側に丸く飛び出した半島の海岸線はギザギザと細かい切れ込みが入っており、いかにも景勝地《けいしょうち》が多そうだった。

「へえ、丹後半島って、観光名所が多いんですね。あ、天橋立《あまのはしだて》ってこんなところにあるんだ。僕、一度行ってみたくて。寄れるかなあ」

「今日は無理だろう。ここから目的地まで、最短距離を通っても、四時間はかかると思うぞ。夕方だし、道路も混んでいれば、もっとかかるかもしれない」

「あ、そっか……。残念。でも帰り道に寄るか、日帰りで行けるかもしれませんよね。ホラ、あの『股覗《またのぞ》き』っての、いっぺんやってみたいんです。面白そうだと思って。天本さん、やったことあります？」

敏生にガイドブックを与えておけば、ゆっくり読書を再開できると思っていた森だが、どうやらその読みは甘かったらしい。敏生は、ガイドブックの地図を開いて森の鼻先に突きつけ、弾《はず》んだ口調で話しかけた。

（やれやれ……）

森は、心の中で嘆息しつつ、川端康成にしばしの別れを告げ、せっかく開いた本にしおりを挟《はさ》み、再び閉じた。

「俺がそんなことをするように見えるか？　天橋立に行ったことすらないよ。綺麗《きれい》な眺《なが》めだとは聞いたことがあるが」

「じゃあ、もし時間が空いたら、龍村先生に連れてってもらいましょうね！　あ、ホラ。次のページに、天橋立の名物が載ってますよ。『智恵《ちえ》の餅《もち》』ですって。ちょっと赤福《あかふく》みたいなのかな。食べたら賢くなりそうな名前。食べてみたいなあ」

「やれやれ、君は本当に、花より団子だな。だが、どうせなら天橋立じゃなく、目的地の観光案内を読んだらどうだ」

「あ、そっか」

敏生はちょっと恥ずかしそうに笑って、再び地図にページを戻した。

「えっと、僕たちが行くとこって、丹後半島にあるんですよね。ええと、『たいざ』って龍村先生、言っておられましたっけ……。あれ？　どこだろう。それっぽい地名、ないけどなあ。どんな字書くのかな」

　地図をうんと顔に近づけ、敏生は首を捻《ひね》る。森は、笑いながら助け船を出してやった。

「そうか、電話で聞いただけだものな。『たいざ』は、『間人』と書くんだ」

「間人《たいざ》？　人間の逆さま？　変なの。あ、でもありました。ここですね、間人。丹後町にあるんだ。町の中にある……ってことは、村、でもないか、集落の名前なんですね」

　敏生は、ようやく探し当てた海岸線のところの一点を指さす。確かにそこには、「間人」と小さく書かれていた。

「『間人』の地名は、聖徳太子《しょうとくたいし》の生母、穴穂部間人皇后《あなほべのはしひとのこうごう》に由来しているんだよ」

　森は、ペーパーナプキンを一枚取り、テーブルに広げると、ボールペンで「穴穂部間人皇后」と書き付け、敏生に見せた。それをしげしげと見て、敏生はまた小首を傾《かし》げる。

「でも、この人の名前の『間人』は、『はしひと』でしょう。どうしてそれが、地名になったら『たいざ』になっちゃうんですか？」

　君にしては冴《さ》えた質問だな、と顔をほころばせ、森は淀《よど》みない口調で説明した。

「間人皇后は、大和《やまと》政権の蘇我《そが》氏と物部《もののべ》氏との争乱を避けるために、今の間人の地に身を寄せた。争いが治まってこの地を去る際、皇后は自らの名をその地に贈ったが、住民たちは『皇后の名を呼び捨てにすることはできない』と、皇后の退座にちなんで、『間人』

の地名に、『たいざ』の音を当てたと言われている」

「へえ……。凄《すご》いや。天本さんって、物知りですね」

「本の受け売りだよ」

森は小さく肩を竦《すく》める。敏生は、なおも感心しきりの顔つきで地図を眺《なが》めていたが、やがてまた森に訊《たず》ねた。

「だけど、どうしてその……ええと、間人皇后《はしひとのこうごう》は、間人《たいざ》へわざわざ来たんですか？　まさか、避難ついでに海水浴とかじゃないですよね？」

「まさか、そんなことはないだろうが、理由までは俺にはわからないよ。ただ、間人を流れる竹野川《たけのがわ》沿いには、たくさんの遺跡があるそうだ。丹後地方の豪族《ごうぞく》たちが、競って墓を築きたがるほど、美しい土地だったんだろうな。政界の人々の醜い争いに疲れた皇后が、そんな土地で心と身体《からだ》を休めたいと思ったのかもしれない」

「なるほど……」

敏生は再びガイドブックに視線を落とした。そして、たちまち顔を輝かせる。

「あ、このあたりって、蟹《かに》で有名なんですね！」

「……季節が違うよ、敏生。蟹は冬に獲《と》れるものだ」

「ええっ。じゃあ、蟹食べられないんですか？」

「冷凍ものならあるかもしれないが、シーズンでないことは確かだな」

「そうなんだ……。ちぇ……」

「そうがっかりするな。海辺だから、その季節ごとに美味《おい》しいものがあるさ」

あからさまにガックリ肩を落とした敏生に、森が思わず苦笑いしたそのとき、視界の端を、白い大きな人影が横切った。森はいかにも鬱陶《うっとう》しそうに眉《まゆ》を顰《ひそ》める。

「……ああ、来たようだ」

「え？　わ、今日も凄《すご》い服」

敏生は、喫茶店の入り口から彼らのテーブルに向かって足早に歩いてくる龍村の巨体に気づき、クスリと笑った。

「やあ、天本、琴平《ことひら》君。遅くなってすまなかった。長く待ったかい？」

白の上下に眩《まぶ》しいイエローのシャツ、ご丁寧にパナマ帽まで被《かぶ》った龍村は、手を振りながらやってきて、敏生の隣《となり》に勢いよく腰掛けた。

「一時間ほど。だが、俺にはいい休憩になったよ。敏生は腐《くさ》りきっていたがな」

「こんにちは、龍村先生。お約束どおり、二人で来ましたよ」

「おう、よく夏場の天本を連れ出せたな、琴平君。さすが愛の力だ」

「馬鹿《ばか》を言うな。敏生がどうしてもと駄々《だだ》をこねるから、来ただけだ。それより、あんたも何か飲むだろう？」

森はそう言って、手振りでウエートレスを呼ぼうとしたが、龍村はそれを素早く制止した。

「いや、お前たちさえよければ、さっそく出発しよう。祖母が、夕食を用意して待つと言っていたから、できるだけ早く到着してやりたい」

「わかった。……いいな、敏生」

「はいっ」

問われるまでもなく、敏生は勢いよく立ち上がった。暇《ひま》を持て余していた敏生にとっては、龍村の提案は、何より歓迎すべきものだったのだ。

「龍村先生、仕事でお疲れでしょう？　僕、運転しましょうか？」

喫茶店を出て、駐車場に向かって歩きながら、敏生はそんなことを言い出した。それまで笑顔だった龍村の四角い顔が、微妙に引きつる。

「ああ？　そ、そうか。琴平君、自動車の免許を取ったんだったな」

敏生は得意げに頷《うなず》く。

「はいっ。小さいけど、自分の車だって持ってるんですよ！　駅前までなら、買い物に行くし。もちろん、運転するのは僕で、天本さんが助手席なんです」

「ほ……ほほ……う」

「だから、僕、運転大丈夫《だいじょうぶ》ですよ！　ね、天本さん」

「あ……ああ」

森は、片手を軽く口元に当て、巧みに表情を隠しつつ、曖昧《あいまい》に頷《うなず》く。龍村は、そんな森の顔つきと敏生の笑顔を交互に見て、米酢を飲まされたような表情で咳払《せきばら》いした。

「し、しかしな、琴平君。気持ちは嬉《うれ》しいんだが、君、まだ初心者だろう？　僕の車にはあいにく、若葉マークを積んでいなくてね」

つまり、体《てい》のいい断りの文句であったわけだが、敏生はにこにこ顔で、大丈夫《だいじょうぶ》ですよ、と言った。

「そうだろうと思って、僕、ちゃんと自分の車から剝《は》がしてきましたから！」

「うっ……。そ、そうか……準備のいいことだ……な」

「はいっ」

龍村の視界の端で、森の肩が小さく震える。声を立てずに笑っている親友を恨《うら》めしげに睨《にら》み、龍村はもっともらしい口調で敏生に言った。

「ま、しかしだな、琴平君。心配してもらって悪いが、今のところ僕は元気いっぱいだ。大丈夫、運転できるよ」

「でも……。遠慮しないでください。ちゃんと安全運転しますから」

「いや、それはわかってるんだが……」

敏生はあくまでも大真面目《おおまじめ》な顔で言い募る。鳶色《とびいろ》の大きな目で見上げられては、とても「君の運転では、危なっかしくて任せられない」などと正直に宣告することなど、龍村にはできそうにない。仕方なく、龍村は、無理やり笑みを浮かべて言った。

「やはり、知らない道を暗くなってから走るのは危険だからね。少なくとも、行きは僕に任せてくれ。君の運転の腕は、また後日見せてもらうことにするよ」

「ホントですか！」

敏生の顔が、パッと輝く。どうやら、よほど龍村の車を運転してみたかった……というか、龍村に、自分の運転の腕を見せたかったらしい。

（また後日……というのは、一年先か二年先くらいに設定したいものだがな）

そんな気持ちはかけらも顔に出さず、龍村は大きく頷《うなず》いた。

「うむ。まあ、そういうことだから、今日のところは僕が運転手、君には……そうだな、助手席で、僕が居眠りしないように、話し相手を頼もうか」

「わかりましたっ。じゃあ、天本さんは、後ろの席で居眠りするのがお仕事ですね」

「……何とも不名誉な仕事をもらったものだな」

器用に笑いを引っ込めて、森は不機嫌《ふきげん》を装《よそお》い、敏生を軽く睨《にら》む。敏生は、えへへと笑って、亀《かめ》のように首を竦《すく》めた。

そんなわけで、一行は龍村のＢＭＷのそれぞれの席に座り、丹後半島に向けて出発した。

中国《ちゅうごく》自動車道から舞鶴《まいづる》自動車道に入り、福知山《ふくちやま》インターで降りる。しばらく国道九号線を走ってから、国道一七六号線に入り、やがて、国道三一二号線、国道四八二号線と徐々に番号も道幅も心細くなっていく道路を、ただひたすらに北上するのだ。

龍村は快調に、しかし安全運転で車を走らせ続け、敏生はカーナビや地図を見比べたり、約束どおり龍村と他愛《たわい》ない話に興じたりした。

出発前、「居眠りが仕事」と言われてムッとしていた森はといえば、出発してほどなく……それこそ高速道路にのるまでに、長々と後部座席のシートに足を投げ出し、腕組みしてぐっすり寝入ってしまっていた。まったくもって、夏場の彼は「口ほどにもない」のである。

「あと一時間ほどで到着予定だぞ」

とっぷりと日も暮れ、暗い道を走りながら、龍村は敏生にそう言った。ナビの画面と、道の両脇《りょうわき》の家々の明かりを見比べていた敏生は、嬉《うれ》しそうにニコッとした。

「よかったー。僕もう、お腹《なか》ぺこぺこなんです」

「ああ。さっきから君の腹の虫が、僕にプレッシャーをかけてくれているよ」

「わあ、聞こえてたんですか。恥ずかしいなあ。せっかく、あの喫茶店でケーキ二個食べたのに」

「はっはっは。そんなものは、君にとっては一時間分のエネルギーにもならんだろう。祖母が、旨《うま》い飯を用意しておくと言っていたから、もう少し我慢《がまん》してやってくれ。久しぶりの客だから、張り切ってしまっていてね」

厳《いか》つい目を優しく細めた龍村の横顔を見遣《みや》り、敏生は何だか胸が温かくなるような気持ちで訊《たず》ねた。

「龍村先生、先生のお祖母《ばあ》さんって、どんな人なんですか？」

龍村は、うーん、と唸《うな》ってから、こう言った。

「そうだな。僕の記憶にある祖母は、とても元気で、明るくて、気丈《きじょう》な人だよ。祖父は僕が生まれる前に死んだんだが、それから、女手ひとつで民宿を切り盛りしていた。半年前に、少し腰を痛めて民宿を畳《たた》んでからは、悠々自適《ゆうゆうじてき》の生活をしている……らしい」

どうにも歯切れの悪い、そしてやや不可解な龍村の言葉に、敏生は躊躇《ためら》いながらも問いを重ねた。

「あのう。記憶にある……って、そういえば、龍村先生も久しぶりにお祖母さんに会うんだって言ってましたよね。それっていったい……」

「ああ、すまんすまん。絶縁していたとか、べつにそういう剣呑《けんのん》なことじゃないから心配しなくていい。僕が小さな子供の頃に、ちょっとした事件があったらしくてね。またそのことについては、向こうに着いてから話すよ。まあ、まずは何の先入観もなく祖母に会ってくれないか」

「？　……いいですけど……」

「ありがとう。実のところ、僕も祖母に再会するにあたって、がらにもなく緊張していてね。二人が来てくれて助かった」

「龍村先生……」

「久しぶりに会う親族ってのは、なかなか微妙なもんだ。だろ?」

龍村は、信号待ちで車を停《と》め、敏生のほうを見て片目をパチリとつぶってみせた。敏生も、父親と再会したときの自分の気持ちを思い出し、クスリと笑う。

「ですね」

「ま、君ほどの緊張は強《し》いられないにしても、一週間、二人きりで顔をつきあわせて暮らすのは、ちょっとぞっとしない感じがしてね。二人が来てくれたおかげで、祖母も僕も、楽しい毎日が過ごせそうだよ」

「そう言ってくださったら、僕も嬉《うれ》しいです。楽しみだな、龍村先生のお祖母《ばあ》さんに会うの。僕、お祖母ちゃんってどんな感じなのか知らずに育っちゃったから」

一瞬の沈黙の後、信号が青に変わる。龍村は、アクセルを踏み込む直前に、敏生の頭をポンと叩《たた》いた。

その不器用な慰《なぐさ》めのような労《いたわ》りのような仕草を嬉しく思いながら、敏生はさりげなく話題を変えた。

「ねえ、龍村先生。この道、ずうっと山の中を通ってくんですね。僕、海が見えると思ってたのにな」

「ははは、残念だったな。海は、明日の朝までお預けだ。本当は、海沿いをずっと走る道を行きたかったんだが、そっちは時間が長くかかる。日が暮れてしまっては、景色もあまり見えないだろうと思って、ショートカットすることにしたんだ」

「あ、そうか。でも、明日の朝には、うんと海が見られるんですよね」

「うむ、見るだけじゃないぞ。楽しみにしていたまえ。明日の朝は、朝飯を食ったら、散歩して、それからさっそく泳ぎに行こう」

「やったあ！」

敏生ははしゃいだ声を上げ、龍村は愉快そうに笑った。

（楽しい夏休みになるといいな）

敏生は大きな伸びをしながらそう願った。

楽しい夏休み……だがそれは同時に、龍村にとっては、遠い昔の失われた記憶を取り戻すための、切ない日々ともなるのである……。

二章　穏やかな時の隙間《すきま》に

やがて龍村《たつむら》の車は、ごく短いトンネルを抜けて、間人《たいざ》の集落に入った。右手にガソリンスタンド、左手に雑貨屋とコンビニエンスストアを足して二で割ったような小さな店がある。そのほかの道路沿いの店は、ほとんどが閉まっていた。

まだ午後九時前だというのに、外を歩いている人はごくまばらである。龍村は、うーん、と不思議そうに唸《うな》った。

「どうしたんですか、龍村先生」

「いや、こんなところだったかな、と思ってね。トンネルとガソリンスタンドは確かに記憶に残っているんだが、家並みはさすがに覚えていないなあ」

「えー。じゃあ、お祖母《ばあ》さんのおうち、わからなくなったりしてませんか?」

敏生《としき》は心配そうに訊《たず》ねたが、龍村は笑ってかぶりを振った。

「こういうこともあろうかと思って、祖母に目印を訊《き》いておいたよ。ほら、あの銀行で左折だ」

そう言いながら、龍村は注意深くハンドルを切る。そこは、乗用車一台がようやく通れる細い路地であった。

「そうだそうだ、何となく見覚えがあるような気がしてきたぞ」

「ホントかなあ」

「本当だ。ほら、見たまえ。民宿時代の看板が、まだ残っている」

「え……あ、これですか？『ことぶき荘』って書いてある」

「うむ。ようやく到着だ。おーい、天本《あまもと》。いい加減に起きろ。着いたぞ！」

「……う……」

龍村の大声に、さすがの森《しん》も、不機嫌《ふきげん》そうに唸《うな》りながら目を開ける。

「もう着いたのか。早かったな」

「早いものか。途中、高速道路が少しだったが渋滞《じゅうたい》したせいで、四時間以上かかったんだぞ」

それを聞いて、森は疑わしそうにフロントパネルの時計を覗《のぞ》き込《こ》み、そして腫《は》れぼったい目を見張った。

「天本さん、ぐっすり寝てましたね。途中でトイレ休憩したのも、全然知らないでしょう」

敏生に追い打ちをかけられ、森は呆然《ぼうぜん》とした顔で頷《うなず》き、そして窓の外を見遣《みや》った。

「ここが、あんたのお祖母《ばあ》さんの家か」

「ああ、そうだ。さて、降りてくれ。祖母が首を長くして待ってるはずだ」

龍村はそう言って車のキーをアンロックした。敏生と森は、外に出てそれぞれ伸びをする。

「わあ、潮の香《かお》りがする。海の匂《にお》いだーー！」

暗がりで、敏生は嬉《うれ》しそうに鼻をうごめかせた。その声に呼応するように、目の前の家……元「ことぶき荘」の玄関に、ぱっと灯《あかり》が点《とも》った。荷物をトランクから降ろしかけていた三人は、ハッと顔を上げる。

ガサガサ音がしたと思うと、玄関の硝子《ガラス》の引き戸が勢いよく開いた。大柄で、ふっくらした体格の作務衣《さむえ》姿の老女が、下駄《げた》を引っかけて飛び出してくる。

「遅すぎるやないの、泰彦《やすひこ》！　神戸《こうべ》から来るのに、何時間かかりようんや」

彼女にいちばん近いところにいた敏生は、自分が叱《しか》られていると気づき、目を丸くした。

「あ、あの……ぼ、僕は」

「おまけに、何食べて育ちよったんかいねえ、こんな小さい身体《からだ》で」

おそらくは龍村の祖母であろうその女性は、暗がりで敏生をポンポンと叱りつつ近づいてきて、そこで初めて敏生の傍《そば》に立つ龍村と森を見た。龍村の話では、八十をとうに越えているということだったが、せいぜい七十三、四歳にしか見えない若々しい顔つきをしている。輪郭《りんかく》といい、大きな造りの目鼻や一文字の唇《くちびる》といい、龍村に瓜二《うりふた》つだ。

龍村は、大袈裟《おおげさ》に両手を広げて一礼する。

「泰彦は僕だよ、祖母《ばあ》ちゃん。いくら二十年以上会ってないからって、琴平《ことひら》君と僕を間違えるのはちょっと酷《ひど》すぎやしないかい」

「ありゃ……こっちかいね」

龍村の祖母は、気勢を削《そ》がれてまじまじと龍村の顔を見ていたが、やがてニイッと大きな口で笑い、孫の太い二の腕をバンと叩《たた》いた。

「呆《あき》れた、こんなに大きゅうなって。こらあ、育ちすぎや」

そして彼女はまた、誤解が解けて安心した様子の敏生の顔を覗《のぞ》き込《こ》み、また龍村のほうを見て言った。

「そしたら、この子はアンタの子供かいな」

「子供?」

「こ……っ、こ、こ、子供……!」

今度こそ、敏生は二の句が継げず、あんぐり口を開いたまま固まってしまう。寝起きで頭がまだぼんやりしていた森も、これには度肝《どぎも》を抜かれたらしく、珍《めずら》しく無防備に驚いた顔で、龍村と彼の祖母を見比べている。

龍村は豪快に笑って、ボストンバッグを肩に担《かつ》ぎ、もう一方の手で、敏生の髪を掻《か》き回《まわ》した。

「わははは、子供はよかったな。確かに彼は可愛《かわい》いが、残念ながら僕の子供じゃない。弟分ってとこさ。電話したとおり、友達を二人連れてきたんだ。こっちの男前が、僕の高校時代からの親友の天本。小説家をやってる。で、こっちの琴平君は、天本のアシスタントだ。天本の家に住み込みで仕事をしている」

淀《よど》みなく、差《さ》し障《さわ》りのない紹介をして、龍村は手で森と敏生を示した。森は、軽く頭を下げる。

「天本です。このたびは、お言葉に甘えて、二人してお邪魔《じゃま》しました」

森に寄り添って、敏生も改めてペコリとお辞儀《じぎ》をした。

「琴平です。えっと、僕一応、二十歳《はたち》になったんで……ええと。その、よろしくお願いします」

後半は、さっき龍村の子供扱いされたことへのささやかな抗弁なのだろう。ついでに、もう大人だぞ、と敏生は心持ち胸を張ってみせる。

龍村の祖母は、森には「ようお越しなさった」と言って礼を返したが、敏生には、ニコニコと笑いながら、数回頷《うなず》いた。

「へえ、二十歳かい。可愛い二十歳やねえ。ほな、私も自己紹介せんとね。本田《ほんだ》ハツエ、泰彦の祖母《ばあ》ちゃん。いくつに見えるか知らんけど、なんと御年《おんとし》八十五歳や！」

「ええっ！　凄《すご》く若く見えます！　僕、そんなに年取ってるなんて思わな……」

「こら、敏生！」

　森に低い声で窘《たしな》められて、敏生はハッと口に手を当てた。

「ご、ごめんなさい。僕、失礼なこと……」

「あはは、何が失礼なもんかね、褒《ほ》められたんやないの。若い言われて嬉《うれ》しいわあ」

　さすが龍村の祖母、というべき豪快な笑い声を立てて、ハツエは敏生の肩に手を置いた。敏生のそれとあまり大きさが変わらない、しっかりした手のひらは、シャツ越しにも温かく感じられた。

「さ、こんなとこで立ち話しとったら、近所の人が出てきてしまうわ。中入って。もうご飯ができとるし」

「ああ、そうしよう。天本、琴平君、入れよ」

　ハツエが敏生の肩を抱くように家の中に入っていったので、自然と龍村と森は、その後に続くことになった。

「大きな家だな」

　森は、玄関脇《わき》にある小さな社《やしろ》を見ながら、感心したように言った。確かに、周囲の木造家屋に比べれば、「ことぶき荘」はひときわ大きく、どっしりしたコンクリート造りである。潮風に晒《さら》されて、看板も壁の塗装も色褪《いろあ》せ、古びてはいるが、ハツエと同じく、建物もまだまだ現役の頼もしさを醸《かも》し出《だ》していた。

「ついこないだまで民宿やっとったやろ、部屋だけはようけ余っとるんよ。三人一緒の部屋がええやろと思て、とりあえず奥の座敷だけ掃除しといたわ」

長年磨《みが》き込《こ》まれたことがわかる木の廊下《ろうか》を、ハツエはどしどしと勇ましく歩く。

三人が通されたのは、一階の廊下の突き当たりの、大きな和室だった。開け放した障子《しょうじ》から、縁側に面した廊下と硝子戸《ガラスど》が見える。

「この部屋、覚えとるか、泰彦。前に来たときも、お前、ここで寝よったよ」

ハツエに言われて、龍村は立ったまま、ぐるりと四角い部屋を見回した。だがすぐに、困った顔でかぶりを振る。

「どうだか。覚えているような、いないような。まだ来たばかりだから、わからないよ。それより……」

龍村の言葉が終わらないうちに、ハツエは勢い込んで言った。

「ああ、そうやったね。お腹空《なかす》いたやろ。ご飯たんと作ったから、すぐ茶の間のほうにおいで。場所わかるかいな、階段の脇《わき》の部屋やから」

「わかった。一息ついたら、すぐ行く」

「ほな、お汁《つゆ》温めて待っとるから、はよう来てな」

　ハツエはそう言うなり、来たときと同じように勢いよく座敷を出ていった。龍村はその背中を見送り、参ったな、と照れくさそうに頭を掻《か》いた。

「あそこまで変わっていないとは思わなかった。元気な年寄りだろう？　僕の記憶の中の祖母そのままだよ。ビックリするやら、安心するやら、だな」

　森は小さく肩を竦《すく》め、それに対しては何のコメントも挟《はさ》まないまま、部屋の隅《すみ》に鞄《かばん》を下ろした。敏生はニコニコして、龍村の顔を見る。

「さすが龍村先生のお祖母《ばあ》さんって感じ。よかったじゃないですか、お元気で。イメージも変わってなかったのなら、もっとよかったですよね」

「そうだな。『私ももう先が長くないから』なんて言っていたくせに、僕より長生きしそうなくらい元気で、まずはホッとしたよ。さて。天本、服を後生大事にハンガーにかけるのは、後にしろ。まずは、琴平君の胃袋を満足させるのが先だ」

「あ……ああ」

　だが森は、訝《いぶか》しげな顔で、周囲をジロジロと見ているばかりである。それを見た龍村は、ゴホンと咳払《せきばら》いをして言った。

「そうだ。あのな、天本。実は、一つだけ言い忘れたことがある。何、ちょっとしたことなんだがな」

「……何だ」

森は、切れ長の目に険悪な空気を滲《にじ》ませて、龍村を見据《みす》える。龍村は、額をポリポリと一本指で掻《か》きながら、わざとらしい笑みを浮かべた。

「つまり、その……。祖母に電話で確認しておきながら、お前に言い忘れたのは申し訳なく思ってるんだが……ええと」

「はっきり言えよ。今さら隠し事をしても始まらないだろう」

森は不機嫌《ふきげん》に促《うなが》す。龍村は、うむ、と森の顔色を窺《うかが》いながら告げた。

「つまり、この家、構えこそ立派だが、空調は皆無だ」

「……何だと?」

「わかりやすく言えば、この部屋だけじゃなく、家じゅう、クーラーはどこにもないってことだ」

「ええっ! ……ほ、ほんとだ……」

驚きの声を上げたのは、森ではなく敏生のほうだった。少年は忙《せわ》しく部屋の壁という壁に視線を走らせ、そしてまん丸に見開いた目のまま、龍村の顔を見上げた。

「た、確かに、今はけっこう涼しいですけど、ええと、あの……昼間は、こんなに涼しくないですよ……ね?」

おそらく、眉間《みけん》の縦皺《たてじわ》をみるみる深くしていく森が思っているであろうことを、敏生は躊躇《ためら》いがちに口にする。龍村は、力なく首を縦に振った。

「ま、海水浴場のあるような場所だからな。昼間が涼しかったら、商売あがったりだ。夜は、窓さえ開けていれば、海辺だからいい風が入るだろうが」

「うわあ……。日が昇ったら暑そう」

敏生は、いかにも心配そうに森を見る。

「……あんた……それを、わざと俺に言わなかったな」

絞《しぼ》り出《だ》すような声で言って、森は龍村を怒りの目で睨《にら》みつける。嘘《うそ》のつけない質《たち》の龍村は、気まずげに視線を逸《そ》らして頷《うなず》いた。

「言えば、お前は来ないだろうと思ったからな。たまには、クーラーなしでこういう健康的な環境で過ごしてみれば、お前の夏バテもマシになるんじゃないかと……」

「よけいなお世話だ」

「よけいな世話は承知のうえだが、毎年お前の身体《からだ》を心配しどおしの、琴平君のことも考えてやれよ。この先ずっと、夏になるたび屍《しかばね》も同然の身体で暮らすつもりか？　そのせいで琴平君に三行半《みくだりはん》を叩《たた》きつけられてもいいのか？　ええ？」

「…………」

敏生のことを持ち出されては、とことん弱い森である。うっと言葉に詰まったところで、龍村はやや余裕を取り戻し、諭《さと》すような口調で言った。

「ま、すぐ近くに、クーラー完備の宿がある。どうしても無理なら、そっちに移れば……

な？」

「馬鹿《ばか》を言うな。あんたのお祖母《ばあ》さんに、そんな失礼なことはできないよ」

「じゃあ、天本さん」

少しだけ表情を和らげた森に、敏生は畳《たた》みかけるように呼びかける。森は、諦《あきら》めの表情で頷《うなず》いた。

「ここまで来てしまっては、もうどうしようもないさ。……何とかやってみる」

それを聞いて、敏生と龍村はホッとしたように顔を見合わせた。

「僕、できるだけ考えますね、天本さんが涼しく過ごせる方法！　それでもって、ちょっとでも元気になれるような方法も」

「うむ、僕も協力するぞ！　せめてこの一週間で、天本を少しでも夏に強い体質にするために、主治医として一肌《ひとはだ》脱がんとな」

「……二人とも、そんなに張り切らなくていい」

口々にそんなことを言う敏生と龍村にげんなりした森は、それより、と襖《ふすま》のほうを指さした。

「早く行かないと、お祖母さんが待ちかねて、また呼びにきてしまうんじゃないか？」

「おっと、そうだった。行こう。とりあえずメシだ！」

「ご飯だ！」

まるで父と子のように息ピッタリで手のひらを打ち合わせ、龍村と敏生は賑《にぎ》やかに喋《しゃべ》りながら座敷を出ていく。

「……クーラーなしで一週間か。生きて帰れるかな」

そんな力ない言葉と共に深い溜《た》め息《いき》をついて、森はすごすごと二人の後を追ったのだった……。

「えらい遅かったねえ。はよう座って」

三人の姿を認めると、作務衣《さむえ》に割烹着《かっぽうぎ》をつけたハツエは、家じゅうに響き渡るような声でそう言った。

小さな茶の間は、そのほとんどが、おそらく冬は炬燵《こたつ》になるのであろう真四角の大きな座卓に占拠されていた。そして卓上には、すっかり夕餉《ゆうげ》の支度《したく》が調《ととの》っていた。

「うわあ、凄《すご》いや!」

夕方から空腹に耐えていた敏生は歓声をあげ、手前の席についた。森と龍村も、ハツエに促《うなが》され、分厚い座布団《ざぶとん》の上に腰を下ろす。

「何飲むんや? やっぱりみんな最初はビールがええのんか?」

台所から飛んでくる元気な声に、龍村も声を張り上げて答えた。

「僕と天本はビールだ。琴平君は……」

「僕、お手伝いします！」

敏生は、身軽に席を立ち、台所のほうへパタパタ駆けていく。やがて彼は、大きな鍋《なべ》を持ったハツエと共に、ビールと麦茶の載った盆を持って戻ってきた。

「はいっ、龍村先生、ビールどうぞ。天本さんも。ええと……本田さんって呼ぶのも変だし……えと、ハツエ、さん……？」

「嫌《いや》やわあ、いくらアンタが二十歳《はたち》越えとっても、そんな可愛《かわい》い顔で『ハツエさん』なんて呼ばれてしもたら、年甲斐《としがい》もなくよろめいてしまいそうや。お祖母《ばあ》ちゃんでええよ、泰彦の弟分なんやったら、私の孫みたいなもんや」

「じゃあ、お祖母ちゃんは……」

はにかみながらそう呼んだ敏生に、ハツエは大鍋から魚のあら汁《じる》をよそいながら頷《うなず》いた。

「私もビールや。ひとりではつまらんから、宿畳《たた》んでからっちゅうもんは、あんまり飲めんかったしねえ」

「じゃあ、今日はいっぱい飲んでください」

敏生は、嬉《うれ》しそうにハツエの前にグラスを置き、なみなみとビールを注《つ》いだ。

汁物が行き渡ると、龍村はさっそくグラスを取り上げた。

「では、僕と祖母ちゃんは、久しぶりの再会を祝して。それから、天本と琴平君は、よく来てくれた。……では、乾杯！」

あとの三人も、口々に乾杯を言いながら、皆グラスを合わせる。それから四人は、遅い夕飯に取りかかった。

実際、「たんと作った」というハツエの言葉に嘘《うそ》はなかった。卓の中央には、大皿に数種類の刺身《さしみ》が盛られ、その周囲を、サザエの壷焼《つぼや》きや、焼き魚、煮魚《にざかな》、カレイの唐揚《からあ》げや、野菜の煮物の皿が、ゾロリと取り囲んでいる。皿の一つ一つが、ふだんの食事のメインになりそうなボリュームだ。

「おいおい、初日にこんなに張り切っちまったら、この先どうするつもりだ？　僕たちは一週間ここにいるんだぜ？　食卓がだんだん寂しくなるんじゃ、悲しくなっちまうぞ」

龍村にからかわれたハツエは、孫によく似た四角い顔でニヤリと笑い、自信たっぷりに胸を張った。

「何を言うとるか。毎日、美味《おい》しいもん食べさせるで。だてに、何十年も宿をやっとったわけやない」

「それは、お見それしました」

「ほんまや。祖母《ばあ》ちゃんの底力、とくと見せたんで。ほれ泰彦、私のコップが空っぽや」

「こりゃ失礼。どうぞどうぞ」

龍村はおどけた調子でそう言い、ハツエの突き出したグラスをビールで満たす。食卓は、和《なご》やかな雰囲気に包まれた。……ひとり、先ほどの「クーラーなし宣告」からまだ立ち直れず、どんよりしてしまっている森を除いては。

「美味《おい》しい！　来てよかったー。ホント、魚が美味しいや」

「そうやろ。全部、地の魚やからね。新鮮で美味しいよ。せやけどアンタ、魚の食べ方下手やねえ。ここにいる間に、祖母《ばあ》ちゃんが教えたろなあ」

森は酒の肴《さかな》にほんの少し刺身《さしみ》や煮物《にもの》をつまむだけだが、敏生は片っ端から料理に手をつけ、盛んに歓声を上げた。ハツエも、嬉《うれ》しそうにそんな敏生にいろいろ勧めて食べさせる。

その様子をくつろいだ笑顔で見遣《みや》りつつ、龍村はふと祖母に話しかけた。

「しかし、本当に久しぶりだな。祖母ちゃんがあんまり変わらないせいで、去年来たばかりのように錯覚しそうだが……ええと、会うのもここに来るのも、僕が六歳の夏以来……だったよな？」

それまで豪快にビールを飲み、自分も料理をぱくついていたハツエは、その言葉にハッとした様子で箸《はし》を止めた。

「そうやよ。お前、もう三十やろ？　えらい長いこと会《お》うてへんかったね」

「まったくだ。二十四年ぶりの感動の再会ってやつだよな」

さっき、車の中でほんの少し龍村から話を聞いていた敏生ですら、違和感を感じずにはいられない、祖母と孫の不可解な会話である。何も知らない森は、もっと怪訝《けげん》そうな顔で、龍村とハツエを見た。

「あのね、龍村先生とお祖母《ばあ》ちゃん、龍村先生が子供の頃から、ずうっと会ってなかったんですって。今日が久しぶりの対面なんだって、先生が車の中で」

敏生は、森の耳元に口を寄せて囁《ささや》いた。森は、軽く眉根《まゆね》を寄せる。

「何故《なぜ》？」

「……さあ？」

敏生は茶碗《ちゃわん》を持ったまま首を傾《かし》げ、説明を求めるように龍村を見た。龍村も、どこかスッキリしない表情で、ハツエを見た。自然に、全員の視線が、ハツエに集中する。

ハツエは、少し躊躇《ためら》う様子で、森と敏生をちらと見た。だが、龍村はきっぱりとかぶりを振った。

「ああ、この二人は、僕のいちばん近しい友達だよ。家族といってもいいくらいの存在なんだ。何でも話してくれていい。正直を言えば、ここへ来るのも、ひとりではどうにも気詰まりでね。二人につきあってもらった」

「……そうなんか」

ハツエはホッとしたように息を吐くと、龍村の弁当箱のような四角い顔をつくづくと見た。

「それにしても大きゅうなったもんやなあ。今、お医者さんなんやて？」

「ああ。残念ながら、法医学の医者になったから、祖母《ばあ》ちゃんの面倒は見られない……というか、見たくないがね」

「アホ。まだアンタの世話になるほど、落ちぶれてへんわいな。せやけど、ほんま立派になった。さっき見たとき、仰天した。私の知っとる泰彦は、そんなハキハキもの言う子と違ったからなあ。図体《ずうたい》ばっかり大きゅうて、何や口の重い、どんくさい子供やったのに」

「祖母ちゃん……そりゃ、二十四年も会ってなけりゃあ、人間成長して変わりもするさ。……で、僕には祖母ちゃんに訊《き》きたいことがあるんだが、いいかな。ここで一週間夏休みを過ごすにあたって、最初にハッキリさせておきたくてね」

ハツエは、黙って頷《うなず》いた。いくぶん皺《しわ》に埋もれてはいるが、大きな目と太い眉《まゆ》には、龍村と同じくらいの迫力がある。まだ張りを失っていない頬《ほお》には、ビールのせいか緊張のせいか、僅《わず》かに赤みが差していた。

「何や、えらいあらたまって」

龍村は、ビールのグラスを卓に置き、胡座《あぐら》をかいたまま、背筋を伸ばした。

「ずっと不思議に思ってたんだ。小さい頃は、毎年夏になると、兄と二人で、ここに遊びにやってもらってた。それなのに、僕が六歳の夏以来、一度も来ていない。それどころか、祖母ちゃんがうちに来ることもなくなっただろう？　少なくとも、僕には会ってない」

「そうやね」

「そうやねって、他人事《ひとごと》みたいに言わないで、その理由を教えてほしいんだ。子供の頃、何度も母に訊《たず》ねたが、いつも曖昧《あいまい》にごまかされて、きちんと答えてもらえなかった」

ハツエは、曖昧に頷《うなず》く。

「松子《まつこ》とは……アンタのお母ちゃんとは、ずっと連絡はとっとった。実の娘やもん。そら当たり前やろ。ほんまのこと言うたら、アンタのおらんときに、会《お》うとったよ。お兄ちゃんともなあ。せやけど、アンタとは確かに会わんようにしとった」

「僕だけとつきあいを絶ってたってことかい?」

「そう言われると、アンタを嫌《きら》ったみたいやけど、そうやないんよ。ここのことを、思い出さずに育ってほしいと思っとったんや」

「ここのことを、忘れて? 祖母《ばあ》ちゃんのことも、この家のことも、ここの海のこともか?」

「そうや。アンタあのときまだ子供やったし、ずっと離れとったら、私と会わんかったら、あのことを思い出すこともなくなるやろし、ここのことも忘れるやろうと思うてな」

敏生と森は、思わず顔を見合わせた。ハツエの話がいきなり一族の深刻な事情に踏み込んでいくのではないかと思われ、このままこの場に部外者の自分たちが留《とど》まっていいものか、戸惑いを覚えたのである。

だが龍村は、敏生や森の存在を気にするふうもなく、落ち着き払った様子で訊《たず》ねた。

「わからないのは、それだ。親の表情から、何故《なぜ》かは知らないが祖母《ばあ》ちゃんのことは訊ねてはいけないことだと悟《さと》って、中学に上がる頃には、何も言わなくなっていた。だが……やはり、あの夏、何かがあったんだな？　祖母ちゃんが僕から遠ざかる原因を作ったのは、僕なんだな？」

「原因……ていうか、なあ」

「ハッキリ言ってくれよ。祖母ちゃんの思うツボなのかもしれんが、僕の記憶は今、はなはだ曖昧《あいまい》なんだ」

龍村は、一口ビールを飲み、バリバリと頭を掻《か》いた。

「確かに、妙なシーンは頭に残ってる。ここで、子供の僕が、泣きじゃくる母親に抱きしめられてるんだ。祖母ちゃんも泣いてた。僕は全身びしょ濡《ぬ》れで、周りには大人がたくさんいた。親父《おやじ》もいたような気がする。……あれは、夢じゃないんだな？」

ハツエは、大きく頷《うなず》いた。

「夢やない。ほんまにあったことやで」

「ふむ。そして、大人たちが口々に、『どこへ行ってた』って僕を問いただすんだ。僕は答えられず、ただぼんやり突っ立ってる」

「それから？」

ハツエは、期待するような心配するような複雑な表情で、先を促《うなが》す。龍村は、腕組みしてしばらく考えていたが、肩を竦《すく》め、大きな口をへの字に曲げた。

「それ以上は思い出せない。祖母《ばあ》ちゃんから電話をもらうまで、それすら忘れていたんだ。子供の頃はその光景を時々思い出して不思議に思うこともあった。でも、そのうち思い出さなくなって……。そういう意味では、祖母ちゃんの『ここのことを忘れて育てばいい』という願いは叶《かな》えられてたわけだな」

「あれ、ほんなら、祖母ちゃんのことも忘れとったか。薄情な孫やね」

ハツエは冗談《じょうだん》めかしてそう言い、少し寂しげに笑った。龍村は、慌《あわ》てて両手を振る。

「い、いや。まあ、去る者日々に疎《うと》し、というだろ。だが、思春期には、いろいろほかに大変なことがあるんだ。……傷つけたのなら、悪かった。だが、電話をもらったときは、耳を疑ったよ。嬉《うれ》しかった。どうして祖母ちゃんから遠ざけられているのかわからなかったから、祖母ちゃんのほうから連絡をくれて、嬉しかったんだ。本当に」

最後の一言に力を込めて、龍村はハツエの顔をじっと見た。そっくりの仁王《におう》の眼《め》どうしが見つめ合う。

短い沈黙の後、ハツエはカラリと笑った。

「そんなら、よかった。アンタが、あれを忘れて大人になってくれたんなら、のびのび育ったっちゅうことなんやろ？」

龍村は、ハツエの笑顔の理由がわからないまま頷《うなず》く。

「まあ、ひねくれて育った自覚はないぜ」

「それやったらええ。……アンタに電話したとき、私ももう長《なご》うないから、そう言うたやろ？　あれは嘘《うそ》やないのや。私がまだ元気でおるうちに、大人になったアンタにここで会おうと思うとった。そう決めて、ずっと会いたいんを我慢《がまん》してきたんよ。まあ、もうちっとはよう呼ぼうと思とったんやけど、宿がおかげさまで繁盛しとったから、つい延び延びになってしもて」

「だから、どうしてそういうことに……」

「昔の記憶っちゅうもんは、完全には消えんもんや。せやから、大人になったアンタをここに呼んで、あのときのことをきっちり思い出すか、それとも、もうどうでもええことやと楽しく遊んで帰ってしまうんか……。どっちでもええから、とにかくアンタが自分で決めるとこを、私は見届けようと思うとったんや。そうせんと、安心して死なれへんもん」

「…………」

龍村は、混乱してきたらしく、腕組みして天井《てんじょう》を見上げたまま、ううむ、と呻《うめ》く。それまで黙って聞いていた敏生は、そこで控えめに言葉を挟《はさ》んだ。

「あのう、お祖母《ばあ》ちゃん……？」

「ああ、堪忍《かんにん》な。ご飯食べにくうて困らしてしもたねえ。食べてや。まだお腹《なか》いっぱいと違うんやろ？」

「あ、そうじゃなくて。あの、訊《き》いてもいいですか？　さっきから話を聞いててわかんないこと。龍村先生が六歳のとき、いったい何があったんですか？」

森も、無言でハツエの表情を窺《うかが》う。龍村も、じっとハツエの言葉を待った。

「私にもわからん。誰にもわからん。本当のところを知っとるんは、アンタだけや、泰彦」

「ああ？」

「龍村先生だけって、どういうことですか？」

全員の疑問を、敏生が代弁する。ハツエは、遠い日に思いを馳《は》せるように、大きな目を細めた。

「アンタはな、泰彦。六歳の夏、この間人《たいざ》で、神隠し……みたいなもんに遭《お》うたんや」

「神隠し、だって⁉」

龍村は目を剝《む》く。それまでまったく精彩を欠いていた森の表情が、不意に引き締まった。

「神隠し……ですか？　それはいったい、どういうことです」

挨拶《あいさつ》を交わしてから初めて、森はハツエに話しかけた。ハツエは、龍村と同じ腕組み姿勢で、首を捻《ひね》った。

「今もって、そうとしか言えん。あんとき、お兄ちゃんと二人ここに来たんやけど、お兄ちゃん、二日目から夏風邪《なつかぜ》で寝込んでしもてなあ。アンタはひとりでバスに乗って、海へ行っとったんや。心配したけど、宿のお客さんもいてはったし、お兄ちゃんから目ぇ離されへんし。まあ、バス一本で行けるとこやから、大丈夫《だいじょうぶ》やろと思うて送り出してたんよ。それがアカンかったんやね」

「そこで、龍村さんに何かが起こった。そうですね？」

森は、まるで依頼人の話を聞いているような調子で訊《たず》ねた。ハツエは頷《うなず》く。

「『何か』は起こったんやろうな。毎日、朝から弁当持って出かけて、夕方に帰ってきとった泰彦が、来て六日目になって、何時になっても、帰ってこなんだ。バスも終わってしもうてもな。バス会社に問い合わせても、ひとりで乗ってきた子供はおらんっちゅうし、近所の男衆に手伝《てつど》うてもろうて、アンタが行きそうな浜を全部見て回ったけど、アンタはおらんかった」

「……で？　僕はどこへ行ってたんだ？」

「わからんのよ。警察にも届けて、集落じゅうの男の人たちに助けてもろて、必死でアンタを捜したよ。家から、アンタの両親も駆けつけてきた。お兄ちゃんは、心配でワンワン泣くし、松子はアンタが誘拐《ゆうかい》されたん違うかてピリピリするし、もう私はどうしようかと思うたよ。アンタのことは心配やし、アンタの両親には申し訳ないし」

「……それで？」

「平《へい》の海水浴場で、アンタの持ってった浮き輪やら水筒やら弁当箱やらが見つかってね。浜に監視員はおったけど、人はようりおったし、アンタのことは覚えてへん言うし、もしかして、ひとりで誰にも見つけてもらえんと、溺《おぼ》れてしもうたん違うか、波に攫《さら》われたん違うか……て、みんな胸が潰《つぶ》れるような思いでおった」

「それで、龍村先生、どうなっちゃったんですか？　何か悪いことが……って、そうか。先生がここにいるってことは……無事だったってことですよね」

「それから三日間、何の手がかりものうて。まさか、六歳の子供が家出っちゅうわけやあるまいし、誘拐《ゆうかい》されたんやったら、何ぞ犯人から連絡があるやろし。溺れて沖へ流されて、死体は鮫《さめ》にでも食われてしもうたんかもしれん……そんなふうにみんな諦《あきら》めかけた頃、ひょっこり戻ってきよったんや」

「戻ってきたって……どこからですか？」

「それがわからんのよ。表通りに立っとるんを、近所の人が見つけてなあ。大慌《おおあわ》てで知らせにきてくれたんや。私と松子が走っていって、名前を呼んだら、ぼんやりこっちを見て……あんときのホッとした気持ち、私は死ぬまで忘れへんわ」

ハツエは、ふうっと大きな息を吐いた。

「長い人生の中で、私が泣いたんは、亭主が死んだときと、アンタが見つかったときだけやで、泰彦」

「そ、それはどうも……申し訳ない」

龍村は、巨体を小さくして、頭を下げる。ハツエはホンマや、と目尻《めじり》にたくさん皺《しわ》を寄せて笑った。

「アンタ、テレビで名前を公開して捜してもらおか、とまで言われてたんやで。そんな大事《おおごと》やのに、本人は魂抜けたみたいにぼうっとしとって、今までどうしとったって訊《き》いても、なあんも言わん。怪我《けが》もしとらんし、汚れてもおらんし、ただ、全身が海水でびしょ濡《ぬ》れやっただけでねえ」

「ううむ」

龍村は難しい顔で唸《うな》る。

「家へ連れて帰るなり、ご飯も食べんと、今度は二日間眠りっぱなしでなあ。で、目が覚めたら元気にはなったけど、なーんも覚えとらんのよ、おらんようになっとった間のことを」

「おいおい。何だかそれじゃあ、子供時代の僕が、物凄《ものすご》い馬鹿《ばか》みたいじゃないか」

「アンタが阿呆《あほう》になってしもたん違うかと思うて、私はえらい心配したよ。松子から、アンタが医者になったと聞かされて、ようやっと安堵《あんど》した。ま、とにかくそんときは、とにかく無事でよかったたっちゅうことで片づいて、お兄ちゃんと一緒に両親に連れて帰られたんよ。で、その頃は生きてた近所の年寄りがな、そらあ、きっと神隠しに遭《お》うたんやて言うとったんを、よう覚えてる」

「神隠し……。それって、神様に攫《さら》われてたってことですか？」

敏生は、小声で森に質問した。森は、頷《うなず》いて淡々とした口調で言った。

「昔から、誰かが不意に行方不明になって、集落の人が総出で捜しても見つからないとき、神隠しに遭《あ》った、と言われたものなんだ。隠した犯人は、隠し神や、天狗《てんぐ》、狐《きつね》、鬼《おに》……その土地によって様々だな」

「けっこういい加減だなあ。で、神隠しに遭った人はどうなっちゃうんですか？」

「二度と見つからない者もいる。見つかった者も、多くは放心しているところを発見されると言われている」

「じゃあ、龍村先生が見つかったときって……」

「まさに神隠しに遭った人間が発見されるときの典型的なパターンだな」

「わー……。無事に帰ってこられてよかったですねえ」

敏生の心底安心したような言葉に、龍村は苦笑いした。

「おいおい、琴平君。僕は何も、神隠しに遭ったと決まったわけじゃないぜ？　もしかしたら、遊びほうけていて最終バスを逃して、帰って叱《しか》られるの怖さにあちこちほっつき歩いていたのかもしれない」

「あんだけ大人数で捜して見つからんかったんやで。そんなことはないやろう。経ケ岬《きょうがみさき》のほうまで、足を延ばしよったんよ」

「む、そうか……」

敏生は、心配そうにそんな龍村の顔を見た。

「龍村先生、そのときのこと、やっぱり全然覚えてないんですか？」

「うむ……。やはり、記憶にないな。僕が唯一覚えているのは、さっき言った、大人に囲まれて、泣いている母親に抱きしめられたことだけだ」

「うーん……」

「私ら、まさか神隠しを信じたわけやないけど、それにしても、何もアンタが思い出されへんっちゅうんは、おかしいと思うたよ。よっぽどつらい体験をしたせいで、心が少し壊れてしもたんかもしれへんっちゅうて、母親は心配してねえ。それで相談して、アンタをもうここへ連れてこんようにしてもろたんや。私やこの間人《たいざ》のことを、アンタができるだけ思い出さんですむように、私も泰彦には会わんちゅうて」

「祖母《ばあ》ちゃん……」

龍村は、すまなそうにハツエの顔をしみじみと見た。

「そんなことで、二十四年も、わざと僕を避けてたのか。……知らなかったとはいえ、申し訳なかった。おかげさまでこのとおり、立派に成長したよ、僕は。その『神隠し』事件とやらは、何のトラウマにもなっていないようだ。ありがとう」

いきなり神妙に正座して頭を下げた龍村を、ハツエは陽気に笑い飛ばした。

「嫌《いや》やねえ、今さらそんなことで謝らんでええよ。はあ、喋《しゃべ》って楽になったわ」

ハツエはしみじみそう言って、食卓越しに、孫の頭をポンポンと叩《たた》いた。

「あとは、アンタ次第や。そんな昔の話、どうでもええと思うたら、ただ楽しゅう休みを過ごして帰ったらええ。気になるんやったら……どうしたらええんかわからへんけど、何でもしたらええわ」

「何でもって、祖母《ばあ》ちゃん……」

「祖母ちゃんには、アンタがあんとき、どこで何しよったんか、昔も今も、さっぱりわからんもん。もう、あとはアンタにお任せや」

龍村は、口角をうんと下げて、恨《うら》めしげに祖母の顔を見る。ハツエは、手酌《てじゃく》で自分のグラスにビールを注《つ》ぎ、一息にぐいと飲み干した。

「大人になったアンタを見て、祖母ちゃん安心した。宿も畳《たた》んで、アンタの立派になった姿も見て、あとはもう、楽しい余生っちゅうやつやわ」

「気楽だなあ、祖母ちゃんは」

そう言う龍村も、楽天的な性格は祖母に引けを取らない。左頬《ひだりほお》でホロリと笑って、こう言った。

「まあ、中途半端《ちゅうとはんぱ》に覚えているだけに、少し気にはなってるんだ。適当に、心当たりの場所を遊びがてら歩いてみるさ。何か思い出したら幸い、思い出さなくても、楽しく遊ぶさ。祖母《ばあ》ちゃんを安心させてやれただけでも、ここに来た甲斐《かい》があったよ」

「そうやね」

ハツエは、作務衣《さむえ》の膝《ひざ》を叩《たた》いて頷《うなず》いた。そして、森と敏生に声をかけた。

「ああ、何や悪かったねえ、食事を途中で止めさしてしもて。まだまだ残ってるで、どんどん食べや」

「はーい。僕、ご飯お代わりもらいます」

まだ少し腰を庇《かば》って動くハツエを思いやり、敏生は茶碗《ちゃわん》を手に立ち上がり、台所へ行く。それを目で追いつつ、森はチラリとハツエの表情を窺《うかが》った。

確かに、出会った頃の繊細《せんさい》で引っ込み思案な龍村を知る森には、ハツエが孫の行く末を案じて長い間会わずに来たことは、十分に理解できる。再会した孫が見違えるように頼もしくなっていて、過去の「神隠し」が彼の心の傷になっていないこともわかり、安心するのも、もっともなことだ。

だが、もりもり飯を食う龍村を見るハツエの顔には、まだほんの僅《わず》かな憂いのようなものがあるように、森には感じられた。

（神隠し……か。何か引っかかるな……）

長い追儺師《ついなし》としての経験の中で、自分が「引っかかる」と思ったことには、十中八九「何かがある」のだと、森は知っている。

だが、ただでさえ夏バテ状態のところに、エアコンなしの劣悪な環境で一週間耐えなくてはならないのだ。そのうえ、腐《くさ》れ縁《えん》の友人である龍村の少年時代の謎《なぞ》に迫るなぞ、願い下げだ……と森は思った。

それで彼は、意識的にハツエから視線を逸《そ》らし、ただ食事の時間が早く過ぎ去るよう祈りながら、そこに座っていたのであった。

＊　　　＊

その夜……。

「それ、何ですか？」

最後に風呂《ふろ》を使って部屋に戻ってきた敏生《としき》は、布団《ふとん》が敷かれた座敷の中央で、何やら大きな袋のようなものを広げている龍村《たつむら》と森《しん》の姿に、目を丸くした。

「蚊帳《かや》だよ」

パジャマ姿の森は、いやいや手伝わされているらしく、仏頂面《ぶっちょうづら》で答えた。

「蚊帳《かや》？」

だが現代っ子の敏生には、蚊帳と言われても何のことかわからない。戸口で突っ立っている敏生に、龍村はニヤリと笑って言った。

「まあ、見ておいで。おい天本《あまもと》、そっち頼む」

「わかった」

龍村と森は長身を活《い》かし、天井《てんじょう》の四隅《よすみ》に取り付けられた金具に、蚊帳の吊り紐《つりひも》をやすやすと引っかけていく。たちまち、広い部屋いっぱいに、蚊帳が吊られた。

「もしかして、この中で寝るんですか？」

「ああ、そうだぜ。面白いだろ」

「面白いです。透明なテントみたい」

敏生は嬉《うれ》しそうに浅葱色《あさぎいろ》の蚊帳の中に入り、布団《ふとん》の上で小猿のように胡座《あぐら》をかいて、ぐるりを見回した。

森はガタガタと硝子戸《ガラスど》を全開にしてから、自分も蚊帳の中に入ってきた。龍村は、敏生の布団の足元にあった蚊遣《かや》りに、火をつけた蚊取り線香を入れる。

灯《あかり》が消されると、枕元《まくらもと》の小さなスタンドの光が、蚊帳の中をぼんやりと照らした。

湿り気を帯びた冷たい夜風が、開け放した縁側のほうから爽《さわ》やかに吹き込んでくる。

「窓を開けて寝るなら、これが欠かせないのさ。海辺は、蚊やらブヨやらが多いからな」

「へえ。蚊帳《かや》なんて、僕、初めて見ました。キャンプしてるみたいな気分になりますね」

「キャンプか。そりゃいい。……な、十分涼しいだろ、天本」

布団《ふとん》にゴロリと横になり、甚平《じんべい》姿の龍村は、森に声をかけた。

「まあ、かろうじて耐えられるレベルだな」

平板に答えて、森は布団に潜り込む。暑いと文句を言いながら、律儀《りちぎ》に布団をかけて眠ろうとするあたりが、いかにも森らしい。

「これで、蚊《か》が中に入ってこられないんですね。だけど、網《あみ》になってるから、風は通るんだ。いいなあ、これ。僕の部屋にも吊《つ》ろうかな」

よほど蚊帳が気に入ったらしく、敏生はごわごわした麻地《あさじ》を触ったり、網目を透《す》かして庭のほうを見たりしてはしゃいでいる。森は、呆《あき》れ口調で敏生に声をかけた。

「こら、敏生。いい加減にしないか。もう十二時を回ってるぞ。明日は泳ぎに行くんだろう？　よく寝ておかないと、足が攣《つ》っても知らないからな」

「はーい」

キャンプの引率の先生が言うような小言を森に喰《く》らい、敏生はすごすごと真ん中の布団に潜り込む。

「おやすみなさい、天本さん、龍村先生」

「おやすみ」

「おやすみ、琴平君《ことひら》」

両側からおやすみの挨拶《あいさつ》を返してもらって、敏生は何だか嬉《うれ》しい気持ちで、硬いそば殻の枕《まくら》に頭を預けた。もちろん、式神《しきがみ》入りの羊人形は、枕元にちょこんと座らせてある。

まだここに来てから、小一郎《こいちろう》は一度も姿を現さない。おそらく羊人形の中から、新しい環境を観察しているのだろう。それこそ「借りてきた猫」のように、この式神は慣れない場所では酷《ひど》く臆病《おくびょう》なのだ。本人にそんなことを言えば、「慎重に振る舞っているのだ」と言い張りそうだが。

「小一郎も、おやすみ」

返事は期待せず声をかけ、敏生は目を閉じた。

視覚が遮断《しゃだん》されると、聴覚や触覚、嗅覚《きゅうかく》といった、ほかの感覚が鋭敏になる。夜風に揺れる蚊帳《かや》が立てる、微《かす》かな音。蚊《か》取《と》り線香の匂《にお》いに混じる、潮の香り。髪や頰《ほお》を撫《な》でる風の優しさ。

そんなものを感じているうちに、ゆっくりと睡魔《すいま》が訪れる。

(そういえば……龍村先生、さっきの神隠しの話、どうするんだろ……)

半分まどろみながら、敏生はぼんやりと思った。

夕食の後、ハツエも交えて、みんなで西瓜《すいか》を食べ、テレビを見ながらお喋《しゃべ》りをした。森は例によってあまり口を開かなかったが、それでもハツエの語る幼い頃の龍村の思い出話に、面白そうに耳を傾けていた。

だが、昔話が盛り上がったせいか、あるいは故意か、ハツエも龍村も、二十四年前の「神隠し」事件の話を再び持ち出そうとはしなかった。森も、事件については何のコメントも口にせず、したがって敏生も、それ以上何も言えないまま一日の終わりを迎えてしまったのである。

（何か気になるんだよね。でも、龍村先生が気にしないって思ったら、もうそれまでの話なんだし。お祖母《ばあ》ちゃんは、龍村先生の心の傷にならないようにって、あんなに長い時間、会うの我慢《がまん》してたんだもん。僕なんかが、面白半分で引っかき回しちゃいけないや）

神隠しの話を聞いたとき、決して嫌《いや》な感じはしなかった。ただ、何かが心に引っかかる……と思っているのは森も同じなのだが、そのことを、敏生はまだ知らない。

（とにかく、楽しく過ごせるといいな。天本さんが少しでも元気になるように外に連れ出して、龍村先生といっぱい泳いで、お祖母ちゃんのお手伝いをして、小一郎と花火をして……）

欲張りな「夏休みの予定」を頭の中で組み立てながら、敏生はいつしか眠りに落ちていった……。

そして、敏生の寝息が規則的になってきた頃……。

不意に、森が口を開いた。

「龍村さん」

どうやら眠っていなかったらしく、龍村は、囁《ささや》き声《ごえ》のような森の呼びかけに、即座に答えた。

「何だ？　これでもまだ、暑くて眠れないか？」

「いや。今はいい。……明日、日中の気温を確かめてから、恨《うら》み言《ごと》はたっぷり言わせてもらう」

「はは、怖いな。だったら何だ」

ぐっすり眠っている敏生を起こさないように、二人は横たわったまま、互いの顔を見ずに会話を続ける。それでも何となく相手の表情がわかるのは、長いつきあいの賜物《たまもの》なのだろう。

「さっきの話だ。あんた、今まで俺にあんな話はしたことがなかったな」

森の声には、僅《わず》かだが咎《とが》めるような響きがあった。龍村は、自分の頬《ほお》に苦笑いが浮かぶのを感じながら、言葉を返す。

「高校に上がる頃には、忘れていたよ」

「事件の直後でも、忘れていたらしいものな」

「うむ。我ながら情けない。祖母にずっと心配のかけどおしだったと思うと、申し訳なく思うよ。……これからはせいぜい、祖母《ばあ》ちゃん孝行するとしよう。それはそうと、天本よ」

「うん？」

「お前、祖母の話を聞いてどう思った？」

しばらく考えているらしかった森は、やがて静かに答えた。

「さてね。あんたがもし、それは単に帰りそびれた子供の家出ごっこだったと思っているなら、俺は何も言うまいよ」

「では……僕が祖母の話を聞いて、もしかしてそれは本当に神隠しだったんじゃなかろうかと思っていたら？」

「あんたはそんなことを思うタイプじゃないだろう」

「でもないさ。お前と……いや、お前たちとつきあうようになってから、ずいぶんと『あっち』の世界に理解のある人間になってきたつもりだぜ、これでも」

「……なるほど。では本気で、神隠しだった可能性があると思っているのか？」

「あるとまでは言えないが……年寄りの言葉には、多分に真実が含まれていると……医者になってから、しみじみそう思うことが多くてな。だから、まったくの迷信だと決めてかかるつもりはないよ」

「ほう。あんたがそこまで柔軟な思考の持ち主に成長していたとは知らなかった。いいことだ」

「で、お前の意見は？」

重ねて問われ、森は笑いを滲《にじ》ませた声で答えた。

「わからない」

「おい、天本。もったいぶるなよ」

「本当にわからないから、そう言っているんだ。どう考えても、現段階では情報が少なすぎる。あんたがその件についてもっと何かを思い出すとか、何か情報が出てくるとか、そういうことがなければ、俺には何とも言えないよ」

「そうか。お前は、推測を語らない主義だったっけな」

「そういうことだ」

龍村は、両手を頭の下に敷き、ふむ、と呟《つぶや》いた。

「それが正しいことかどうかはわからんが、僕はべつに、しゃかりきになってすべてを明らかにしたいとは思ってないんだ。思い出せたら面白いかな、と思うだけでな」

「……ああ」

「だからとりあえず、のんびり休暇を楽しむことを優先しようと思ってる。どうせ、小さな集落だ。僕が失踪《しっそう》したときのことを覚えてる人間にも会うかもしれないし、僕がいなくなったらしい平《へい》海水浴場には、明日、行ってみようと思う。どうせ最初から泳ぐつもりで来たんだ。……そこで、何か思い出すかもしれないし、思い出さないかもしれない。どっちでもいい。そういうのは、投げやりすぎるかな」

「いいんじゃないか。あんたはそのくらい、いつもおおらかに構えているほうがいい」

「はは、そうかもな」

「そうさ」

「では、その線で行こう」

龍村は少し大きな声でそう言って、布団《ふとん》に寝たまま、大きく伸びをした。

「さて、それでは寝るとするか。お前、せいぜい体力を温存しておけよ。僕のことは、そういうわけだから、あまり気を回さなくていい。自分が楽しむことだけ考えろ」

「……言われなくても、そのつもりだ。おやすみ、龍村さん」

「おやすみ。明日は早く叩《たた》き起《お》こされるぜ。予告しておいてやる」

「ちっとも嬉《うれ》しくない」

森は心底迷惑そうにそう言って、それきり沈黙した。龍村も二人に背を向けるように寝返りを打った。

敏生には平気だと言ったが、やはり休みなしで解剖《かいぼう》業務をこなした後、ひとりで四時間以上運転したせいで、少し疲れている。

(やれやれ。僕も三十路《みそじ》に差しかかって、体力の曲がり角かな)

少し嘆かわしく思いつつ、龍村は腫《は》れぼったく感じられる瞼《まぶた》を閉じた……。

三章　たまには目をつぶって

　翌朝。

　龍村《たつむら》が目を覚ますと、隣《となり》の布団《ふとん》はすでに空っぽだった。対照的に、向こう側の布団は芋《いも》虫《むし》状に盛り上がっている。

　枕元《まくらもと》の腕時計を見ると、まだ七時前だった。習慣とは恐ろしいもので、枕が変わっても、だいたいふだんと同じ時間に目が覚めてしまうらしい。あるいは、開け放した障子《しょうじ》から、朝の光がまっすぐ顔に射《さ》していたせいかもしれない。

「こんなに明るいのに、よく寝ていられるものだな、こいつは」

　龍村は、しっかり布団にくるまって寝ている森《しん》を呆《あき》れ顔で見ながら、ゴソゴソと布団を抜け出した。縁側に立って、大きな伸びをする。

　この集落の家は、かなりきつい傾斜面に沿って立ち並んでいる。そのせいで、やや高台に位置する「ことぶき荘」からは、家々の屋根の向こうに輝く、間人《たいざ》の海を見ることができた。

「くはー、いい眺《なが》めだ！　心が洗われるなあ」

大声で言って、龍村は眩《まぶ》しげに目を細めた。防波堤に守られた小さな港には、数隻《すうせき》の漁船が停泊しているのが見える。

「おーい、天本《あまもと》。もう、蚊帳《かや》を畳《たた》んじまうぞ」

芋虫《いもむし》布団《ぶとん》からは、何のリアクションもない。死ぬ気で寝たふりをしているのか、それとも本当に熟睡《じゅくすい》しているのか。どちらにしても、いつもの起床時間である八時まで、森はてこでも動かない心づもりなのだろう。

仕方なく、蚊帳を片づけるのは後回しにして、龍村は座敷を出た。

顔を洗って茶の間を覗《のぞ》くと、台所から賑《にぎ》やかな話し声が聞こえる。龍村がヒョイと顔を出すと、そこでは、ハツエと敏生《としき》が朝食の支度《したく》の真っ最中だった。

「あ、おはようございます、龍村先生」

「おう、おはよう琴平《ことひら》君。祖母《ばあ》ちゃんも、早いな」

「年寄りの朝は早いもんや。まして私は、こないだまで民宿やりよったんやで。お客さんの朝ご飯、ひとりで支度しとったもんねえ」

「なるほど」

ハツエは、作務衣《さむえ》に割烹着《かっぽうぎ》といういつもの格好で、忙しく鍋《なべ》の蓋《ふた》を開け閉めしたり、野菜を洗ったりしている。敏生は、ちょっと自慢《じまん》げに、味噌汁《みそしる》の鍋を指さした。

「僕、裏の畑からお菜っ葉取ってきたり、煮干《にぼ》しの頭とお腹《なか》をむしったりしたんですよ」

「ほう。すっかり祖母《ばあ》ちゃんの助手だな」

龍村は、ワシワシと敏生の鳥の巣頭を撫《な》でる。ハツエは笑って頷《うなず》いた。

「そうなんや。私の腰、もうだいぶんええんやけど、まだしゃがむんがきついんよ。立ったり座ったりの仕事を手伝ってもろうて、ずいぶん今朝は楽さしてもろた」

「ふむ。僕も祖母ちゃん孝行するつもりで来たんだが、琴平君に先を越されたな。……もう、仕事は一段落したか?」

「せやね。そういや、あの男前さんは、まだ寝てるんか?」

「天本か? あいつはまだあと小一時間、起きてこないぜ。おい、琴平君。ちょっとその辺を一回りしてこないか? 朝の散歩といこう」

「行きた……あ、でもお祖母ちゃん、お手伝い……」

「もうあらかた支度《したく》はできたから、行ってきたらええよ。昔はなかった立派な橋ができとるから、港まで散歩しておいで」

「じゃあ、行ってきます!」

そこで、龍村と敏生は、揃《そろ》って家を出た。敏生のジーンズの腰からは、タオル地の小さな羊人形がぶら下がっている。敏生は、小一郎《こいちろう》も一緒に散歩しようと誘ったのだが、龍村が苦手な小一郎は、頑《がん》として出てこようとしなかった。そこで敏生は、人形ごと散歩に連れ出し、集落の中を彼に見せてやることにしたのだ。

ハツエの家から間人港《たいざこう》までは、一本道である。コンクリートの階段を下り、あとは緩やかな下り坂をのんびりと五分も歩けば、もう目の前に海が見えてきた。

港には、漁協のほかに、トタン屋根の大きな建物が二棟ある。建物といっても柱に屋根をつけただけのシンプルな構造で、どうやらそこで、海産物を取り引きしているらしい。

今朝の競《せ》りはもう終わったのだろう。くわえ煙草《たばこ》の若者が、ホースの水を勢いよく出して、コンクリートの地面を洗っていた。カモメが数羽、建物の傍《そば》にたむろしているだけで、魚はもう影も形もない。

「今は、何が獲《と》れるのかなあ」

敏生は、興味深そうに入り江の中を見回しながら言った。龍村は、目の前の漁船を指さす。

「ほら、見てみろよ。あんなにたくさん集魚灯がついてるぜ」

なるほど、それは比較的小さい漁船だったが、それでも舳先《へさき》から船室部分にかけて、八つほど大きな集魚灯がぶら下がっている。

「ホントだ。じゃあ、夜釣りに行くんですね」

「そうだろうな。今の季節なら、きっとイカでも釣るんだろう。そういえば、釣りに行こうと言っていたよな。あとで、祖母に詳《くわ》しく訊《き》いてみようか。きっと、釣り船を持っている知り合いのひとりや二人、いるはずだ」

「そうですね！　僕、釣りなんて初めてです。夜釣りだったら、天本さんも大丈夫《だいじょうぶ》かも。夜は涼しいし」

「そうだな」

二人は港を通り過ぎ、さっきハツエが言っていた橋のほうへ向かった。橋脚には、「間人港大橋《たいざこう》」と書かれている。大橋というにはやや短すぎるきらいはあるが、二車線の両側に歩道までついた、この小さな集落にしては立派な代物である。

「ずいぶんと気合いを入れたもんだなあ。……ああ、おはようございます」

すれ違った犬の散歩中の主婦に快活に挨拶《あいさつ》し、龍村は橋の欄干《らんかん》に手をかけた。敏生もその隣《となり》に立ち、うーんと両腕を力いっぱい伸ばして深呼吸する。

「凄《すご》く気持ちいい。僕、ここに来てよかったです。景色は綺麗《きれい》だし、空気は美味《おい》しいし、お祖母《ばあ》ちゃんは元気で優しいし」

「そうか、そりゃよかった。さて、橋の向こうには、何があるかな」

二人は再び歩き出した。緩くカーブした「大橋」を渡りきると、右側には、日本海を望む小さな公園のようなスペースが造られている。石柱を薪《まき》のように何本も立てかけたオブジェを円く取り囲んで、黄色い花が咲き乱れていた。

道を挟《はさ》んだ左側は一段高くなっていて、大きなコンクリートの建物がある。黄色っぽい壁に、同じ大きさの四角い窓がたくさん並んでいた。それをしばらく見上げていた龍村は、ようやく記憶のスイッチが入ったらしく、大きく頷《うなず》いた。

「ああ、ここは間人《たいざ》小学校だ。ほう、この辺もえらく変わったものだな」

「このあたりのこと、覚えてるんですか？」

「小学校だけはな。学校の裏手からすぐ、岩場に降りられるようになっていたんだ。間人の海岸は岩場ばかりでね。怖いから泳ぎはしなかったが、磯遊《いそあそ》びに来たものさ。うむ、まさしくこの場所だ。岩の形に、何となく見覚えがある」

「へえ。あ、あそこに階段がありますよ。遊歩道って書いてある。行ってみましょう」

敏生の指さしたほうには、なるほど岩場に向かう階段があった。二人はさっそく、階段を下りてみた。

大きな岩の上から隣《となり》の岩へと、たくさんのフナムシが群れをなし、音もなく渡り歩いていく。足元は、コンクリートで細い道が造られているので歩きやすく、難なく岩の端っこまで行くことができるようになっていた。

外海の波は比較的穏やかだが、それでも大岩に打ち寄せた波が弾《はじ》け、白く泡立つ。頭から飛沫《しぶき》を被《かぶ》って、波打《なみう》ち際《ぎわ》ギリギリまで行っていた敏生は、声を上げて飛びすさった。

「わ、しょっぱい……」

「そりゃあ、海だからな。いやあ、しかしここも変わったもんだ。こんな、コンクリートの遊歩道なんてなかったんだぜ。岩場を、滑《すべ》ったり転んだりしながら、苦労して歩き回ったもんだ」

「へえ。あ、潮溜《しおだ》まりにちっちゃなヤドカリがいますよ。可愛《かわい》いなあ」

「うむ。昔はもっといろんな生き物がいたよ。ヤドカリも、アメフラシも、イソギンチャクも、フジツボもな。大人たちが、素潜《すもぐ》りでウニやサザエを獲《と》っていたのを覚えてる」

龍村は、懐《なつ》かしげに言って、敏生に笑いかけた。

「ここでも泳げそうだな。砂浜に飽きたら、こっちに来てみよう」

岩場の入り組んだ地形を利用して、コンクリートで数か所を区切り、天然のプールが造られている。小学校の児童が、授業で利用しているものかもしれない。

「そうですね。それにしても、海の水が綺麗《きれい》だなあ。泳ぎに行くの、楽しみです」

「朝飯を食ったら、すぐにでも出かけよう。……さて、おそらく上の道をこのまま行けば、家に帰れるはずだ。行こうか」

「はいっ。僕、お腹空《なかす》いてきました」

急な階段を上がり、綺麗にアスファルト舗装《ほそう》された道を再び並んで歩きながら、龍村は、ふと笑みを浮かべ、こう言った。

「ときに琴平君。相談がある」

「相談？　僕にですか？」

　敏生は大きな鳶色《とびいろ》の目をぱちくりさせる。龍村は、悪戯《いたずら》っぽくウインクしてみせた。

「君に相談といえば、今頃まだ、布団《ふとん》にくるまって夢の中にいるはずの、あの男のことに決まってるだろう」

「天本さんのことで、僕に相談……ですか？」

「相談というか、作戦会議だな。どうだ、悪巧みの片棒を担《かつ》いでみないか？」

「作戦会議……悪巧み……」

　最初、キョトンとしていた敏生の幼い顔に、みるみる笑みが広がっていく。

「面白そう！　聞かせてください！」

「よーし。昨日の夜、考えたんだが……」

　二人は、まるで年の離れた兄弟か親子のように楽しげに話しながら、ゆっくりと「ことぶき荘」へと戻っていった……。


　午前八時を少し過ぎた頃。

　森はまだ座敷で眠っていた。気温は徐々に上がり始めているが、まだ耐えきれないほどではない。

　彼が、深い眠りと覚醒《かくせい》のちょうど中間あたりの、甘美《かんび》なまどろみを貪《むさぼ》っていた、そのとき……。

何かが、額に触れた。不快ではないが、やけに温かいその感触から逃れるように、森は寝返りを打つ。すると「それ」は、森の顔の動きを追いかけるように、今度は頬《ほお》に触れてきた。しかも、右と左に一度ずつ。産毛《うぶげ》を撫《な》でられるような軽い感触に、頬がくすぐったくてムズムズした。

徐々に覚醒《かくせい》に近づいてきた意識の底で、それが敏生の悪戯《いたずら》であろうと結論づけた森は、不機嫌《ふきげん》に唸《うな》りながら、片手を布団《ふとん》の中から出した。羽根だか何だか知らないが、とにかく自分をくすぐる「何か」を持っているらしい、敏生の手を払いのけようとしたのだ。

「……敏生……悪戯はやめて、もう少し寝かせてく……!」

だが、そう言いかけたとき、今度はその温かいものが、森の唇《くちびる》に触れた。さすがの森も、ギョッとして目を開ける。果たして、視界いっぱいに映ったのは……焦点が一瞬合わないほど至近距離にあったのは、敏生の顔だった。

そして、自分が敏生にキスで起こされたのだということに、森はようやく気づく。その瞬間、森の心臓は、口から飛び出すほどの勢いで脈打ち始めた。

「あ、起きた」

敏生は屈託なく笑って、朝の挨拶《あいさつ》をした。

「おはようございます、天本さん。もう、八時過ぎてますよ」

「………君は、朝いちばんで俺を殺す気か」

森は掠《かす》れた声で文句を言い、横たわったまま、行き場をなくした指先で、敏生の額を軽く弾《はじ》いた。大胆なことをしておきながら、今さら照れたように、敏生は口ごもりながら言い訳する。

「だって龍村先生が、せっかくだから、スペシャルなモーニングコールで起こしてやれって……」

「スペシャル……ね。確かに、未《いま》だかつてないほど、血圧と心拍数は跳ね上がったな」

森は鬱陶《うっとう》しそうに、バサリと垂れた前髪を、片手で掻《か》き上《あ》げた。

「ってことは、朝から元気いっぱいってことですね！」

「……元気いっぱいを通り過ぎたよ。君にしてやられるなんて、自己嫌悪《じこけんお》で死にそうだ」

「ええっ、そんなあ。こうすれば、天本さんは一発で起きるって、龍村先生が言ったのに。もう、朝ご飯できてるんですよう。せっかくの美味《おい》しいご飯が、冷めちゃいます。さ、起きてください」

「君が龍村さんの口車に乗ってそんな悪さをしたせいで、俺は朝から疲れ果てたよ。起きられそうにない」

森はそう言って、敏生をジロリと睨《にら》んだ。本当に疲れ果てているはずなどなく、実際はあまりにもドギマギしてしまっている自分を龍村に見られるのが癪《しゃく》で起きたくないのだが、敏生は森の言葉を真に受け、眉尻《まゆじり》を情けなく下げた。

「えーっ。そんなこと言わずに、起きてくださいよう。うう、どうしよう」

本当に困ってしまっているらしい敏生の様子に、森はようやく少し動揺から立ち直る。

「俺のことは放《ほう》っておいて、三人で朝飯を食えよ」

「駄目《だめ》です。僕、早起きして、お祖母《ばあ》ちゃんのご飯作り手伝ったんですよ。天本さんにも食べてほしいです。少しでもいいですから。朝ご飯食べないと力が出ないっていうでしょう」

それを聞いた森は、いつもの意地悪そうな笑みを口の端に浮かべた。

「仕返しを……させるなら、起きてやってもいい」

「え？　仕返し……ですか？　べ、べつにいいですけど。先に悪戯《いたずら》したのは僕だし」

敏生はたじろぎつつも、森に起きてほしいばかりに要求を呑《の》む。

「だったら、目をつぶれ」

森は、心の中でほくそ笑みつつ、できるだけ無愛想な声音《こわね》で、そう命じたのだった……。

それから十数分後。

身支度《みじたく》をすませて茶の間に現れた森は、やけに涼しい顔をしていた。

「おはようございます。遅くなってすみません」

「おはようさん。よう眠れたか？」

「ええ、おかげさまで」

ハツエと挨拶《あいさつ》を交わし、すっかり支度《したく》のできた朝餉《あさげ》の膳《ぜん》に向かう。後からついてきた敏生のほうはといえば、にこやかではあったが、何故《なぜ》か酷《ひど》くはにかんでいるように見えた。

先に食事を始めていた龍村は、予想と異なる二人の様子を見て、訝《いぶか》しげに太い眉《まゆ》を顰《ひそ》める。そんな龍村をチラリと見て、森は素っ気ない口調で言った。

「おはよう、龍村さん。何だ、人の顔をジロジロ見て」

ズルズルと味噌汁《みそしる》を啜《すす》りながら、龍村は森と敏生の顔を見比べ、悪びれずにこう言った。

「いや、朝から魂が抜けたようなお前の顔を見られると思っていたんだがな。どうやら、魂を抜かれたのは琴平君のほうらしい。さては、返り討ちに遭《あ》ったか」

「た、龍村先生ッ」

敏生の頰《ほお》に、みるみる赤みが差していく。森は切れ長の目に険を滲《にじ》ませ、冷ややかに言い捨てた。

「敏生に妙なことを吹き込むな。そんなことで俺を慌《あわ》てさせようとしても、無駄《むだ》だぞ」

「むむ。もはや、あの程度では驚かんか。次はもっと大胆なアクションに出てみる必要があるようだぞ、琴平君」

「だ、だ、大胆って、龍村先生……」

「龍村さん。あんたいい加減に……！」

どう転んでも、この手の会話に関しては、森も敏生も龍村に敵《かな》わない。敏生は頭から湯気でも出しそうな勢いで赤面し、冷静なふりをしていた森も、思わず龍村に噛《か》みつこうとした。

だがそこへ、熱々の味噌汁《みそしる》と炊《た》きたての飯を持って、ハツエが台所から戻ってきた。三人のただならぬ様子に、ハツエは森と敏生の前に汁椀《しるわん》と茶碗《ちゃわん》を置きつつ、不審げに訊《たず》ねる。

「何やのアンタら。朝から喧嘩《けんか》かいね」

「お、お祖母《ばあ》ちゃん……」

「………」

あたふたと大慌《おおあわ》てする敏生と、ことさら能面のような表情で沈黙する森を後目《しりめ》に、龍村は悠然《ゆうぜん》と構えてこう言った。

「愛ある朝の一騒ぎさ、祖母ちゃん」

「愛？　何やわからんことを言うねえ、最近の若い子らは」

ハツエはべつに気にするふうもなくそう言って、自分も席についた。どうやら、今日は婦人会の集まりがあるらしく、何やら皆で新しい料理を試作するのだと、はしゃいだ様子で話し始める。どうもそれが、この集落の主婦たちの、いちばんの娯楽らしい。

そのおかげで、森はそれ以上龍村に文句を言うことができず、敏生は赤い顔を隠すために黙々と食べ続け、龍村は森をさらにからかうチャンスを逸してしまう。ハツエのおかげで、朝食の席は、かろうじて平和を取り戻したのだった……。


だが、三人がかりで洗い物を片づけ、座敷に戻るなり、龍村はまた嫌《いや》な笑い方をしてこんなことを言い出した。

「さて、さっそく出かけようぜ。天本、お前もさっさと着替えろよ」

「……俺はここで、昼寝しながら本でも読んでいるさ。二人で遊びにいってこい」

森は、バッグから本を取り出しつつ、愛想のかけらもない口調で答えた。やはり、先刻のことを、まだ少し根に持っているらしい。

だが龍村は、森の手からさっと本を取り上げてしまった。

「何を言ってる。お前をひとり置いていけるわけがないだろ、情に篤《あつ》い僕と琴平君が」

「そうですよう、天本さん。一緒に行きましょう、海」

敏生は、森の正面にペタリと座り込んで、両手を合わせた。森は、呆《あき》れたように首を振る。

「本気で言ってるのか？　この俺が、夏にそんなところへ行くはずがないだろう」

「わかってますけど、でも天本さん、少しは外へ出たほうが身体《からだ》にいいです。できるだけ涼しくいられるように、僕と龍村先生が頑張《がんば》りますから。ね？」

「そうだとも。試してみる価値はあるぞ、天本」

自分のことを心配してくれている敏生と龍村の気持ちはありがたいのだが、森としては、クーラーのないこの家に留《とど》まっていることだけで、十分な譲歩をしたつもりなのだ。このうえ、直射日光と焼けた砂がプラスされる海辺へ出るなど、自殺行為に等しい……という森の気持ちは、眉間《みけん》の深い縦皺《たてじわ》が、言葉より雄弁に物語っている。

「君と龍村さんの気持ちは嬉《うれ》しいが、俺は……」

（やはり、これから先のこともある。敏生には可哀相《かわいそう》だが、ここはキッパリと断ろう）

心を鬼《おに》にして敏生に「行かない」と言い渡そうとした森に、頭の上から何かがバサリと被《かぶ》せられた。

「な……！　た、龍村さん」

それをむしり取って目の前に持ってきた森は、呆然《ぼうぜん》とした表情で、龍村を見上げた。それはあろうことか、トランクスタイプの水着だったのだ。しかも、どぎついオレンジ色のハイビスカス模様という、恐ろしく派手な代物である。

「……何のつもりだ」

「そりゃご挨拶《あいさつ》だなあ、天本。せっかく、琴平君と色違いのお揃《そろ》いで、僕が買っておいてやったのに。ハワイの学会土産《みやげ》だ。疑うなら、タグを見てみろ。ドル表示だぜ？」

「そういうことを訊《き》いてるんじゃない。俺の話を聞いていたのか？　俺はここに……」

龍村は、ニヤニヤ笑いながら、森の目の前に座ったままの敏生の頭に、ポンと手を置いた。

「お前がそうやってごねないように、朝からスペシャルプレゼントを用意したつもりだったんだがな。なあ、琴平君」

「え……えへ。秘密作戦だったんですよね、天本さんを連れ出すための」

それを聞いた途端、森は猛烈な頭痛に襲われる。

「何が秘密作戦だ……俺はそんなことでは……」

「何？　琴平君のキスだけでは、やはりご不満か。どうやら、逆襲してエクストラのキスまで手に入れたようだが、それでも足らんとは、お前も強欲になったものだな、天本」

「……龍村さん……」

森の目に、真剣な怒りの色が浮かぶ。だが、森が夏場のなけなしの体力を振《ふ》り絞《しぼ》って龍村を怒鳴りつけようとしたその直前、敏生がしょげ返った様子で、口を開いた。

「そっか……。天本さん、僕に飽きちゃったのかなあ」

「……と、敏生？　何を……」

「やっぱり、ずうっと一緒にいるし、僕、天本さんみたいに何でもできるわけじゃない

し、っていうか何も取り柄がないし……」

ガックリ肩を落として、消え入りそうな声でそんなことを言い出す敏生に、森は心底狼《ろう》狽《ばい》した。敏生の顔を覗《のぞ》き込《こ》み、何とかフォローしようとする。

「馬《ば》鹿《か》、そういう意味で言ったんじゃない。こんなつまらないことで落ち込むな」

「だって……。起こしたとき、天本さんあんまり嬉《うれ》しそうじゃなかったですよ？」

「そ、それは驚いたからで……。少なくとも、龍村さんに起こされるよりは、ずっとマシだったさ」

珍《めずら》しいほど慌《あわ》てている森を、龍村はニヤニヤしながら眺《なが》めている。敏生は、まだ疑《うたぐ》り深《ぶか》そうに、森を上《うわ》目《め》遣《づか》いに見た。

「……ホントですか？」

「ああ」

「じゃあ、嬉しかったですか？」

「あ……ああ」

仕方なく、森は頷《うなず》く。敏生は、硝子玉《ガラスだま》のような目で森を見つめて、じつにサラリとこう続けた。

「だったら、一緒に海に行ってくれますよね？」

「ああ。…………あ⁉」

ハッと気づいたときには、もう後の祭りである。

「やったー！」

さっきまで半泣きだった敏生は、ピョンと跳ね上がり、龍村と両手をぽーんと打ち合わせる。

「……謀《はか》ったな……」

弾《はず》みで返事をしてしまった森は、恨《うら》めしげに二人を睨《にら》む。だが、龍村と敏生は、満面の笑顔で口々に言った。

「これが、秘密作戦の全貌《ぜんぼう》だ。いやあ、よかったな天本！　これでお前も、健康夏ライフの第一歩を踏み出せるわけだぜ」

「行くって言いましたからね、天本さん。男に二言《にごん》はないんですよね？」

絶対に遊ばれている。敏生はともかくとして、龍村には限りなく遊ばれている。そう確信しつつも、乗せられて、返事をしてしまったのは自分だ。

森は忌々《いまいま》しげに本を畳《たたみ》に叩《たた》きつけ、水着を鷲掴《わしづか》みにして立ち上がった。

「……今日だけだぞ」

「ああ、いいとも。なあ、琴平君」

「はいっ、龍村先生。じゃ、そうと決まったら、早く着替えましょう。あ、龍村先生、蚊帳《かや》畳《たた》んでください。お布団《ふとん》は、僕が上げちゃいます」

「おう、わかった。じゃ、お前はとっとと支度《したく》しろ、天本。タオルだけは忘れるなよ」

「………」

生き生きと動き回る龍村と敏生の姿を眺《なが》め、自分の惰眠《だみん》計画が音を立てて崩れていくのを感じながら、森は、肺が空っぽになるほど深い溜《た》め息《いき》をついた……。

＊　＊

「うわあ！　天本《あまもと》さん、見てください。とっても綺麗《きれい》な色ですよ」

敏生《としき》は車の窓に張り付いて、弾《はず》んだ声を上げた。忙《せわ》しなくカーブする道のすぐ脇《わき》は切り立った崖《がけ》になっていて、遥《はる》か下のほうに、緑がかったブルーの海が見える。大小様々のゴツゴツした岩に弾《はじ》けた波は、白い飛沫《しぶき》を高く噴き上げていた。

「あの大きな岩が、屏風岩《びょうぶいわ》というんだ。見たままのネーミングだな」

軽快にハンドルを切りながら、龍村《たつむら》は感慨深げに言った。開け放した窓から、潮風が吹き込んでくる。風自体は冷たいので、後部座席で憮然《ぶぜん》としている森《しん》も、敢《あ》えて文句を言いはしなかった。

「このあたりの風景は、おぼろげに覚えているよ。確かに、バスの窓から見た記憶があるように思う」

「例の六歳の夏にか？」

「ああ」

「喋《しゃべ》り相手のお兄さんがいないせいで、外の景色に集中していたんだろう」

「そうかもしれんな。うむ、確かに僕があの夏、泳ぎに来ていたのは、このあたりだ。家からは、後ケ浜《のちがはま》や竹野《たけの》海水浴場のほうが近いんだが、僕はこっちのほうが好きだった」

「泳ぐ場所を選ぶとは、贅沢《ぜいたく》な六歳児だな」

森は、物憂《ものう》げに窓の外を見た。太陽は、徐々に照りつけを厳しくし始めている。空には雲一つない。おそらく海水浴日和なのだろうが、森にとっては、憂鬱《ゆううつ》のタネでしかない晴天であった。

ほどなく龍村は、車を駐車場に停《と》めた。駐車場のすぐ傍《そば》に、かなり大きな墓地がある。あまり景気のいいロケーションではないが、龍村はそこが確かに目的地だと言った。

「到着だ。ここが、平《へい》海水浴場だよ。僕のお馴染《なじ》みの場所だ。何でも、祖母《ばあ》ちゃんによれば、『日本の水浴場五十五選』に選ばれたことがあるらしい。日本人は、ランキング好きだな」

「へえ。あ、向こうに海が見える！　早く行きましょう」

敏生は勢いよく、車から飛び出した。さっさとトランクから、道具を降ろし始める。龍村もエンジンを止め、後部座席の森に声をかけた。

「おい、いい加減に腹をくくって、外に出ろよ。エンジン切ったから、あっという間に凄《すさ》まじく暑くなるぞ」

「…………」

森は険しい顔つきで、しかし何も言わずに車を降りた。その頭に、龍村は自分の麦わら帽子を、無造作に被《かぶ》せる。

「しばらくこれで我慢《がまん》しろ」

森はやはり剣呑《けんのん》な視線を龍村に向けただけで礼も言わず、しかし帽子を突き返しもしなかった。もう、日差しは相当に強くなっている。

駐車場にはすでに何十台もの車が停《と》まっていて、松の木立の向こうからは、時折先客たちの歓声が聞こえていた。

龍村は、肩から大きなクーラーボックスをぶら下げ、そのうえまだビーチパラソルを担《かつ》いで、先頭に立って歩き出した。その後を、もろもろの遊び道具を抱えた敏生と、小さなバッグを持った森が続く。

なだらかな坂を下り、海風で微妙に斜めに生えている松並木をくぐり抜けると、そこには、広い砂浜が開けていた。

緩い弧《こ》を描く浜は、左右に大きく突き出した岩が天然の防波堤の役目を果たし、波の穏やかな入り江になっている。波打《なみう》ち際《ぎわ》はささやかなレース飾りのように白く、海が遠浅なことを示すように、水の色はかなり沖まで、明るいターコイズグリーンだった。

「海！　やったあ、海だ！」

敏生は龍村を追い越し、サラサラした砂を蹴散《けち》らして駆け出す。

「ははは、転ぶなよ、琴平君《ことひら》」

龍村は笑いながら、海に向かって左側の、浜と地続きになった大きな岩のほうへと歩き出した。

「大丈夫《だいじょうぶ》か、天本」

「大丈夫なわけがないだろう。身体《からだ》じゅうのタンパク質が熱変性していくのがわかるような気がするよ」

「まあ、そう言うな。すぐに、快適な環境を構築してやるから」

龍村は、ほかの海水浴客たちから少し離れた場所に、太いアルミのパイプをザクリと立てた。敏生に手伝わせて、あっという間に、ビーチパラソルを打ち立てる。

それから龍村は、パラソルの下にビーチマットを敷き、クーラーボックスをドンと置いた。

「この中に、腐《くさ》るほど冷たい飲み物が入ってる。アイスノンもいくつか入れておいたから、頭が沸《わ》いたら、適当に冷やせ。あとは……」

仕上げに、車から持ち出した仮眠用のクッションとタオルケットをビーチマットの上に置き、龍村はどうだと言わんばかりに両手を広げた。

　森は黙って麦わら帽子を脱ぎ、アイスボックスの上に載せた。それから、畳《たた》んだタオルケットを座布団《ざぶとん》代わりに、ビーチマットの上に腰を下ろした。

「快適だろ？」

「……その言葉は、死んでも使えないね。暑いのに変わりはない。だが……」

「うむ？」

「気遣《きづか》いには感謝するよ。それなりに、読書で時間がつぶせそうだ」

「この美しい砂浜を前にして、読書ときたか。……やれやれ。それにしても天本よ。お前、水着を着たときくらい、もう少し砕《くだ》けた格好をすればどうだ」

　龍村の言葉に、森は右眉《みぎまゆ》を撥《は》ね上《あ》げる。

　プレゼントされた水着にいやいや着替えた森だが、その上から白いコットンシャツとジーンズをしっかり着こんでしまい、外からは、とても水着を着ているようには見えないのだ。

「どうせ海に入る気などないんだ。これで十分さ」

「ま、お前らしいがな。とにかく、何かあったら呼べよ。式神《しきがみ》君を連れてきているんだろう？」

「ああ」

森は、バッグから読みかけの本と一緒に、羊人形を取り出した。麦わら帽子の上に、ちょこんと座らせる。それを見て、龍村は白い歯を見せて笑った。

「よし。では、僕はひと泳ぎしてくる。……かつて自分が失踪《しっそう》したというこの場所を、堪能《たんのう》してくるとするよ」

森は、ゴロリと横になり、本を開きながら皮肉な口調で言った。

「せいぜい、また失踪しないよう気をつけることだ」

「そうしよう。……ああ、琴平君。水に入る前に、準備体操だぞ！」

大きな緑色のサボテン形のエアマットに苦労して空気を入れた敏生は、羽織っていたパーカを脱ぎ捨て、本当に森のものと「色違いのお揃《そろ》い」のグリーンの水着で、海に突進しようとしている。

その背中に向かって大声で準備体操だと繰り返しながら、龍村がドタドタと追いかけていく。

結局、体操のたの字もなく、盛大に波飛沫《なみしぶき》を上げて海に突っ込んだ敏生を見届け、手枕《てまくら》でマットの上に横たわった森は、周囲に視線を転じた。

「……元気なものだ」

楽しそうに水と戯《たわむ》れる人々。晴れ渡った空。日光を浴びて、白く輝く砂。

浜の両側の岩はこんもりした緑に覆《おお》われており、大きな松の木があちこちに生えている。特に、森から近いほうの岩には、波に削《けず》られてできたのか、小さな洞窟《どうくつ》らしきものまで見えた。

何一つ、不審なものはない。海辺にはよく迷える霊魂が集まるものだが、現時点に限って言えば、雑霊はたむろしているものの、明らかに生者に害を与えうるほどの力を持つ「もの」の存在は、森には感じられなかった。

（二十四年前、おそらくはこの浜で、龍村さんは神隠しに遭《あ》った……かもしれないわけか）

六歳といえば、暗くなるのも忘れて遊びに夢中になっても不思議のない年齢だ。あるいは、浜に遊びにきていた大人たちに誘われて、花火か何かに興じていたのかもしれない。

（昨夜は、叱《しか》られるの怖さに、どこかに隠れていたのかもしれないと思ったが……）

森は、水をかけ合って大騒ぎしている龍村と敏生の姿を目で追いつつ、思いを巡《めぐ》らせた。

「だが、出会った頃の龍村さんは、酷《ひど》く恐《こわ》がりだったな……」

とすると、おそらく少年時代の龍村も、高校時代の彼と同じ、いや、それに輪をかけて恐がりな子供であったと推測される。そういえば、昨夜ハツエも、龍村少年は、夜怖くてひとりでトイレに行けず、いつも兄かハツエを起こして一緒に行ってもらっていた、と語っていた。

そんな恐がりな子供が、日のあるうちならまだしも、暗くなってから、浜や野にひとりでいられるものだろうか。ましてこの海水浴場には、近くに墓地すらある。

あるいは、併設するキャンプ場で、どこかのテントに潜り込ませてもらっていたのか。

(それなら、捜索に来たときに見つかるだろう。……ということは、やはり)

地元の老人が言った「神隠し」か、あるいは、誰かが誘拐《ゆうかい》したのか……。

(誘拐したなら、それこそ身の代金の要求があっただろう。金目当てでなかったとしたら……)

「快楽殺人者……がこんな土地にいるとは思えないが、もしそうだったなら、龍村さんは二十四年前に死体になっていたはずだ」

誘拐され、命からがら逃げ出したとしたら、怪我《けが》の一つもしていなかったというのはおかしい。可愛《かわい》らしいので誘拐した……という理由が当てはまるほど「愛らしい」子供でなかったことは、昨夜ハツエが見せてくれた古いアルバムで確認済みである。

「……ということは……」

やはり神隠しなのだろうか、と呟《つぶや》き、森はゴロリと寝返りを打った。真上を向き、本はマットの上に開いたまま伏せてしまう。

(やめよう。気にするな、と言ったのは龍村さんだ)

とりあえず、龍村があああして割り切っている以上、自分があれこれ気を回すのも変な話だ、と森は思った。読書するつもりだったが、マットを通してほどよく伝わってくる砂のじんわりした熱が、穏やかな眠気を誘う。

(少し、眠るか。どうせ、あの二人は昼まで遊びどおしだろう)

そう決めて、森は目を閉じた。だが、強い日光は、分厚いビーチパラソルの布をもってしても、完全に遮断《しゃだん》できはしなかった。閉じた瞼《まぶた》の裏で光がチラチラして、眠ることができない。

森はふと思い出したように、口を開いた。

「小一郎《こいちろう》。いるか」

「……お側《そば》に」

誰も見ていないことを確かめたからか、小一郎は、人間の姿で森の傍《かたわ》らに跪《ひざまず》いた。森は、声のしたほうに首を軽く巡《めぐ》らせ、式神《しきがみ》の服装に目を見張った。

おそらく、敏生あたりに「海辺のファッション」とはどのようなものかを教わったのだろう。律儀《りちぎ》にそれを実践したのであろう式神は、白のバミューダパンツに真っ赤なアロハシャツという、ヤクザの下《した》っ端《ぱ》まがいの服を着こんでいた。

「その服は……どうしたんだ」

「うつけが買ってまいったものでございますが、如何《いかが》でございましょうか」

少し不安げな表情で、小一郎は主《あるじ》の感想を乞《こ》う。ここで自分が笑っては、式神は即刻敏

生を締め上げに行くだろう。そう思った森は、込み上げる笑いを必死で噛《か》み殺《ころ》し、素っ気ない口調で言った。

「悪くない。……それより、その麦わら帽子を取ってくれないか」

「これでございますか」

小一郎が恭《うやうや》しく差し出した龍村の麦わら帽子を、森はバサリと顔に被《かぶ》せた。それでようやく、うるさい日の光を、ほぼ完全に遮《さえぎ》ることができる。それから彼は、こう言った。

「目を離すなよ」

小一郎は、心得顔で頷《うなず》く。

「わかっております。うつけの奴《やつ》は、小一郎がしっかりと見張っておりますれば、主殿《あるじどの》はごゆっくりお休みください」

だが森は、帽子を被ったまま、くぐもった声で「違う」と言った。小一郎は、訝《いぶか》しげに首を傾《かし》げる。

「主殿？」

「小さな子供ではあるまいし、敏生もまさか溺《おぼ》れはしないだろう。俺が見張れと言ったのは、龍村さんのほうだ」

「……龍村どのを？」

「ああ。どうせお前も、昨夜の話を聞いていたんだろう」

けた。

「……御意《ぎょい》」

小一郎は頭を下げ、沈黙した。だが、森がそれきり何も言わないので、恐る恐る問いか
「神隠しの一件……でございますか」

麦わら帽子の円いつばが、小さく上下する。

「ですが、主殿《あるじどの》。当面は、お気になされぬことに……」

「そのつもりだったんだが、どうも気になるんだ。指先に刺さった棘《とげ》のように」

「……申し訳ございませぬ。小一郎には、その喩《たと》え、いかほど気になられるのか、ようわかりませぬが」

あくまでも生真面目《きまじめ》なその言葉に、森は帽子の下で笑いながら言った。

「そうか。痛覚のない妖魔《ようま》のお前に、棘の話をしても仕方がないか。些細《ささい》なことだが、何かの折に気になって仕方がなくなる……と言いたかったのさ」

「なるほど」

式神《しきがみ》が大きく頷《うなず》く気配がする。森は、小さな欠伸《あくび》をしながら言った。

「そういうわけだから気張らなくてもいいが、一応、龍村さんから目を離すな。何かあれば……あるいは、何かが現れたら、すぐに知らせろ。いいな」

「承知　仕《つかまつ》りました」

了解すれば、小一郎はすぐさま行動に移る。あっという間に、式神の気配は掻《か》き消《き》えていた。

「我ながら……心配性すぎるとは思うが、まあいい。何もなければ、それでめでたし、めでたしさ」

自分で自分に言い聞かせるようにひとりごち、森は、まどろみに身を任せた。


森が目を覚ましたとき、龍村と敏生は、いったん海から上がり、ハツエが持たせてくれたお握りを食べていた。

「……もう、昼か」

「あ、起きたんですね。天本さんも、お昼ご飯食べます？」

帽子を顔からずらして声をかけた森に、濡《ぬ》れた髪を後ろに撫《な》でつけた敏生が、笑顔でお握りを差し出した。鼻の頭が、少し赤くなっている。

「十分焼けているくせに、まだ日焼けする気なのか、君は。……ああ、俺はいらないよ。もう少し眠る」

「お前、ずっと寝てるじゃないか。少しは水に浸《つ》かってみちゃどうだ、天本」

缶ビールをごくごく飲みながら、龍村は呑気《のんき》にそんなことを言う。どうやら何事もなく、午前中いっぱい、楽しく泳いできたらしい。

「御免だね。ここで寝ているだけで、十分俺は消耗《しょうもう》している」

森は自分の取り越し苦労を馬鹿馬鹿《ばかばか》しく思いつつ、再び帽子を顔に被《かぶ》せた。

おそらく、気温は三十度を軽く超えているのだろう。寝ているだけなのに、全身がグッタリと重く感じられる。

「やれやれ、ちゃんと身体《からだ》を冷やしておけよ。たまには起きて、水分も摂《と》れ」

そんな言葉と共に、シャツの胸の上にどっしりと冷たいものが置かれた。触れてみると、どうやらクーラーボックスに入っていたアイスノンらしい。

ありがとう、と言うのすら物憂《ものう》く、森はそれをゴソゴソと頭の下に敷き、目を閉じた。

敏生のはしゃいだ声を子守歌代わりに、森は再び、暑さを忘れるための昼寝に突入した……。


「ねえ、龍村先生。あっちの岩まで泳いだことあります？」

龍村が乗ったエアマットに摑《つか》まり、緩やかに立ち泳ぎしながら、敏生は目の前の大きな岩を指さした。

俯《うつぶ》せにエアマットの上に寝そべり、両手とつま先だけを水に浸《つ》けた龍村は、サングラスをずらして、座り込んだフタコブラクダのような形の岩を見遣《みや》った。

「ん？　あそこまでかい？」

遠浅の海なので、足の届かないところまで行こうと敏生が龍村の乗ったエアマットをバタ足で押しながら泳ぎ、ずいぶん沖までやってきた。浜にいたときはかなり遠くに見えた巨岩が、今は真横にある。

「今なら楽に行けそうだが、あの頃は、こんな沖まで怖くてとても来られなかったよ。足の届かないところは、恐ろしくて仕方がなかった」

よいしょ、と両肘《りょうひじ》をエアマットに乗り上げ、至近距離で龍村と向かい合った敏生は、水中眼鏡を額まで押し上げ、クスリと笑った。

「何だか、信じられないなあ。天本さんから、昔の龍村先生の話聞くたび、ホントかなって思ってたんですけど……そんなに恐《こわ》がりだったんですか？」

「ああ、そりゃもう。今でも、少し怖いな。足の届かないところまで来ると、つま先の下に何がいるかわからないじゃないか。大きな鮫《さめ》が近寄ってきたらどうしよう、巨大イカが触手を伸ばしてきたらどうしよう……そんなことを、つい思ってしまう」

「わ、それはちょっと怖いかも」

「だろう？　昔は、そういう恐ろしい想像が次から次へと思い浮かんで、とてもこんな沖まで平気で来ることはできなかったよ。祖母も、それを知っているからこそ、僕をひとりで海へやってくれたんだと思う。危ないことができるほど、肝《きも》の太い子供じゃなかったからね」

「ああ、なるほど……。じゃ、今は平気ですか？」

「まあ、あまり考えないようにすれば平気だな」

龍村は顔の左半分だけでニヤッと笑う。敏生は、うーん、と岩までの距離を目で測りながら言った。

「だったら、あの岩まで思いきって行ってみません？　僕がこのまま押していきますから。あの洞窟《どうくつ》みたいなの、どんなふうになってるのか、見てみたいんですよね」

「ふーむ。僕は楽でいいが、大丈夫《だいじょうぶ》かい？」

「楽勝ですよう」

敏生が張り切ってバタバタと水を蹴《け》り、岩のほうへエアマットを向けようとしたとき……。

バサバサッ！

力強い羽ばたきが頭上で聞こえたと思うと、敏生の頭頂部に鋭い痛みが走った。

「痛ッ！」

見れば、一羽の鳶《とび》が、海面スレスレを飛んでいる。どうやら、敏生の頭を直撃したのは、鳶の鋭いかぎ爪《づめ》だったらしい。直接の打撃を受けたのは水中眼鏡だったのが、不幸中の幸い……と敏生が思った途端、飛び去るかと思われたその鳶が、また引き返してきた。

明らかに、二人のほうへまっすぐ突っ込んでくる。

「うわああっ」

「おおっ」

慌《あわ》てて敏生は水に潜り、龍村は両手で頭を庇《かば》う。……と、鳶《とび》は寸前で急上昇し、二人はホッと胸を撫《な》で下《お》ろした。敏生の頭の中に、耳慣れた声が響く。

——この馬鹿者《ばかもの》。無謀な試みをするでないわ。

それが小一郎の仮の姿であることに気づいた敏生は、ムッとして片手を飛び去る鳶に向かって振り上げた。

「もう、小一郎なんじゃないか！　何するのさ」

そんな敏生を嘲笑《あざわら》うように、鳶は敏生の真上で、得意げにクルリと旋回する。

——調子に乗ってお前が溺《おぼ》れでもすれば、俺が引き上げねばならぬのだぞ。よけいなことをせず、そのあたりで間抜けに浮いておれ。

「何だよ、偉そうに。小一郎もこっちおいでよ。一緒に泳げばいいじゃないか」

——俺は、主殿《あるじどの》から命じられた任務を果たしておるのだ。お前と違って忙しい。

「天本さんから言いつけられたことって、また僕の見張りとか、そういうこと？」

敏生はプウッと頬《ほお》を膨《ふく》らませた。

——そのようなつまらぬことではないわ。

「つまらないって何だよう！」

軽くいなされ、敏生はよけいにむくれる。残念ながら小一郎の声は聞こえないのだが、敏生の台詞《せりふ》で、だいたいの会話内容を推し量ったのだろう。龍村はくつくつと低い声で笑った。

「相変わらず仲がいいことだなあ、二人とも」

「……仲がいいって……」

敏生が憤慨して、龍村に何か言い返そうとしたそのとき。

「…………!!」

龍村の仁王《におう》の眼《め》が、文字どおり点になった。敏生も、つられて目を丸くする。

「龍村先生？　どうかしたんですか？」

「こ、琴平君、君、どうやってそんな……」

「え？　僕は何も……」

唖然《あぜん》とした表情で自分を見ている龍村に、敏生もビックリして言い返した。すると、それまで二十センチほどしか離れていなかった龍村の顔が、ズズッと後退し、同時に、敏生が摑《つか》まっていたエアマットの端が、フワリと浮き上がった。

「え⁉」

何が起こったか敏生がまったく把握《はあく》できないでいると、不意に龍村の姿が、海に沈んだ。自然とエアマットは勢いよく跳ね上がり、敏生も反動で海に放《ほう》り出《だ》される。

「ガボッ……た、龍村先生……？」

敏生はしょっぱい海水を飲み込み、咳《せ》き込《こ》みながらも、慌《あわ》てて水中眼鏡をはめ、海面に顔をつけた。

敏生の目の前……というか目の下で、龍村がバタバタと両腕を振りながら、必死の形相で暴れている。

(龍村先生⁉)

ガボガボと激しく空気を吐き出しながら、龍村は何か訴えようとしている……のだが、そのつま先に重石《おもし》でもくくりつけられているかのように、立ったままの姿勢で巨体が沈んでいく。それだけならまだしも、まるで何かに引きずられるように、どんどん沖のほうへ流されていくのだ。

さらに不思議なことに、両腕はクロールのように水を掻《か》いているのに、足は少しも動いていないように見える。

「わ……わわわわっ！」

敏生は水面に顔を出し、両腕を左右に大きく振りながら、大声で浜にいる森に呼びかけた。

「天本さーん！　天本さんッ！　龍村先生がーっ‼　あ、天本さんじゃなくてもいいや、誰か！」

だが、あまりにも沖に来すぎたせいで、昼寝中の森はおろか、監視員にすら、敏生の声は届かないようだった。

「ど、どうしよう……龍村先生が溺《おぼ》れちゃう……よしっ」

助けを呼ぶことを諦《あきら》め、敏生が自分で龍村を救うべく、大きく息を吸い込んだその瞬間……。

――動くな！　俺が行く。

鋭い声が敏生の頭に響いたと思うと、弾丸のようなスピードで飛来した鳶《とび》が、敏生のすぐ近くで海に飛び込んだ。

「小一郎！」

敏生も慌《あわ》てて、再度水中に顔を突っ込んだ。

水中でも、小一郎のスピードは少しも衰えない。ナイフのように鋭角的に潜った鳶は、かなり深いところまで沈んでいた龍村の頭に、容赦なく鋭いかぎ爪《づめ》を打ち込み、そのまま引きずり上げる。本物の鳶にはとてもできない芸当だが、そこは式神《しきがみ》、鳶の姿を取っていても、十分な力を出すことができるのだ。

――うつけ！　後は任せる。

（……わかった！）

式神の声に、敏生は素早く反応した。改めて息を吸い込み直し、海中に潜る。鳶がかなり引き上げてきた龍村の身体《からだ》を抱きしめ、そのまま思いきり水を蹴《け》って、勢いよく海面まで浮上した。

「ふは……た、龍村先生ッ！　大丈夫《だいじょうぶ》ですか！」

水の中でも、グッタリした龍村の身体《からだ》は敏生には大きすぎて、支えることが難しい。そこで敏生は、必死で片手を伸ばし、ぷかりと浮かんでいたエアマットを摑《つか》み、引き寄せた。

苦労しながらも、何とかエアマットに自分の片腕と、龍村の頭を載せる。

「龍村先生、龍村先生ってば！　しっかりしてくださいよう」

「……ぐ……」

気を失っているかと思われた龍村だが、どうやら意識は何とか保たれていたらしい。敏生の呼びかけに、激しく咳《せ》き込《こ》み、飲み込んだ海水を吐き出した。全身を波打たせて喘《あえ》ぎつつも、かろうじて自力でエアマットに抱きつく。

「龍村先生……だ、大丈夫ですか」

並んでエアマットに半身を乗り上げ、敏生は龍村の背中を一生懸命にさすってやった。かなり長い間話すことができず、ただ荒い息を吐いていた龍村は、ようやく言葉を絞《しぼ》り出《だ》す。

「あ……あ、何とか……な」

「よかった……。龍村先生、急に溺《おぼ》れちゃうから、僕、心臓が止まりそうになりましたよ。足、攣《つ》ったんですか？」

敏生は、安堵《あんど》のあまり、半分泣き笑いの表情で言う。龍村は、血の気の失《う》せた顔で、ゆっくりとかぶりを振った。いつもは一文字に結ばれている唇《くちびる》が、ワナワナと細かく震えている。

「龍村……先生？」

龍村の尋常ではない様子に、敏生は幼い顔を引き締めた。

と、遥《はる》か沖の水面から、突っ込んだときと同じくらいの凄《すさ》まじい勢いで、鳶《とび》が飛び出してきた。ロケット並みのスピードで上空に達し、そこでようやく大きな翼を開く。

「小一郎……？」

——取り逃がしたようだ。海の中は初めて故《ゆえ》、勘《かん》が狂った。

大きく二人の頭の上を回りながら、式神《しきがみ》は悔しげに言った。

「取り逃がしたって……何を……？」

——わからぬ。元は、人のように思うたが。

「人？　何、どういうことさ？」

敏生は片手で太陽の光を遮《さえぎ》りながら、頭上の式神を見上げる。

——とにかく、俺は主殿《あるじどの》にお知らせしてくる。お前は、龍村どのが落ち着き次第、水から上がれ。よいな。

「わ……わかった。そうする」

浜へ向かって飛び去る鳶《とび》を見送り、敏生は再び龍村の顔を覗《のぞ》き込《こ》んだ。

「ね、龍村先生。そのまま摑《つか》まっててください。できますよね？　僕、マットごと、浜まで運びますから」

龍村は無言で頷《うなず》き、何度も自分の足のほうを見遣《みや》った。その両眼は、海水が滲《し》みたのと窒息しかけたせいで、真っ赤に充血している。小一郎が鳶の両足で頭を鷲摑《わしづか》みにしたために、傷を負ったのだろう、額や耳の後ろから幾筋か、細く血が流れていた。

「龍村先生……」

（いったい、何がどうしたんだろ……）

あまりにも思いがけないアクシデントに、敏生まで、思わず呆然《ぼうぜん》としてしまう。

しかし、こうして海のただ中にいては、傷の手当てすらままならない。一刻も早く、森のもとに戻るべきだと気を取り直した敏生は、一生懸命バタ足を始めた。

そして、もうすぐ足が届くところまで来ようというとき、それまでも何度か背後を振り向いていた龍村が、ひび割れた声で言った。

「琴平君。……君、さっき僕の足を引っ張ったりはしなかったよな？」

敏生はキョトンとして、龍村の引きつった四角い顔を見る。

「え？　しませんよ、そんなこと。だって僕、龍村先生がいきなり沈んじゃって、ホント驚いたんですよ？」

「だよな。……いや、疑って悪かった」

龍村は力なく首を振る。敏生は、声を潜《ひそ》めて訊《たず》ねた。

「……まさか、誰かに足を引っ張られて、海に引きずり込まれた……なんて言いませんよね？」

「……それが、言うんだ」

「ええっ⁉」

龍村は、まっすぐに敏生の顔を見て、今にも泣き出しそうに顔を歪《ゆが》め、言った。

「足首を、何か氷のように冷たいものに摑《つか》まれたと思った次の瞬間には、海の中にいた。……どんどん底のほうへ、沖のほうへ引っ張られていくのに、足をもがくことすらできなかったよ」

「そんな……」

「それに……ああ、水圧の変化で幻聴を聞いたのかな……」

「何です？」

龍村はしばらく沈黙した後で、ボソリとこう言った。

「水の中で、声を聞いたような気がするんだ」

「声⁉」

「ああ」

龍村は、エアマットに強張《こわば》った頰《ほお》を押しつけ、嘆息して言った。

「何だか懐《なつ》かしいような声だった。『また、会えたね』……そう言ったように聞こえた」

「……声……」

敏生は途方に暮れて絶句し、龍村もそれきり口を噤《つぐ》んでしまった。

敏生は急に心細くなって、水を蹴《け》る足にいっそう力を込めた。早く、森のいるところへ戻りたかったのだ。

小一郎が知らせたのだろう。敏生の視界に、波打《なみう》ち際《ぎわ》まで来てじっと自分たちを見ている森の姿が見えた……。

四章　安らぎのある場所で

「大丈夫《だいじょうぶ》か、龍村《たつむら》さん。君は？　敏生《としき》」

何とか岸に戻り、森《しん》の肩を借りてビーチパラソルまで帰り着いた龍村は、ドスンとビーチマットの上に座り込んだ。広い肩が、大きく上下している。

「僕は大丈夫。でも龍村先生は、ずいぶん水を飲んじゃったみたいです」

エアマットを抱えて共に戻った敏生は、クーラーボックスを開け、冷たいウーロン茶を龍村に手渡す。それを一口飲んでから、まだ呼吸の整いきらない龍村は、ようやく口を開いた。

「琴平《ことひら》君のお言葉どおり、すっかり塩漬《しおづ》けだ。だが一応、失踪《しっそう》せずに生きて戻ったぜ。式《しき》神《がみ》君と琴平君のおかげでな」

「だから言わないこっちゃない。……小一郎《こいちろう》」

昼寝を妨げられて不機嫌《ふきげん》そうな顔つきの森は、忠実な式神を呼んだ。すぐさま、人間の姿で、小一郎は森の前に畏《かしこ》まる。

「おそらく、当人には何が起こったかわかるまい。小一郎。さっきの事件のあらましを、もう一度聞かせてやれ」

そう言って、森はパラソルの支柱を挟《はさ》んで、龍村の隣《となり》に腰を下ろす。敏生は、乾いたタオルで、龍村の頭の傷から流れる血を拭《ふ》いてやった。

血に染まったタオルをチラリと見た小一郎は、いくぶん気まずげに視線を逸《そ》らして言った。

「正体はわかりませなんだが、突然現れた妖《あやか》しが龍村どのの足を摑《つか》み、海へと引きずり込んだのでございます」

「妖しが？　僕の足を摑んで？」

龍村はギョッとした顔で問い返す。小一郎は頷《うなず》き、言葉を継いだ。

「おそらくは、海深く潜《ひそ》んでいたものかと。急なことであった故《ゆえ》、この小一郎、不覚にも姿を変える暇《ひま》がなく、このような不始末をいたしました。申し訳ござりませぬ」

うっそりと頭を下げる式神《しきがみ》に、龍村は怪訝《けげん》そうな顔をした。だが彼が自分の頭部に傷を負わせたことを謝っているのだと思い当たると、敏生の手からタオルを受け取り、自分の頭をザバザバと勢いよく拭いた。硬く強張《こわば》り、ロウのように白かった龍村の顔には、ようやく赤みが戻りつつある。彼は、口元に笑みさえ浮かべ、式神を労《ねぎら》った。

「ああ、気にするな小一郎。溺《おぼ》れ死《じ》ぬところを助けてくれたんだ。君は言うなれば、命の

恩人だろう？　感謝こそすれ、腹を立てたりなどするものか。……無論、さっきの鳶《とび》より
は今のその格好のほうが、ずっとクールではあるがね。なかなかセンスのいいシャツだ」
「か……かたじけのうございます」
　例の赤いアロハシャツを褒《ほ》められ、少し嬉《うれ》しそうに小一郎は礼を言い、森のほうを見
た。森は無表情で、龍村の言葉に対するコメントを口にすることを、巧妙に避ける。
「で、小一郎。俺には遠すぎて妖《あやか》しの気配が摑《つか》みきれなかったが、お前はそれについてど
う感じた？　どう考える？」
　森に問われて、小一郎は真面目《まじめ》な顔つきに戻り、考え考え答えた。
「先刻申しましたとおり、奴《やつ》の尻尾《しっぽ》を摑むことはできませなんだ。ですが、僭越《せんえつ》ながら申
し上ぐるならば、あの妖しは、最初から龍村どのを狙《ねら》っておったのではないか……と思い
まする」
「僕を？」
「左様。あのとき、小一郎はご存じのとおり、鳶に姿をやつし、龍村どのを空より見てお
りました。ですが、龍村どのが海に引き込まれたその瞬間まで、まったく妖しの気を感じ
ることはできませなんだ。おそらく妖しは、海の底より龍村どのを認め、連れにまいった
と……」
　龍村は、啞然《あぜん》とした顔つきになる。

「僕を？　ちょっと待ってくれ。君は、琴平君とじゃれ合いに来たんじゃなく、僕を見張っていたのか」

「龍村どの。……この小一郎、うつけをかまうために式《しき》になったのではござりませぬ！」

憤然《ふんぜん》と抗議する小一郎をまあまあと宥《なだ》め、今はかなり冷静さを取り戻した龍村は、まだ赤い目を眇《すが》めた。

「僕は、気にするなと言ったはずだぜ天本《あまもと》。お前も、とんだ心配性だな」

森は、複雑な表情で肩を竦《すく》める。

「我ながらそう思うが、それであんたの命がひとまず助かったんだ。せいぜい感謝しろよ」

「しているとも。だが……僕が目的だったとは、いったいどういうことだ。まさか、その……例の『神隠し』事件に、何か関係が？」

「さてね。あの場に居合わせなかった俺には、何ともコメントのしようがない。ただ、小一郎の話を聞く限りでは、妖《あやか》しがたまたま龍村さんを選んだ可能性は否定できないな。あるいは、敏生でも、誰でもよかったのかもしれない」

「ふ……ふむ。そうだよな」

龍村は少し明るい声を出す。森は、敏生に目を向けた。

「で、敏生。もうひとりの事件目撃者の君は、どう思う？」

緑色のエアマットの上にちょこんと胡座《あぐら》をかき、バスタオルを頭から被《かぶ》った敏生は、小首を傾《かし》げて答えた。

「僕だって、龍村先生が海に沈んじゃうまで、何の気配も感じませんでした。っていうか、龍村先生が急に溺《おぼ》れたから、助けなきゃって思うばっかりで、ほかのことに全然気が回らなくて……。だからごめんなさい、僕にもよくわかりません」

「ふん。それ故《ゆえ》お前は、慌《あわ》て者《もの》でありながら鈍重、まったく手の施しようがないうつけだというのだ」

小一郎は、勝ち誇ったように胸を張る。敏生は悔しそうに、あかんべをして食ってかかった。

「何だよう。小一郎だって、慌てすぎて鳥のまま龍村先生の頭摑《つか》んじゃったくせに！」

「馬鹿者《ばかもの》！　慌てたのではなく、急いだのだ！」

「嘘《うそ》だ、焦《あせ》ったんでしょ。小一郎も慌てんぼうなんだよーだ」

「何を抜かすか、この大うつけめ！」

「……やめないか二人とも」

例によって「兄弟喧嘩《げんか》」を始めそうな二人を、森はこめかみに手を当て、嘆息しながら窘《たしな》めた。

「つまらない諍《いさか》いをしている場合じゃないだろう。二人が力を合わせたからこそ、龍村さんが無事でここにいられるんだ。それぞれ俺の式《しき》と助手として、上首尾の仕事をしてくれた。それでいいさ。……ところで、龍村さん」

叱《しか》られた二人がシュンと静かになったところで、森は改めて龍村に問いかけた。

「ああ？」

「その、頭の傷は大丈夫《だいじょうぶ》なのか？　手当ては……」

龍村は、まだ半ば湿ったざんばら髪を片手で撫《な》で回《まわ》し、頷《うなず》いた。

「うむ。軽い挫創《ざそう》だ、心配ない。頭の傷は、大袈裟《おおげさ》に出血するものだ。特に、水の中ではな。もうあらかた止まった。……それより、天本よ……」

問いを返そうとする龍村を、森は片手で制した。

「待て。だったらまず、足を見せてくれないか」

「足？」

「妖《あやか》しに摑《つか》まれたという、その太い足さ、龍村さん」

「太いはよけいだ」

森が、自分を少しでもリラックスさせるために、わざと冗談《じょうだん》を言ったのだと悟《さと》った龍村は、自分も軽い口調で言い返し、足首をドンと森の前に置いた。

いつもの癖《くせ》か、ビーチマットの上ですら正座している森は、茶道具でも鑑賞するように上体を軽く屈《かが》めると、龍村の右足首をむんずと摑み、顔を近づけた。何も知らない人間が見れば、何とも奇妙な光景である。さすがの龍村も、決まり悪そうに大きな口をへの字に曲げた。

「おい、天本。僕の足に何かついているのか？　化け物の手形か？　それとも、巨大イカの吸盤かな」

「ちょっと黙っていてくれないか。気が散る」

ピシャリと言って、森は龍村の足首とその周囲に、まんべんなく氷のように冷たい左手で触れた。龍村と敏生、そして小一郎は、固唾《かたず》を呑《の》んで、森の言葉を待つ。

やがて森は、無造作に龍村の足を放《ほう》り出《だ》し、姿勢を正して腕組みした。

「確かに……人間らしい『気』が、僅《わず》かに残っている」

「どういうことですか？　妖《あやか》しには違いないけど、本来は人間だった、ってのは確かなんですか？」

敏生に問われ、森は即座に答えた。

「そうだ。おそらくは水辺で死んだ人間の魂が、彷徨《さまよ》っているうちに妖しに転じたものだろう。元が人間だけに、あまり力は強くない。だから、龍村さんの足から感じられる『気』の痕跡《こんせき》も、ごく弱いものだ」

「ふむ。しかし、確かに何かが僕の足首を摑《つか》んだことは、あの場にいなかったお前にもわかるんだな？」

「ああ」

「ほかにわかったことは？」

「ほかに……」

森はさっき自分が感じた妖《あやか》しの「気」を思い出すように、左の手のひらを眺《なが》めながらこう続けた。

「そうだな。もう一つだけ、俺に言えるのは……負の感情は、残留した『気』からは感じられなかったということだ」

「え？」

敏生は吃驚《びっくり》して目を見開き、龍村は首を捻《ひね》った。

「む？　その、負の感情が何とかってのは、どういうことだ」

龍村は、さっきさんざん飲んでしまった海水を薄めようとしているのか、ウーロン茶をがぶ飲みしながら訊《たず》ねる。

「つまり……龍村さんを溺死《できし》させようとした妖しなのだから、こういう言いぐさは妙なんだが。負の感情がない、ということは、龍村さんに悪意があったわけではない……としか言いようがない」

「何？　僕に悪意がない、だって？」

「そういうことになる。龍村さんに限らず、誰にも明確な悪意は抱いていないのかもしれない……が、その点についてはまったくわからないな。本当に龍村さんをターゲットにしていたかどうかという問題と共に、今は謎《なぞ》と言うよりほかがないね」

「もう一度試してみないことには、か？」

「今日は、試しても無駄《むだ》だろう。小一郎が、かなり脅《おど》したはずだからな。おそらく、今日のところは、いくらあんたが潜ってみても、現れないと思う。もしかすると、二度とこの浜には近づかないかもしれない」

「ふーむ……」

龍村は、難しい顔で唸《うな》った。

「……無論、その妖《あやか》しとやらが、二十四年前の僕の失踪《しっそう》事件に関係があるかどうかも……わからないわけだな？」

「今のところは」

森は少し悔しげに頷《うなず》く。

「でも、龍村先生。さっき……」

敏生は、数十分前の龍村の言葉を思い出し、口を出そうとしたが、龍村はそれをジロリと目で制した。敏生は、慌《あわ》てて口を噤《つぐ》む。

「なら、天本。僕が水の中で声を聞いたと言ったら、お前、何て言う？」

龍村のその一言に、森の切れ長の目が、キラリと光った。

「何だって？」

「琴平君には、さっき岸に向かって運んでもらっているときに、チラリと話したよな」

「はい。水に引き込まれたとき、海の中で声を聞いたって……」

「声？　ちゃんと話してくれ、龍村さん」

　いったん思考を中断しようとしていた森の顔が、再び引き締まる。龍村は、真面目《まじめ》な顔で言った。

「琴平君には、幻聴かもしれないと言った。……しかし、ずっと考えていたんだが、どうもあれは聞き覚えのある声に思えるんだ」

「聞き覚えのある声？　男か、女か。大人か、子供か。あるいは動物か。もっと詳しく説明してくれ」

「水の中だってのに、誰かが耳元で囁《ささや》いてるみたいにハッキリ聞こえた。女の声だ。……子供か大人かって言われりゃ、大人……かな。どっちかというと若い。婆《ばあ》さんの声じゃないと思う」

「それなりに若い女の声、というわけか。……で、何と言っていた？」

　龍村は、ゴクリと生唾《なまつば》を飲み、ハッキリした口調で言った。

「たぶん、こう言ったと思う。……また、会えたね、と」

「『また、会えたね』……か」

「おそらく」

そうか、と呟《つぶや》くように言って、森は小さく嘆息した。

「主殿《あるじどの》……では、やはり……」

小一郎が、跪《ひざまず》いたままで、ごく控えめに声をかける。だが森は、あっさりとかぶりを振った。

「いや。悪いが、龍村さん。……あんたが聞いたというその言葉だけで、俺は今回のことを、二十四年前の事件と関係があると断定できないよ。俺が直接、それを耳にしたわけじゃないからな」

「それはわかってるさ。ただ、どんな小さなことでもすべて話しておかないと、お前、後で怒るだろう」

「無論だ。ほかには?」

「僕が話せることは、これで全部だ」

龍村はそう言って、もの問いたげに森の顔を見る。森は、あからさまに嫌《いや》な顔をした。

「俺は、あんたの行動に指示を出す気などないぞ。あくまでも、あんたの問題だからな、これは」

「僕が気にしなければ、これもこれで終わりの話、というわけか。それもそうだな。僕はこうしてぴんぴんしているし、何者かが僕の足を引っ張ったんだとしても、僕がもうここで泳がなければ、同じ目に遭《あ》うことはないわけだ。二十四年前の事件とも、関係がないと信じればそれまで。もっと言えば、二十四年前の事件など今さら気にしないと言えば、それですべて平和のうちに片づく、ということか」

「そのとおり」

森は素っ気なく同意する。

「でも！　僕は嫌《いや》です」

しかし、突然それに異を唱えたのは、それまでおとなしく二人のやりとりを聞いていた敏生だった。

「何故《なぜ》、君がそんなにムキになっているんだ？」

森は、訝《いぶか》しげに眉根《まゆね》を寄せる。敏生は、両手を握《にぎ》り拳《こぶし》にして力説した。

「だって、今の話の流れだと、その妖《あやか》しが狙《ねら》ったの、僕かもしれないって可能性が残ってるんですよね？」

「ああ」

「妖しのこと、調べもせず、何の対処もしないなら、少なくともこの海水浴場で泳ぐの、天本さん駄目《だめ》って言いますよね？」

「当然、そうだな。ここだけじゃない。念のため、今回の休暇中、海に入るのはやめてほしいものだ」

「ほらね！　龍村先生は、泳がなくても平気かもしれないですけど……。それって、僕も海に入っちゃいけないってことじゃないですか！　僕はそんなの嫌《いや》です！」

「……そういうことか」

森は、軽い頭痛を覚えて、今度は深い溜《た》め息《いき》をつく。龍村も、すまなそうに肩を落とした。

「そうだな。僕が溺《おぼ》れたせいで、君にまで迷惑をかけるのは、本意じゃないな。そもそも、ここに連れてきたのは、僕なんだし」

「……仕方ない。俺と敏生には関係ない話で通したかったが、そういうわけにもいかないらしいな」

「じゃあ、調べるんですね？」

ゲンキンにパッと顔を輝かせる敏生を軽く睨《にら》みつつ、森はいかにも不本意そうに言った。

「具体的に何をするかはまだわからないが……。とにかく、今日、龍村さんを殺しかけた妖《あやか》しについては、手を打つことにしよう。敏生が、ここで海水浴を満喫《まんきつ》できるように」

「ホントですか！　じゃあ僕、何でもお手伝いします」

「当然だ。君は俺の助手なんだからな。あんたにも、それなりに手を貸してもらうことになるかもしれないぞ、龍村さん」

「願ってもない。僕も、本当は気になってるんだぜ、あれもこれもひっくるめてな」

「……そうだろうとも。あんた自身のことだ」

森は渋い顔でそう言って、腕時計に視線を落とした。

「三時過ぎだ。……龍村さん、あんた、もう動けるか？　それとも、もう少しここで休んだほうがいいか？」

「僕か？　ああ、大丈夫《だいじょうぶ》だ。海水とウーロン茶を飲みすぎて腹がガボガボするのと、酸欠になったせいで頭痛がするが……大事ない」

「なら、ここにこれ以上留《とど》まるよりは、家に帰って休んだほうがいいな。俺が運転するから、キーをよこせ」

「すまんな、天本。……琴平君も。せっかく楽しく過ごしてたのに」

龍村は心底すまなさそうに言って、自動車のキーを森に手渡し、立ち上がった。まだ少しダメージが残っているらしく、軽くふらつく身体《からだ》を、ビーチパラソルで支える。

「敏生、小一郎。二人で手分けして片づけをしてくれ」

「はいっ」

「お任せを」

「頼むぞ。……龍村さん、つきあってやるから、先に車に戻ろう」

森は、敏生と小一郎に指示を出し、龍村に手を貸して駐車場へと歩き出す。森の肩に手を置いて歩き出した龍村は、不意に低く笑いだした。森は横目で龍村の笑顔をジロリと見る。

「何がおかしい」

「いや、小一郎と琴平君は、最近ますます兄弟じみてきたと思ってな。なかなか聞き分けのいい『子供たち』じゃないか」

「ああ……。最初はどうなることかと思ったが、最近は、小一郎がずいぶん敏生に懐《なつ》いてきたな。……いや、逆か……？」

「両方が歩み寄ってるんだろう。喧嘩《けんか》しながらも、お互いを思いやることを学びつつあるようじゃないか」

龍村の言葉に、森は口の端に微《かす》かな笑みを浮かべる。

「そういうことは、時々しか会わないあんたのほうが、よくわかるのかもしれないな」

「そうかもしれん。離れて暮らしてる子供の成長を見て驚く、単身赴任の親父《おやじ》みたいなもんだ。……それに……うわッ、と」

「変な喩《たと》えをするなよ。……おい、大丈夫《だいじょうぶ》か？　今度は何を笑ってる」

龍村は、階段を踏み外しかけてよろけ、森の肩に置いた自分の手に、額を押し当てて笑った。

「いや、それにしても、夏バテのお前に肩を借りるとは、我ながら自分の醜態が情けなくて、笑うしかないのさ」

また顰《しか》めっ面《つら》に戻りかけていた森も、その言葉に苦笑いを浮かべてしまう。

「まったくだ。本当なら、俺があんたの肩を借りる予定だったんだがな。……さて、『子供たち』が片づけをすませて戻ってくるまで、俺たちは車の中で涼むとしよう」

「……その前に、誰が最初に車のドアを開けるんだ？　きっと、凄《すさ》まじく熱がこもってるぜ。直射日光を半日浴び続けてるんだから」

「俺は御免だ」

「おいおい、天本。僕は一応、怪我人《けがにん》だぞ？」

「溺《おぼ》れて、怪我をして……そこまで来れば、あともう少しダメージが加わったくらいでは、何の変わりもないだろう」

「ああ、どうせそうだろうとも。お前はそういう冷たい男だよ」

「今さら何を言ってる」

遠くから切れ切れに聞こえる敏生と小一郎の口喧嘩《くちげんか》に耳を傾けつつ、森と龍村は、朝に下った坂道を、今度はゆっくりと、一歩ずつ上っていった……。

＊　　＊

帰宅したとき、ハツエは家にいなかった。朝言っていた、婦人会の集まりに出かけているのだろう。台所の炊飯器《すいはんき》が午後六時にセットされているところを見ると、どうやらその頃合いまで帰ってこない予定らしかった。

龍村《たつむら》は、さすがに疲れた様子で、夕飯まで横になると言った。敏生《としき》は、さっそく座敷に龍村のための布団《ふとん》を敷いてやりながら、ふと森《しん》のほうを見て訊《たず》ねた。

「あ、天本《あまもと》さんもお布団敷きます？　何か、龍村先生の騒ぎで忘れてたけど、天本さんも、半日海辺で過ごしたんですよね……。夏バテ、大丈夫《だいじょうぶ》ですか？」

結局水に濡《ぬ》らすことのなかった水着をさっさと着替え、パリッとアイロンのかかったシャツのボタンを留めながら、森は少し拗《す》ねた顔つきで答えた。

「薄情な助手だな。……だが、実際のところ、俺も龍村さんのおかげで、正面切ってバテている余裕がなかったよ。動けるときに、動いておく。布団は夜までいらないさ」

「動くって？」

「出かけてくる。龍村さん、車を借りるぞ。夕飯までに帰るから」

着替えをすませた森は、簞笥《たんす》の上に置いてあった車のキーを、再び取り上げた。布団に入りかけていた龍村と、その枕元《まくらもと》にちょんと座っていた敏生は、吃驚《びっくり》してそれぞれ大きな目を見張った。

「天本、お前……」

「出かけるって、どこへ？　僕も行きます」

　敏生は腰を浮かしかけたが、森はひとりで行くとキッパリ言った。

「さっきの妖《あやか》しのことで、少し調べたいことがある。が、ひとりで十分だ。君は龍村さんと一緒にここにいろ、敏生」

「でも、天本さん」

　体調を心配する敏生に、森は苦笑して、「心配ないよ」と言った。

「ベトナムで、春から暑さに馴染《なじ》んでいたのがよかったのか、思ったより動けるんだ。念のため、小一郎《こいちろう》を連れていくから心配するな。何かしてほしいことがあれば、遠慮なく敏生に言いつけろよ、龍村さん」

「ああ、わかった。……すまんな、休暇を楽しみに来たのに」

　枕《まくら》に頭を預けた龍村は、片手を上げて森に挨拶《あいさつ》する。

「休暇？　夏に強くなるトレーニングに来たんだろう、俺は。行ってくる。あんたはゆっくり休め」

　冷ややかな中にも笑いを含んだ声でそう言って、森は足早に座敷を出ていく。

「見送りに行ってきます」

　龍村にそう囁《ささや》いて、敏生は森の後を追いかけた。

「天本さんってば」

「大丈夫《だいじょうぶ》だよ。ちょっと出かけて、調べものをして帰ってくるだけだ」

玄関先で靴《くつ》を履《は》いている森の背後に座り込んで、敏生は心配と不安が半々に混ざり合った顔つきをした。指先で、森のシャツの背中を何度も強くつつく。

「馬鹿《ばか》。何を子供みたいなことをしてるんだ」

「だって。天本さんが、勝手なときだけ僕のこと『助手』って言うから」

靴紐《くつひも》を結び終わって身体《からだ》を起こした森は、振り向いて敏生の顔を見るなり、微苦笑した。

「何て顔をしてる。……いくら龍村さんでも、あんなことの後では、少しは心細くなるだろう。一緒にいてやれ。小一郎は、龍村さんが苦手だからな。君のほうが、留守居は適役だ」

「それは……わかってるんですけど。せめて、何しにどこへ行くかくらい、教えてくれたっていいじゃないですか」

「俺の秘密主義は、いつものことだと思うんだが？」

「うー」

敏生は、恨《うら》めしげな上目遣《うわめづか》いで森を見る。森は、上半身を捻《ひね》った体勢のまま、片手で敏生の頭を引き寄せた。今まさに文句を言おうと尖《とが》らせた敏生の唇《くちびる》に、軽いキスを贈り、ついでに華奢《きゃしゃ》な身体を、片腕でギュッと抱きしめる。まだシャワーを浴びていない敏生の身体からは、海の匂《にお》いと太陽の匂いがした。

「ちょっ、天本さん……。玄関の扉《とびら》、開いて……」

「かまうものか。どうせ外からは、俺の身体《からだ》で君は見えない」

敏生が慌《あわ》てて森の背中をポカポカ叩《たた》くと、珍《めずら》しく森はそんな大胆なことを言い、さらに敏生を抱いたまま耳元で囁《ささや》いた。

「頼もしい助手だからこそ、親友を預けて出かけられるのさ。龍村さんのことだ、どうせ、神経がたかぶって眠れないだろう。……話し相手でもしてやれ」

「……はい」

言葉で上手《うま》く丸め込まれている……と思いつつも、森の首筋から仄《ほの》かなコロンの匂いを嗅《か》ぐと、敏生は気持ちが穏やかになって、つい素直に頷《うなず》いてしまう。

森はフッと笑うと、敏生の背中から腕を放し、立ち上がった。

「行ってくる」

「気をつけてください」

後ろ手で挨拶《あいさつ》して、森は家を出ていく。それを見送り、玄関の引き戸を閉めて、敏生は座敷に戻った。

「天本は行ったかい？」

眠っているかと思われた龍村は、森が言ったとおり、大きな目を開き、両手を頭の下に敷いて、天井《てんじょう》を見上げていた。

「ええ。意外と元気に出かけていきました。大丈夫《だいじょうぶ》みたい」

敏生は、つとめて明るい口調でそう言って、龍村の枕元《まくらもと》に膝《ひざ》を抱えて座った。

「そうか。……君も休めよ、琴平《ことひら》君。塩水の中とはいえ、僕の身体《からだ》を引っ張り上げるのは、さぞ重かったことだろう。それに、吃驚《びっくり》して疲れたろ？」

「僕は大丈夫ですよう。龍村先生こそ、少し眠ったほうがいいんじゃないですか？」

「そう思ったんだが……」

龍村は、寝返りを打ち、身体を敏生のほうへ向けた。その四角い顔には、敏生が見たこともないような、自嘲的《じちょうてき》な笑みが浮かんでいる。

「龍村先生？」

「笑ってくれてもいいが……時間が経《た》つにしたがって、だんだん怖くなってきた。思い出すんだ。足首を掴《つか》まれたときの、あの冷たい感触とか……為《な》す術《すべ》もなく深みへ深みへと沈んでいって、遠くなっていく君の顔とか……」

龍村は、生唾《なまつば》を飲み、掠《かす》れた声で付け加えた。

「……あの、女の声。……まったく滑稽《こっけい》だな。僕は、どうやら怯《おび》えているらしいよ、琴平君。日頃、とんでもない死に方をしたご遺体ばかり見ているくせに、自分の身に変死の危機が訪れた途端に、このザマだ」

「当たり前じゃないですか。あれが僕だったら、今頃まだ、ワンワン泣いちゃってますよう」

敏生は屈託なく笑い、労《いたわ》るように龍村の広い肩にタオルケットを引き上げてやった。

「……ありがとう。シャワーでも浴びてきたらどうだ？　ベタベタするだろう」

龍村はまだ硬い笑みを浮かべてそう言ったが、敏生は膝《ひざ》を抱えたまま、首を横に振った。

「いいえ。もう少し、ここにいます。僕も凄《すご》く吃驚《びっくり》したから、もう少し落ち着く時間がほしい感じなんです」

「そうか」

それきりしばらく黙っていた龍村は、じっと自分を見ている敏生に気づき、口を開いた。

「何か、話をしないか」

「お話……ですか？」

「ああ。何でもいい。神隠しと海に関係のない話をしよう」

そんな龍村の気持ちは痛いほどわかるので、敏生は、そうですね……としばらく考え、そして遠慮がちに言った。

「全然楽しくない話でも、いいですか？」

龍村は、ニッと笑って頷《うなず》く。

「べつに、わざとらしくはしゃぎたいわけじゃないんだ。かまわないさ。君がわざわざ僕に訊《き》きたい『楽しくない話』といえば、天本のことだろう?」

敏生は恥ずかしそうに、しかし素直にそれを肯定した。

「そんなあ。僕だって、しじゅう天本さんのことばっかり考えてるわけじゃありませんよう。でも……今考えてるのは、天本さんのことですけど」

「それは、僕に話してみたいようなことかい? それとも、悩み相談窓口開設かな?」

「話してみたいっていうか……べつに、悩んでるわけじゃないから、相談じゃないんです。ただ、知りたいなって思ってることなんです。こんなときに言い出すことじゃないかもしれませんけど、ここにいる間、チャンスがあれば、先生に訊いてみようって思ってました。だから……」

「いいよ。僕に話せることなら、喜んで。いったい、天本の何について知りたいんだい?」

龍村は、気分が変わって嬉《うれ》しいのか、少し元気な声で先を促《うなが》す。敏生は背後を振り返り、誰もいないことを確かめてから、小さな声で言った。

「天本さんのご両親のこと。龍村先生、会ったことあるんでしょう?」

龍村は、太い眉《まゆ》を顰《ひそ》めて敏生の幼い顔を見た。

「天本のご両親？　それはまた、ずいぶん珍《めずら》しい話題だな。やっぱり天本と何かあったんじゃないのか」

「いいえ。……ちょっと知ってみたいと思っただけです。あの、ホントです」

付け足しの一言で、それが嘘《うそ》だと容易に知れてしまうのだが、龍村はそれ以上、敏生を問いつめようとはしなかった。

そうか、とだけ言って、龍村はおもむろにヨイショと起き上がった。敏生はビックリして、龍村の厳《いか》つい顔を見る。

「あの、龍村先生。すいません、僕、あの……」

「べつに君に腹を立ててるわけじゃない、心配するな」

龍村は笑いながら立ち上がり、敏生の柔らかい髪をクシャリと撫《な》でた。そのまま部屋を出ていった龍村は、数分後、何かを手に持って引き返してきた。

「龍村先生……」

「ここで長々と喋《しゃべ》るなら、これが必要だろう。どう考えても、君と僕では、君の血のほうが美味《おい》しそうだ。身体《からだ》じゅう、蚊《か》に食われてしまうぞ」

そう言って龍村が敏生の足元に置いたのは、蚊遣《かや》りだった。陶器の豚の鼻から、蚊取り線香の煙がゆらゆらと立ち上る。

これでよし、と満足げに頷《うなず》き、龍村は再び布団《ふとん》に潜り込んだ。

「琴平君、君、天本のお母さんはかなり前に亡《な》くなったことは、知ってるんだろう？」

「はい。それは天本さんから、聞いて知ってます」

「だったら、メインはお父さんのことか。ときに天本は……お父さんと会っているのかい？」

そう問われて、敏生は困ったような顔で口ごもりながら答えた。

「あのう……ええと、凄《すご》く久しぶりにすれ違ったって言ってました。こないだ、仕事で行ったベトナムで」

「ベトナム？　君も一緒に行ったんだろう？」

「ええ。でも、たまたま僕がいなかったときに会ったらしくて」

「そうか。しかし、ベトナムとはまた。天本の父親は、アジアの民俗学を研究している先生だと聞いたことがある。学者さんは、相変わらず世界じゅうを放浪してるのか。じゃあ、まだ親子関係は断絶したままかな」

「そうみたいです。……ねえ龍村先生。天本さんのお父さんってどんな人なんですか？　お母さんは自殺なさったって聞いたし……。ご両親の話、少しだけ僕聞いたんですけど、話してるときの天本さん、痛々しくて、僕……」

「それ以上、天本を追及して訊《き》き出《だ》すのは躊躇《ためら》われるわけか」

敏生は、うかない顔でこくりと頷《うなず》いた。龍村は、ふうむ、と片手で顎《あご》を撫《な》で、記憶を辿《たど》るように遠い目をしながら、こう言った。

「残念だが、天本のお母さんのことは、僕はよく知らない。何故《なぜ》心の病気になられたのかも、何故自殺されたのかも、僕にはわからんよ」

「でも龍村先生、天本さんはお母さんと目が似てたって……」

「偶然、一度だけ顔を見たことがあるんだ。ありゃ、高校三年の夏のことだったな。天本が、学校を何日か休んだことがあってね。担任に無断欠席だと聞いた僕は気になって、あいつの家に様子を見に行った」

龍村は、遠い日に思いを馳《は》せるように、大きな目を細めた。

「インターホンを押したら、何だか妖怪《ようかい》みたいな婆《ばあ》さんが出てきて、天本は二階だと言った。様子を訊《き》いても、にべもなく『知らない』と言うだけでな。だが追い返されもしなかったんで、僕は家に上がり込んだ」

「天本さんに無断で、家に上がっちゃったんですか?」

「仕方ないだろう。せっかく行ったのに、あいつの顔も見ずに『こりゃまた失礼しました』って引き上げるのも癪《しゃく》だったんだ。……ま、とにかく、そんなわけで僕は階段を上がってみた。二階には部屋がいくつかあって、どこが天本の部屋かわからなくて、僕は途方に暮れたよ。そうしたら、奥の部屋から、小さな物音が聞こえたんだ。きっとそこが天本の部屋だと思って、僕はノックして扉《とびら》を開けた」

敏生は、ギュッときつく膝《ひざ》を抱え込み、龍村の話にじっと聞き入っている。

「だが、そこにいたのは天本じゃなくて、髪の長い、綺麗《きれい》な女の人だった。物音に振り向いて、ちょっと首を傾《かし》げてこっちを見たその人の目が、あんまり天本にそっくりで……僕はてっきり、天本のお姉さんかと思って、慌《あわ》てて謝ったよ。だが、その人は何も言わないんだ。すぐに、窓の外に視線を戻してしまって、僕のことなど気にも留めていないみたいだった。仕方なく僕はもう一度謝ってから廊下《ろうか》に出て、それからほかの部屋の扉《とびら》を片っ端から開け閉めして、ようやく天本の部屋に辿《たど》り着《つ》いた」

話が森のことに及ぶと、敏生はまるでその場に居合わせたように心配そうな顔で、龍村に訊《たず》ねた。

「天本さん……どうしてたんですか？　大丈夫《だいじょうぶ》だったんですか？」

「自分の部屋のベッドで、カーテンを閉め切って、赤い顔をして寝てた。こっぴどい風邪《かぜ》を引いてたよ。眠っていたらしいが、僕が入っていったら目を覚まして、さすがに驚いた顔をしていた」

「怒られたでしょ」

「怒られる前に、僕はさっき女性の部屋に入ってしまったことが気になって仕方なくて、挨拶《あいさつ》もそこそこに訊ねてしまったよ。あの女の人は誰だ、ってな。そうしたら天本の奴《やつ》、あからさまにムッとした顔をしてね……」

「あんたに、人の家に勝手に上がり込んで、家の中を覗《のぞ》き回《まわ》る趣味があるとは知りませんでした」

　起き上がることもせず、枕《まくら》に顔を埋《うず》めたままで、森は龍村をキッと睨《にら》んだ。

「そ、そんなんじゃない。下にいたお手伝いさんみたいな人が、『坊ちゃんは二階に』ってことしか言ってくれなかったんだよ。だから……」

「だいたい、どうしてあんたがここにいるんです。何の用ですか。俺はあんたを呼んだ覚えはありませんよ」

　掠《かす》れた声で、しかしツケツケと早口に、森は龍村を責める。龍村は、困惑して頭を掻《か》きながら答えた。

「お前が三日も無断欠席してるから、様子見てきてやってくれって先生に頼まれたんだよ。その、僕もちょっと心配だったしな」

「ああ……。今朝まで声が出なかったんですよ。だから電話できなかっただけです」

　森は気怠《けだる》げに汗ばんだ前髪を掻き上げ、扉《とびら》のほうを指さした。

「そういうわけなので、明日には登校できると思います。……わざわざ来ていただいて恐縮でした」

　そう言う間にも、森は激しく咳《せ》き込《こ》む。だが、龍村が背中をさすろうとすると、森はその手を邪険に払いのけた。さすがの龍村も、少し腹を立て、語気を荒らげる。

「お前な。そういう他人行儀な嫌味《いやみ》を言うなよ。ずっとこうしてひとりで寝てんのか？」

「ただの風邪《かぜ》です。寝ていれば治りますよ」

「だけど、薬とか。病院は？」

「薬も医者も大嫌《だいきら》いです」

「じ、じゃあ……この家、誰もお前の面倒見てくれる人、いないのか？　さっきの婆《ばあ》さんは……」

「あれは母の面倒を見るために雇った人です。俺の世話は、彼女の仕事に入っていませんん」

「お母さんの？　もしかして、さっきの……」

「ええ。あんたがさっき見たという女の人が、俺の母です。挨拶《あいさつ》もしなかったでしょうが、許してやってください。ずっと……心を閉ざしたままの生き人形なんです」

あっさりとそう言い放った森の顔を、龍村は呆然《ぼうぜん》と見た。

「生き人形ってお前……。もしかしてお母さん、病気なのか？」

「病気というより、魂がどこかに消えてしまった、と言ったほうがいいでしょうね」

自分の母親のことだというのに、森はまるで他人事《ひとごと》のように淡々とそう言った。その声音《こわね》のあまりの冷たさに、龍村は理由もなく狼狽《うろた》え、話題を変えようとした。

「……そ、そ、それじゃあ、お父さんは……」

「父は……元気でいますよ」

森はどこか困惑気味の顔で横を向く。そのとき、不意に扉《とびら》がガチャリと開いた。顔を覗《のぞ》かせたのは、中年の白人男性であった。外国人に慣れていない龍村は、振り返ってギョッとしてしまった。

ラフなシャツの上にカーディガンを羽織ったその男性は、痩《や》せて背が高く、そして理知的だが、どこか冷酷な顔をしていた。片手には、いかにも古そうな本を持っている。

「あ……」

呆然《ぼうぜん》とするばかりの龍村をチラリと見ただけで、男はすぐに森に話しかけた。

「久しぶりだね、ルシファー。本を取りにちょっと帰ってきたんだが、どうしたのかね、昼間からベッドの中にいるとは。病気かい？　こちらは？」

流暢《りゅうちょう》な日本語だった。アクセントも発音も、ほとんど正しい標準語のそれである。

（ルシファー？）

龍村は、ただもう面食らって、その場に凍《こお》りつくばかりである。

それまでグッタリと枕《まくら》に頭を沈めていた森は、驚くほど素早く、ベッドに身を起こした。

珍《めずら》しく、森のいつもは取《と》り澄《す》ました顔に、あからさまな焦《あせ》りが見て取れた。

「ちょっと風邪《かぜ》を引いただけです。すぐ治ります。……彼はクラスメートの」

「あ、あの。龍村といいます。その、どうもお邪魔《じゃま》してますっ」

ようやく我に返った龍村は、慌《あわ》てて立ち上がり、深々と頭を下げた。

「ほう。見舞いに来てくれたのですか。それはどうもありがとう。森の父親です」

男は、龍村に微笑《ほほえ》みかけた。だがその表情は、どこか不自然に思われた。まるでよくできたマネキンのような非の打ち所のない、好感度の高い微笑である。それなのに……龍村は、何故《なぜ》か背筋を氷で撫《な》でられたような気がしたのである。

「いいクラスメートを持ってよかったじゃないか。だが、友達に心配をかけてはいけないね、ルシファー」

「すみません、父さん。すぐに……」

森の父親がイギリス人であることは、森との共通の友人、津山《つやま》から聞いて知っていた。だから、目の前にいる男性は、森の実の父親なのだろう。それなのに、森は酷《ひど》く緊張していた。それは、傍《そば》にいる龍村にも、ハッキリと感じられた。

「無理をすることはないが、失望させないでほしいね。お前は、いつも『光を掲げる者』でなくては。では、わたしは大学に戻るよ。またしばらく戻らないが、ひとりで大丈夫《だいじょうぶ》だね？」

「はい、父さん」

「では。君も、お茶くらい飲んでいきなさい。何もない家だが、紅茶だけはいいものを揃《そろ》えているから」

「あ……どうも……」

「では、仕事が忙しいので、これで失礼」

龍村が気の利《き》いた挨拶《あいさつ》もできないうちに、男……森の父親は、あからさまに具合の悪い息子を心配する様子もなく、素早く身を翻《ひるがえ》し、部屋を出ていってしまった。硬い靴音《くつおと》が、早足に廊下《ろうか》を遠ざかっていく。

「おい、天本……」

「父です」

「お父さん……でも、お前のこと、ルシファーとか呼んでなかったか？　お前、ミドルネームがあったのか？」

「俺は日本人ですよ。ルシファーは、父がつけたニックネームのようなものです」

「そ……そうなんだ」

「で？　俺の両親を見て、何か面白かったですか？」

森は、圧《お》し殺《ころ》した声でそう言い、龍村を睨《ね》めつけた。その目には、怒りというより、やるせない悲しみのようなものが満ちていて、龍村は立腹するより、申し訳ないような気分になる。その気持ちは、素直な謝罪の言葉になった。

「面白いとか、そんなんじゃ……。ただ、お前のこと心配だっただけなんだ。お前の家の事情を嗅《か》ぎ回《まわ》ってやろうとか、そんなつもりじゃなかった。それは本当だ。……でも、僕が来たことで、かえってお前に嫌《いや》な思いをさせたのなら、悪かった。ごめん」

「……謝らせたかったわけじゃありません。……すみません。あんたに八つ当たりしてしまいました。忘れてください」

森は深い溜《た》め息《いき》をつき、再びベッドに横たわる。目に見えて、室内の緊張感が緩んだ。

龍村が何も問えずにいると、やがて森は目を閉じ、掠《かす》れた声で言った。

「気がすんだら、帰ってください。明日はきっと、学校へ行きますから」


「……で、ホントに帰っちゃったんですか、龍村先生」

「そりゃ……帰ったさ」

「ええっ！　酷《ひど》いや」

「だって、そのまま天本んちに居座ったって、僕にできることはないだろう」

「そりゃそうですけど……」

敏生は思いきり非難の眼差《まなざ》しを龍村に向ける。龍村は、慌《あわ》てて両手を振りながら、「まあ、待てよ」と付け加えた。

「だから、天本の世話を焼く、その準備をしに帰ったんだよ」

「あ、何だ、そうなんだ。……よかったあ」

敏生は、あからさまに、ホッとした顔をする。龍村は、ほろりと笑って言った。

「あいつのお母さんがどうなってるのかとか、お父さんとの関係がどうも妙だとか、いろいろ疑問に思うことはあったが、そんなことは、それこそあいつのプライベートだ。それより、あいつの面倒を見てくれる人が、あの家には誰もいないらしいってことだけは理解できたからな。僕が何とかしてやらなくちゃいかんと思った」

「何とかって、どうしたんですか？」

「とにかく汗で濡《ぬ》れたパジャマを着替えろと言ってから、家に走って帰ったよ。僕の母親に事情を話したら、すぐに粥《かゆ》を炊《た》いてくれた。で、その粥と、家の冷凍庫から持ち出した保冷パックを持って、また天本んちにトンボ帰りさ」

龍村は、その日のことを思い出したらしく、うっすら髭《ひげ》の浮いた頰《ほお》を緩めた。

「よけいなことをするなと天本は目を三角にして怒ったが、そんなことは予測済みだったからな。聞き流して、粥を食わせて、水を飲ませて、保冷パックを頭の下に敷いて寝かせた。解熱剤《げねつざい》も持っていったんだが、薬は嫌《きら》いだの一点張りでな。頑《がん》として飲まないんだ。あの頃から、物凄《ものすご》い頑固者だったよ」

そのときの森の仏頂面《ぶっちょうづら》が容易に想像できたのだろう、敏生はクスクス笑った。

「何だか、変わらないなあ、天本さん。人のことはさんざん心配するし、自分も人に心配かけるくせに、誰かに心配されると嫌《いや》がるんだから。薬も医者もヤダって我《わ》が儘《まま》言うし。

変なところで子供みたいな駄々《だだ》こねるの、昔からだったんですね」

「そうそう。で、僕がいるとどうしても眠ろうとしないし、仕方がないから、とにかく水分だけはたくさん摂《と》れと念を押して、家に帰ったよ。心配だったが、翌朝、天本の奴《やつ》、苦虫を噛《か》み潰《つぶ》したような顔で登校してきて、僕の机の上に、すっかり室温に戻ったアイスノンを叩《たた》きつけた」

「あはははは。天本さんらしいや。照れると顔が怒っちゃうんですよね、天本さんって」

「まったくな」

二人はひとしきり笑ったが、敏生はふと、真顔で呟《つぶや》いた。

「だけどやっぱり天本さん、お父さんと何かあるのかなあ……。天本さん、お父さんの話になると、凄《すご》くつらそうな……っていうか、痛そうな顔するんですよね」

「……そうなのか」

「はい。何だか、どこかで死んじゃってればいい、みたいな酷《ひど》いこと、急に言い出したりするし。でもその頃はまだ、お父さんのこと、嫌《きら》ってるわけじゃなさそうだったんですか？」

龍村はちょっと考え、そしてかぶりを振った。

「いや。嫌っている感じではなくて……そうだな、この言葉も決して正確ではないと思うが、恐れている……それがいちばん近いかな」

「恐れてる？　実のお父さんを？」

「ああ。……何だか異様な感じだったよ。あの天本が、父親の一挙一動にピリピリと神経を尖《とが》らせているのがわかって、僕まで強張《こわば》ってしまった」

「そんなに……」

「ああ。それに、お父さんのほうも、病気の息子を心配する様子がまったくなかった。まあ、親子の愛情にはいろいろな形があると思うが、それにしても不自然だったな。あんなに温厚そうなジェントルマンが、天本をあれほど萎縮《いしゅく》させるとはね」

敏生は曖昧《あいまい》に首を傾《かし》げた。

「確かに、僕も父のこと、ずっと怖かったです。たまにしか会いに来てくれなかったし、会えば怒られたり、小言《こごと》言われたりしてばかりだったから。その理由がわかった今は、父のこと、可哀相《かわいそう》だったなって思いますけど」

「そういう恐怖とは、また違う感じだったように思う」

龍村は太い眉根《まゆね》を寄せ、言葉を選びながら言った。

「たぶん、天本はあの頃、お父さんのことを尊敬しすぎるほどしてたんじゃないかな。僕はそんなふうに感じた。……それなのに、お母さんが亡《な》くなった後、何かの拍子にポツリと言ったよ。自分はもしかしたら、これから一生、父を憎むことになるかもしれないと」

「お父さんを……憎む？　怖がるほど尊敬してたお父さんのことを、どうして憎むなんてことに？」

龍村は力なく首を振った。

「僕にはわからんよ。天本は、それ以上何も言おうとしなかったし、その後しばらくして、今度は霞波《かなみ》さんが亡《な》くなって……。僕は、そのことについて天本を問いただすチャンスを失った。あの頃の天本を追い詰めるようなことは、何一つしたくなかったからね」

「あ……そうですよね。すみません」

「謝ることはないさ。僕だって、ずっとその後のことが気になっていながら、手を拱《こまね》いてきた。今さらそのことについて訊《たず》ねるのも、出過ぎた真似《まね》だと思ってね。僕も天本も、もう大人だ。親とのことを友人に詮索《せんさく》されるのは嫌《いや》だろうと」

龍村の声は、苦かった。敏生は、黙って頷《うなず》く。

「で、今、天本とお父さんの関係はどうなんだい？」

「それが……。ベトナムですれ違ったとき、手紙をもらったんですって。『そのとき』が来れば、お父さんのほうから、天本さんに会いに来るって」

「そのとき……か。意味深長な言葉だな」

「ええ。それ以来、天本さん、時々ひとりで考え込んでることがあるから、ちょっと心配で。それで、僕が天本さんに会う前のこと、龍村先生に訊《き》いてみようって思ってたんです。ごめんなさい、こんなときに、よけいにしんどくなる話をさせてしまって」

「そうでもないさ。君と天本の役に立てるなら、いつでも喜んで口を開くよ。それに今回に限っては、僕が二人に迷惑をかけているからね」

「そんなこと、ないですよ。今朝も言いましたけど、僕、ここに連れてきていただいて、よかったです。ホントです」

「ありがとう」

　龍村は礼を言うと、また寝返りを打って、真上を向いた。敏生も、ごろんと畳《たたみ》に俯《うつぶ》せになる。両手で頬杖《ほおづえ》をついた敏生を横目に見て、龍村はニヤリと笑った。

「ひとつ、いいことを教えてやろうか、琴平君」

「何ですか?」

　敏生は嬉《うれ》しそうに目を輝かせる。龍村は、秘密めいた声音《こわね》でこう言った。

「天本がひとりで考え込んでいるように見えるときはな……」

　敏生は、畳の上を這《は》うようにして、龍村により近づく。龍村は、片目をつぶって、言葉を継いだ。

「誰か大好きな人に、傍《そば》にいてほしがっているときなんだよ」

「……え?」

「だから、すぐに隣《となり》に座ってしまえばいい。天本は迷惑そうにするかもしれないが、何、そんなものはただの格好づけだ。無視してしまえ」

敏生は、面白そうに問いかける。

「隣《となり》に座って、それから僕は、どうすればいいんですか？」

「さあな。天本が喋《しゃべ》りたそうにしていれば、話を聞いてやればいい。何も言わないなら、手でも握ってやればいい。泣きそうにしていれば、抱きしめてやればいい。……とにかく、君が傍《そば》にいさえすれば、それでいいんだ」

「でもそれじゃあ、僕、何の役にも立ってないですよ？」

「わかってないな、琴平君。君がそこにいることが、天本には何より大切なんだぜ。……今はピンとこなくてもいい。ただ、僕のアドバイスを覚えておくことだ。いいかい？」

「……はい」

「そして、僕がよけいな智恵《ちえ》を君に授けたことは、天本には絶対に内緒だ。でないとあいつ、地団駄《じだんだ》踏んで怒りそうだからな」

「はい」

敏生はクスクス笑って頷《うなず》いた。龍村は、ふと真顔に戻って、こう付け足した。

「それから……。今日のことは、祖母には内緒にしておいてくれないか」

「龍村先生……」

「二十四年ぶりにせっかく会えたんだ。よけいな心配はかけたくない」

「わかりました。僕たち、海ではしゃぎすぎて、ちょっとくたびれた。そうですよね？」

「そうしてくれるとありがたい」

敏生は笑顔で頷《うなず》き、そして両腕を長々と伸ばした。ヒンヤリした畳《たたみ》に、その滑らかな頬《ほお》を押し当てる。

「はー、やっぱりちょっと日焼けしてるみたい。畳が冷たくて気持ちいい」

「はは、僕も君と話したおかげで、リラックスしてきたよ。……天本と祖母が帰ってくるまで、少し昼寝しようか」

「いいですねえ」

心の中に巣くう不安を、敏生はひとまず脇《わき》に押しやった。そう、とにかく今は夏休みなのだ。彼らの行くところ、少々の事件があったとしても、休暇を楽しむ心はなくしたくない。

風通しのいい座敷は、気温が高くてもじっとしていれば過ごしやすく、庭に植えられた高い松の木からは、セミの声がシャワーのように降り注ぐ。

やがて聞こえ始めた龍村の軽いいびきを聞きながら、敏生は小さな欠伸《あくび》を一つした……。

五章　気づかずに気づけずに

森《しん》が帰ってきたのは、午後六時過ぎだった。

汗一つかいていない涼しい顔で、しかしかなり疲労した様子で座敷の襖《ふすま》を開けた森は、帰宅したときの服装のまま惰眠《だみん》を貪《むさぼ》っている龍村《たつむら》と敏生《としき》の姿に、キリリと眉《まゆ》を吊《つ》り上《あ》げた。

「敏生。そんな汚いなりで、昼寝をしているんじゃない！　あんたもだ、龍村さん。塩を噴いた頭で、布団《ふとん》に入るな。シーツが汚れるだろう」

「う……うお⁉」

「ふにゃ？　あー……天本《あまもと》さんだ。お帰りなさい」

龍村は足で、敏生は手で起こされ、目を擦《こす》りながら起き上がる。

「お帰りなさい、じゃない。二人とも、とっとと風呂《ふろ》に行ってこい！　いつまで塩まみれでいるつもりだ」

そんな母親めいた小言《こごと》を食らい、ろくに話をする暇《ひま》もなく、敏生と龍村は風呂場に追い立てられた。

二人が交代でシャワーを浴びた頃、ハツエも戻ってきた。使い込まれた大きな買《か》い物籠《ものかご》に、タッパーがいくつも入っている。

「お祖母《ばあ》ちゃん、お帰りなさい」

裏口から入ってきたハツエは、台所に顔を出した敏生に、汗を拭《ふ》き拭《ふ》きその買い物籠を差し出した。

「婦人会で、美味《おい》しそうな料理をようけえ、みんなで作ったんよ。今日の夕飯は、それがおかずや」

「へえ。美味しそう。これ、お皿に移したほうがいいですよね」

「うん、頼むわ。ほなもう、すぐにご飯の支度《したく》しよか。お腹空《なかす》いたやろ」

「もう、お腹ぺっこぺこです」

こういうときには恐るべき手際《てぎわ》の良さを発揮する敏生は、たちまち台所の調理台の上に密閉容器を積み上げ、食器棚《しょっきだな》から鉢《はち》や皿を取り出そうとした。

「……お帰りなさい」

森ものそりと台所にやってきて、ハツエに挨拶《あいさつ》する。彼はすぐに、敏生が危なっかしくつま先立ちで手を伸ばしている高い棚の鉢を軽々と取り出し、調理台に置いた。

「無茶をするな。落としたらどうする」

「ちぇっ。いいなあ、天本さんは背が高くて」

ちょっと悔しそうに唇《くちびる》を尖《とが》らせつつ、敏生は容器の蓋《ふた》を片っ端から開けていく。森は菜箸《さいばし》を手に取り、料理を鉢《はち》に移し始めた。森に仕事を横取りされたことになるのだが、その手のことは森のほうがずっと上手なので、敏生は文句も言わず、盛りつけのすんだ皿を茶の間に運んだり、新しい皿を出したりして動き回る。

そこに、まだ濡《ぬ》れた頭のまま、甚平《じんべい》姿の龍村がやってきて、里芋《さといも》の煮《に》っ転《ころ》がしをひょいとつまんだ。

「おう、お帰り、祖母《ばあ》ちゃん。こりゃまた、おかずが大漁だな。婦人会は楽しかったかい？」

「あれあれ。何やの、男三人、ぞろぞろ台所に集まって。むさ苦しいったらあらへんわ。そないにお腹空《なかす》いとるんかいな」

ハツエは呆《あき》れたような口ぶりでそう言い、朝に取っておいたらしい出《だ》し汁《じる》を火にかけながら訊《たず》ねた。

「それで、今日はどこへ遊びに行っとったんやったかな？」

三人は一瞬顔を見合わせるが、とりあえず今何の作業もしていない龍村が、一同を代表して答える。

「平海《へい》水浴場に行ってきた」

「……そうなんか」

鍋《なべ》のほうを見て、三人に背を向けたままのハツエは、少しだけ間を置いて返事をした。

「どうやった？　海は、アンタが子供の頃と変わりなしか？」

龍村は、おかずをつまみ食いしながら、極めてさりげない口調で答えた。

「ああ。何だか、水道だのトイレだの、立派な施設ができてて吃驚《びっくり》したがね。海は相変わらず綺麗《きれい》だった。まだ、クラゲはいないんだな」

「クラゲはお盆を過ぎた頃からやね。……たくさん泳いできたか？」

「ああ。琴平《ことひら》君と僕は、ずっと泳いでいたよ。天本は、ビーチパラソルの下で昼寝ばかりしていたが」

「海に行って昼寝かいね。もったいないなあ」

ハツエはチラと振り返り、三人の顔を見渡して笑った。そして今度は冷蔵庫のほうへ行きながら、話を続ける。

「せやけど、我が孫ながら泰彦《やすひこ》はなかなか見栄《みば》えよう育ったし……男前さんはおるし、琴平君は可愛《かわい》らしいし。あれやなあ、浜辺で何ちゅうんやったっけ、若い女の子に……」

「そりゃもしかして、逆ナンのことかい、祖母《ばあ》ちゃん」

龍村は笑いながら訊《たず》ねる。ハツエは、その年代の女性にしては広い肩を揺らした。

「それや。女の子たちに声かけられて大変やったんと違うか」

「まさか。海岸は家族連れでいっぱいだったよ。なあ、琴平君」

「ええ。みんな楽しそうでしたよ。西瓜《すいか》割りしたり、泳いだり」

龍村と敏生は、顔を見合わせて笑う。ハツエも、機嫌《きげん》よく頷《うなず》いた。

「そうか。アンタら一生懸命遊びすぎとって、女の子が声かける暇《ひま》もなかったん違うか」

龍村が返事をする前に、それまで黙々と作業をしていた森が、冷たく通る声でこう言った。

「そのようですね。……もっとも龍村さんには、『海の中の女性』がご執心《しゅうしん》だったようですが」

「天本さんっ」

「……天本、それは」

昼間の事故のことを指しているのだと気づいた龍村と敏生は、ハッとして森を制止しようとした。そのとき、びちゃり、と濡《ぬ》れた音がした。ハツエの手から、豆腐《とうふ》が床に滑《すべ》り落ちたのだ。柔らかい絹ごし豆腐は、床の上で無惨《むざん》に潰《つぶ》れてしまっていた。

「……お祖母《ばあ》ちゃん？」

心配そうに敏生が声をかける。龍村のほうを振り返り、カッと目を見開いて硬直していたハツエは、その声に我に返った。自分の手元と、床に落ちた豆腐の残骸《ざんがい》を見て、慌《あわ》てて床にしゃがみ込む。

「あれ、嫌《いや》やわ。私、何してるんやろ。食べ物粗末《そまつ》にしてしもて」

「あ、僕拾いますよ。お祖母《ばあ》ちゃん、腰が悪いのに座り込んだりしたら駄目《だめ》です」

　敏生がすぐにハツエに駆け寄り、手を取って立たせた。代わりに、自分が散らばった豆腐《とうふ》を素早く両手で掻《か》き集《あつ》める。自然と手持ち無沙汰《ぶさた》になったハツエは、決まり悪げに立ち尽くすしかなくなってしまった。

　森はそんなハツエを感情のこもらない観察者の目で注視している。龍村は、当惑の表情を浮かべた祖母の肩に手を置いた。

「おいおい、祖母ちゃん。やっぱり無理してるんじゃないか？　僕たちに気を遣《つか》って、張り切りすぎちゃいけないぜ」

「いや……そんなことはあらへん。ちょっと手が滑《すべ》っただけや。アンタは大袈裟《おおげさ》やわ」

「でも、顔色が悪いぜ？　婦人会で疲れたんだろう」

「平気やて。……ああ、敏生君、ありがとうな。床は私が拭《ふ》くから、もう手を洗うて」

　ハツエは龍村から顔を隠すように雑巾《ぞうきん》を手早く掴《つか》むと床に四つんばいになった。敏生を押しのけ、汚れた床を拭き始める。敏生は、おずおずと立ち上がり、森のほうを見た。問いかけるように自分を見つめる鳶色《とびいろ》の瞳《ひとみ》に、森はただ瞬《まばた》きで頷《うなず》いた。

「ま、僕のそそっかしさが祖母ちゃん譲りなら、納得するがね。本当に大丈夫《だいじょうぶ》か？」

「大丈夫やて。……せやけど、泰彦」

ゴシゴシと床を拭《ふ》きながら、ハツエは背中を丸めたままでこんなことを言い出した。

「明日は、アレやね。海やのうて、どこかほかの……そうや、天橋立《あまのはしだて》あたりに出かけてきたらどない？」

祖母の様子を見守っていた龍村は、面食らったように問い返す。

「天橋立？　そりゃまあ、車で行けば十分に日帰り圏内だから、行けないことはないが。だが、またどうしていきなり？」

「そ……そら、毎日泳いでばかりおったら、退屈するやろ思て。ドライブもええん違うか」

「まあ……そうかもな」

「泳ぐんもええけど、観光もええで。ほら、弥栄町《やさかちょう》まで行ったら、スイス村なんちゅうもんもできてるらしいし」

「ふーむ。それも面白そうではあるんだが……」

実際、数時間前に溺死《できし》しかかった龍村である。正直を言えば、しばらく泳ぐ気にはなれない。だが、浜で日光浴をしたり、浅瀬で遊んだりする分には、海に引き込まれることはないだろうし、海水浴を楽しみにやってきた敏生のことを思うと、どうしても言葉のキレが鈍くなる。

そんな龍村とハツエに助け船を出したのは、森だった。

「敏生。君、天橋立に行きたいと、ここに来る前言っていたな」

「あ、はい。股覗《またのぞ》きっていうの、やってみたいなあって思って」

「だったら、明日連れていってもらえばいい。願ったり叶《かな》ったりでよかったじゃないか」

「ですね。龍村先生、僕、昨日先生にお会いするすぐ前に、天本さんとそんな話してたんです」

　敏生の笑顔に、龍村は安堵《あんど》の笑みで答えた。

「何だ、そうなのか。じゃあ、いっちょ明日はドライブとしゃれ込むかな」

「やったあ!」

「そうやね、それがええよ。きっと明日もええ天気やし」

　ハツエは、何故《なぜ》か酷《ひど》く安心した様子で、畳《たた》みかけるようにそう言った。

「さ、ほなもうご飯にしよ。味噌汁《みそしる》の具は、麩《ふ》か何かにするわ。それ、はよう茶の間へ運んで。泰彦、お前だけ何もしてへんやないの。お膳《ぜん》の支度《したく》してや」

「あ、はい。すいません」

　手放しで喜んでいた敏生は、中断していた作業をあたふたと再開する。

「……おい、どういうつもりだ。混ぜっ返したり、フォローしたり」

　箸《はし》や茶碗《ちゃわん》を出すふりをして、龍村は森の傍《そば》に行き、二の腕を小突いて耳打ちした。だが森は、口の端で薄く笑っただけで、何も言わなかった……。

それからは食事が終わるまで、何事もなかったかのように、和《なご》やかな時間が過ぎた。

龍村と敏生は、ハツエに問われるままに、これまで行ったことのある土地について、あれこれ話した。敏生は、ハノイで食べたライギョ料理について語り、あまり川魚を食べたことがないハツエを面白がらせた。

ハツエも、婦人会で作ってきた新作料理の感想を求めたり、レシピ開発にあたっての苦労を語ったりして、食卓は終始賑《にぎ》やかだった。

森は、会話の途中で適当に相槌《あいづち》を打ったり、ハツエに料理の改良点などを提案したりしながら、時折ハツエの表情をじっと窺《うかが》っていた。

楽しそうに喋《しゃべ》ったり食べたりしながらも、ハツエは時折、龍村の顔を盗み見るような仕草をした。

(……やはりこの人は、何かをまだ隠している……)

森は、涼しく取《と》り澄《す》ました顔の下で、思いを巡《めぐ》らせた。

ハツエの龍村を見る目には、深い憂いの色がある。それは、時に見せる何かに耐えるような、苦しげな表情と相まって、森に、ハツエへの疑念を強く抱かせた。

(昨夜……神隠しの話を龍村さんに打ち明けたときにも、ほんの少し暗い表情をしていたが、今はその比ではないな)

「どうしたんですか、天本さん。疲れちゃって、やっぱり食欲ないですか？」

「いや、頂いているよ。味わってゆっくりね」

隣《となり》の敏生が、食の進まない森を心配して、小さな声で訊《たず》ねてくる。森はチラリと笑みを返し、適当に目に留まったイカのフライに箸《はし》を付けた。どうやら今はイカ漁が最盛期らしく、十種類ほどもある料理の約半分は、イカを使ったものだった。

（さっき、俺が『海の中の女性』と言っただけで、彼女はあそこまで動揺した。ということは、やはり何か……）

「それはなあ、衣に青のりを使《つこ》てるとこがミソやねんな」

「へえ。美味《おい》しそう、僕も食べようっと」

森が考え事をしている間にも、ハツエたちは楽しげに話を続けている。

（龍村さんが、二十四年前に失踪《しっそう》したと思われる平海水浴場。そこに今日出かけると聞いたとき、彼女は少し心配そうだった。それは、孫の心の傷を思いやる祖母の気持ちとして、理解できる。……だが、さっきの動揺ぶりは、ただごとではなかった。そして今、彼女は龍村さんを海から遠ざけようとしている……）

やはり、ハツエは何かをまだ隠している。二十四年前に龍村の身に起こった「神隠し」事件について、まだ何か、森たちに話していないことがある。

そう確信した森は、食卓の喧噪《けんそう》をよそに、より深い思索へと沈んでいくのだった。

「おい天本。頼むよ。……さっき、せっかく琴平君と、今日のことは祖母には内緒にしようと決めたところだったのに」

食事を終え、三人で座敷に引っ込んだ途端、龍村は森に不平を言った。森は、右眉《みぎまゆ》だけを器用に吊《つ》り上《あ》げ、冷ややかに言い返す。

「俺はそんな申し合わせは聞いていないぞ」

「そ、そりゃそうだが……」

「とはいえ、本気で今日の事件を、あの場でお祖母《ばあ》さんに話す気はなかったさ。ただ、俺の考えが正しいかどうか、カマをかけて試しただけだ」

森は、箪笥《たんす》から着替えを出しながら、素っ気なく答えた。敷きっぱなしの布団《ふとん》の上に胡《あ》座《ぐら》をかいた龍村は、訝《いぶか》しげに森を見る。

「そのかけたカマが、『海の中の女性』ってことか？　どうしてそれで、祖母があんなに慌《あわ》てた？」

「さあね」

「さあねってお前……」

「天本さん。いったいどういうことなんですか？」

敏生も、焦《じ》れたように答えを催促《さいそく》する。だが森は、その状況を楽しむように意地悪な笑みを頰《ほお》に浮かべると、タオルを少し掲げてみせた。

「まだ俺も、二人に筋道立てて話せるほど、考えがまとまっていないんだ。情報が足りないせいもあるんだが。ちょっと、風呂《ふろ》に入って考えてくる。上がってくるまで、待っていてくれ」

「……へいへい。ごゆっくり」

長いつきあいで、森が不確実なことを絶対に口にしないことはよくわかっている。龍村は、投げやりに手を振り、森を送り出した。いったん立ち上がって、テレビの上に載せてあったロードマップとガイドブックを手に取り、また布団《ふとん》に戻る。

「あーあ、天本さんってば、とことん焦《じ》らすんだから」

敏生は、呆《あき》れたようにそう言って、龍村の隣《となり》に腰を下ろした。

「地図ですか？」

「ああ。明日の予定を立てようと思ってね。どうせ天本の奴《やつ》、夏場に長風呂はできんだろう。地図を眺《なが》めるくらいが、ちょうどいい時間つぶしさ」

「ですね。僕も一緒に見ていいですか？」

敏生は、龍村が胡座《あぐら》の上に広げた大判の地図を覗《のぞ》き込《こ》んだ。

「いいかい、ここが間人《たいざ》。こっちが、天橋立だ」

龍村は太い指で、地図の地名を指さす。敏生は興味深そうに頷《うなず》いた。

「天橋立に行こうと思ったら、丹後《たんご》半島をまっすぐ南に下るんですね」

「うむ。国道四八二号線から三一二号線を行けば、天橋立がある宮津市府中に出る。シンプルな道行きだよ。残念ながら、海は見えない道ばかりだがね」

「うーん……確かに、海沿いの道は凄《すご》く綺麗《きれい》だと思うけど、ちょっと遠回りになりすぎちゃう」

「そういうことさ。それに、ショートカットの道を行くなら、かなり早く着けるはずだ。寄り道ができるよ」

龍村の指先が、地図の北から南に、まっすぐ動く。

「寄り道？」

「うむ。野田川町から、さらに山道を南下すると、大江山《おおえやま》にたどり着く。ここだ」

「大江山って……ええと、鬼《おに》のいるところでしたっけ」

「ああ。かつて酒呑童子《しゅてんどうじ》が住んでいたところと言われているな。源《みなもとの》頼光《よりみつ》と四天王の鬼退治で有名な場所さ」

「源……頼光……その四天王の中に、確か渡辺綱《わたなべのつな》さんが入ってましたよね！　この間、元佑《もとすけ》さんがこっちに来たとき、はぐれちゃった綱さんは、無事だったたってことなのかなあ。そうだといいな」

敏生は声を弾《はず》ませる。遠い平安《へいあん》の都で、ほんの短い時間とはいえ、同じ場所にいた懐《なつ》か

しい人々の名前を聞き、胸が温かくなるような気がした。

「ああそうか。琴平君は、ちょうど彼らが活躍していた時代に行ったんだったな」

「はい。何だか懐《なつ》かしいです。……その大江山って、今は何があるんですか？」

龍村は、地図を脇《わき》に置き、今度はガイドブックを広げた。

「そうだな。『日本の鬼《おに》の交流博物館』だろ、それから『酒呑童子の里』……何だ、鬼関係ばかりだな。ああ、同じ鬼でも、こっちは君向きだ。大江山の名物は、『鬼そば』らしいぜ、琴平君」

「お蕎麦《そば》！」

「うむ。何やら、色の黒い田舎《いなか》蕎麦で、なかなか野性味のあるものらしいな。普甲峠《ふこうとうげ》を通って大江山に至る道に、旨《うま》い蕎麦屋があるらしいぞ。どうだ、明日は朝から出発して、昼飯にここで蕎麦を食うというのは」

「大賛成です！」

「よーし。これで明日のプランは決まったな。大江山へ寄ってから天橋立に行って、時間に余裕があれば、帰り道は海沿いを通って帰ってこよう」

敏生は畳《たたみ》に両手をついて、いかにも嬉《うれ》しそうに笑って言った。

「完璧《かんぺき》な作戦ですね！　じゃあ、今度こそ僕、運転しますよ！」

「……あ？」

「運転。させてくれるって、昨日言ったでしょう？　大江山の山道はちょっと大変そうだけど、国道は大丈夫《だいじょうぶ》なんじゃないかなあ」

「う……そ、そういえばそんな話もあったなあ」

「大丈夫ですよ、僕、安全運転ですもん」

「あ……ああ、それはそうだろうが……。お、天本！　早かったな。いや、早くて重畳《ちょうじょう》だ！」

冷や汗をかいて、どうやって敏生のありがたすぎる申し出を断ればいいものか……と思案していた龍村は、ガラリと襖《ふすま》を開けて戻ってきた森の姿に救世主を見る思いであった。

一方の森は、龍村の救いを求める眼差《まなざ》しに、胡乱《うろん》げに目を細める。

「何なんだ。俺の風呂《ふろ》が早いのが、何故《なぜ》そんなに喜ばしいのかわからないな、龍村さん」

「お帰りなさい。……あれ、天本さんってばそれ、どうしたんですか？　昨日はパジャマだったのに」

敏生は、森の姿に目を見張った。森は、紺縞《こんじま》の瀟洒《しょうしゃ》な浴衣《ゆかた》を着ていたのだ。森はタオルで濡《ぬ》れた頭を拭《ふ》きながら、座敷に入ってきた。

「龍村さんのお祖母《ばあ》さんに借りた。おかしいか？」

「ううん、凄《すご》く似合ってますよ。ねえ、龍村先生」

「うむ。だがそれは、死んだ祖父《じい》さんのか？　それにしちゃサイズが大きすぎるな」

「いや、民宿に泊まりにくる客に時々寝間着を忘れる人がいたから、用意しておられたそうだ。……これなら、風呂《ふろ》上がりでも外に出られていいだろうと、貸してくださった」

「ほう。それで？　烏《からす》の行水をやっている間に、僕たちに話をする準備はできたのか？」

龍村は、地図とガイドブックを片づけ、森の立っているほうへ、座布団《ざぶとん》を押しやりながら訊《たず》ねた。森は、その分厚い座布団の上に端座して、おもむろに不平を言った。

「話すのはいいが、二人してまったく呑気《のんき》なものだ。俺が昼間、汗水流して調べものをしている間、二人して座敷に大の字になって昼寝していたんだからな」

龍村と敏生はちょっと決まり悪そうに顔を見合わせ、そして異口同音に弁解を始める。

「だって……。お話もしたんですよ。途中でくたびれて、寝ちゃっただけで。それに、天本さんは汗なんかかかないじゃないですか」

「そうだそうだ。お前はいつだって涼しい顔だぜ。それに、僕に休めと言ったのはお前なんだからな、天本」

「気分的には、バケツ一杯汗をかく程度に働いたつもりなんだがな。……まあいい」

森は憮然《ぶぜん》とした表情で、そう前置きして、話し始めた。

「あれから町役場と、地元の新聞社に出かけていたんだ。一つには、龍村さんの二十四年前の失踪《しっそう》事件について調べるために」

龍村は、つと立って襖《ふすま》を開け、廊下《ろうか》に誰もいないことを確認してから、またその襖をしっかりと閉めた。森のすぐ近くの畳《たたみ》に、座布団《ざぶとん》を敷かずにどっかと胡座《あぐら》をかく。敏生も、森の隣《となり》に寄り添うように膝《ひざ》を抱えて座った。

「で？　祖母の話以上に、何かわかったのか？」

ふだんよりずっとボリュームを控えた声で問う龍村に、森は首を横に振った。

「新聞社では、ほとんど収穫なしだった。一応、誘拐《ゆうかい》の可能性を考えて、あんたが見つかるまで、報道は自粛されていたんだな。だから、『行方不明の小学生、三日ぶりに無事帰宅』という新聞記事が見つかっただけだ。記念にほしいだろうと思って、コピーさせてもらってきた。見るか？」

龍村が頷《うなず》くと、森はいったん席を立ち、大判の茶封筒を持って戻ってきた。中から一枚の紙片を出して、龍村に手渡す。

「『祖母宅に遊びにきていた兵庫県《ひょうごけん》在住の龍村泰彦くん（六歳）は、四日前の朝、ひとりでバスに乗り、海水浴に出かけたが、そのまま帰宅せず、行方不明となっていた。必死の捜索が続けられていたがまったく見つからず、誘拐の可能性もあるとして、本社では報道を自粛していたが、昨日午後六時二十分頃、自宅近くの道路に立っているところを、近所の人に発見され、無事保護された。泰彦君はやや疲労している様子であったが、明らかな負傷や衰弱した様子はなく……』。なるほど、祖母の話が事実だってことは、これで裏付けられたわけか」

龍村は、読みにくそうに紙片に顔を近づけ、新聞記事を読み上げた。敏生もそれを受け取って、ひととおり目を通してみた。

「確かに、昨日のお祖母《ばあ》ちゃんの話のとおりのことが、書いてありますね」

森は頷《うなず》き、話を続けた。

「ああ。それで、町役場に行ってみた。こういう地方の役所には、勤続年数が長い地元の職員が多いからね。事件のことを記憶している人が見つかるだろうと思ったんだ。その狙《ねら》いは正しかった」

「誰かいたのか」

龍村はずいと膝《ひざ》を進める。森は腕組みして頷いた。

「俺は民俗学者で、研究のため、地方の『神隠し』事例の情報を集めて回っている……ということにして、問い合わせてみたんだ。そうしたら、対応してくれた人が……そろそろ定年が近そうな男性だったが、本当の『神隠し』かどうかは疑わしいが、彼の記憶によれば一件だけそんな事例がある、と言い出してね」

「それが僕の事件だったわけか。しかし、何ともあざとい身分詐称《さしょう》だな、天本よ」

森は、小さく肩を竦《すく》める。

「少々良心が咎《とが》めたが、この際致し方あるまい。公式記録を見せろというのは難しいが、人の口を開かせるのは、時にそれより簡単だからな。彼は、話好きだが真面目《まじめ》な人だったよ。いくら昔の話でもプライバシーがあるからと、あんたの名前は出さなかった。それでも話を聞く限り、どうもあんたのことに間違いはなさそうだ。彼は若い頃、あんたの捜索活動に加わったらしい」

「それで？　何か新しいこと、わかったんですか？」

敏生に問われ、森はああ、と言った。

「自分は神隠しなんて本気で信じてはいないが、あの事件だけは、そうかもしれないと今も思っている……と彼は言っていた。それは何故《なぜ》だと訊《たず》ねたら、彼は発見直後のあんたの様子が普通でなかったからと。そう言ったよ」

龍村は、仁王《におう》の眼《め》を見開く。

「発見直後の僕を知っているのか、その人は」

「ああ。たまたま、仕事で間人《たいざ》に来ているとき、あんたが見つかったという騒ぎを聞きつけて、お祖母《ばあ》さんより早く現場に駆けつけたそうだ」

「お祖母ちゃんより早く？　じゃあ、そのときの龍村先生のこと、お祖母ちゃんよりよく知ってるんですね？」

「それはどうだかわからないが、とにかくその人は、発見直後の龍村少年に、いったい今までどこで何をしていたんだと訊ねたらしい」

「そうしたら、僕は何と答えた？」

「あんたはびしょ濡《ぬ》れで、酷《ひど》くぼんやりしていて、魂が抜けたまま身体《からだ》だけ帰ってきたような雰囲気だった。そして彼の質問に対しては答えず、ただ、こう呟《つぶや》いたそうだ。『お姉さんと約束をした』と」

「お姉さん?」

「約束?」

龍村と敏生が、口々に驚きの声を上げる。森は、人差し指を口に当て、声を潜《ひそ》めるように二人に言うと、こう続けた。

「だが、それからすぐに家の人たちや警察の人間が駆けつけ、それ以上話は訊《き》けなかったそうだ。数日後、改めて見舞いに行くと、あんたはすっかり事件の前後のことは忘れていて、『お姉さんと約束をした』という発言の意味も、まったくわからないと答えた。それで結局、あんたが行方不明の間、いったい何が起こっていたのか……不明のまま、うやむやになってしまったと」

「ううむ。何だそれは」

「俺に訊くな。あんたの台詞《せりふ》だぞ、一応」

森は顰《しか》めっ面《つら》で文句を言う。龍村は苦笑いして、四角い顎《あご》を撫《な》でた。

「それもそうか。しかし、祖母《ばあ》はそんなことは言ってなかったな」

「でも、それを言ったのはお祖母ちゃんが来る前のことだし、おうちに連れて帰ったら、龍村先生、寝ちゃった……ってお祖母ちゃん言ってたから。起きたときは、事件のこと、全部忘れちゃってたんでしょ。だからお祖母ちゃんは、龍村先生がそんなこと言ってたの、知らないのかもしれませんよ」

敏生の言葉に、龍村はううむ、と唸《うな》った。

「なるほどな。だが、『お姉さんと約束』、か……」

「役場の人も、その言葉を最初聞いたときは、すわ誘拐《ゆうかい》かと思ったらしいんだが、警察が調べても、それらしい情報は出てこない。結局、海岸でたまたま会った海水浴客の女性か誰かと話でもしたんだろうと、そう結論づけられた」

「……で、神隠しの噂《うわさ》か」

「ああ。土地の老人たちが、それはきっと神隠しだと噂していたことを、役場の彼も記憶していた。その言葉が、当時はまだ若かった彼の耳には、いかにもナンセンスで、しかしどこか神秘的に響いたらしい。それで、俺に二十四年ぶりに『神隠し』というキーワードを聞かされて、あんたのことをすぐ思い出したんだな」

森はそこでいったん口を噤《つぐ》んだ。龍村は、森のどこか陰鬱《いんうつ》な顔を見て、探るように先を促《うなが》した。

「で？　それだけじゃないんだな、本日の収穫は」

「いや、収穫と呼べるものはそれだけだよ」

森は俯《うつむ》きがちだった顔を上げ、まっすぐに龍村を見て答えた。龍村は、森の真似《まね》をして、片方の眉《まゆ》だけを僅《わず》かに上げる。

「では、まだ実りの季節を迎えていないものがあるわけだな？」

「……まあな」

森は低い声で言って、箪笥《たんす》の上にちょこんと置いた羊人形のほうを見遣《みや》った。

「残念ながら、そちらのほうについては、町役場でも新聞社でも、あまりいい情報が得られなかった。……仕方がないから、小一郎《こいちろう》を早川《はやかわ》のところへやった」

「調べものを、早川さんに頼んだってことですか？」

「ああ。気は進まないが、あいつに頼むのがいちばん早いからな。小一郎には、できるだけの手伝いをして、情報を得てから戻れと言ってある。おそらく、明日の朝には結果がわかるだろう」

森は素っ気なくそう言って、龍村を見た。

「今のところは、そういうことだ、龍村さん」

「ふむ。……で、実際のところ、お前は二十四年前の僕の失踪《しっそう》事件は、『神隠し』だと思うか？」

森は少し考えてから答えた。

「それは、『神隠し』の解釈によるな。俺は……そうだな。今は、誘拐《ゆうかい》や放浪でなく、何らかの『異界』が関《かか》わった事件だと考えて動いている……と答えておこうか」

「ふむ。では、もう一つ訊《き》く。その、『お姉さんと約束』という僕の台詞《せりふ》と、さっきのお前の『海の中の女性』発言は、何か関係があるのか？」

森はまた少し考えて、今度は「どうだかな」と曖昧《あいまい》な返事をした。

「おい、天本」

「どちらにしても、小一郎の情報待ちだ。あんたが神隠し事件のことと今日の溺死《できし》しそうになったことを気にしている以上、俺は俺の判断で、事件の全容を明らかにするために動く。俺に任せられないと思うなら……あるいは、これ以上、もう気にしないというなら、そう言ってくれ。今回は、商売抜きでやってるんだ。途中で打ち切られても、何とも思わない。俺は喜んで、休暇に戻るよ」

森は、真面目《まじめ》な顔でそう言った。敏生は、心配そうに、視線をぶつけあう龍村と森を見守る。だが、龍村はニヤリと笑って、森の肩を叩《たた》いた。

「『あっちの世界』が関わってるらしいってのに、お前以外に誰を頼れと言うんだ。もちろん、任せるし、信じているさ。……それに、僕は一度気になったことは、すべてがクリアになるまで、断固として追いかけるタイプなんだ。知ってるだろう」

「知っている。……だったら、もう少し待ってくれ。事実が判明したときと、選択の必要が生じたときは、俺がちゃんとあんたに話すから」

「僕にも話してくれますよね？」

「当然だろう。君は俺の『助手』なんだから」

「よかったあ」

一瞬心配そうな顔をした敏生も、ホッとした様子で笑う。

龍村は、ふう、と肩を上下させて大きな呼吸を一つしてから、こう締めくくった。

「ま、とにかく今宵《こよい》はこれまで。小一郎が戻るまでは、これ以上話は進まないということだな」

「ああ。もっとも返事が来たからといって、話が進む保証もないがね」

「わかった。進まなくても、それでもう十分だ。すまんな天本。僕のために、夏場のお前をそこまで働かせて」

龍村は、胡座《あぐら》をわざわざ正座に座り直し、森に深々と頭を下げる。森はにこりともせず言った。

「まったくだ。どうやってこの貸しを返してもらおうかと、今から楽しみだよ」

龍村は、両手を広げ、「何なりと」とオペラ歌手の舞台挨拶《あいさつ》のように一礼する。そこで初めて薄く笑った森は、つと立ち上がった。

鞄《かばん》の中に封筒をしまい込み、その代わりに、部屋の片隅《かたすみ》に置いてあった、大きなビニール袋を取り上げる。

「忘れていた。お土産《みやげ》だ。町役場の近くで見かけたから、買ってきた」

そう言って、森は、それを敏生に差し出した。

「お土産？　僕に？」

袋を受け取り、中を見た敏生は、喜びの声を上げた。

「わあ、花火だ！」

「夜はすることがなくて退屈だろうと思ってね」

「やりたかったんです、花火。嬉《うれ》しいなあ。……あ、でも……」

ふと顔を曇《くも》らせた敏生に、森は怪訝《けげん》そうに訊《たず》ねる。

「どうした？」

「でも、小一郎、今夜は帰ってきませんよね」

「ああ、おそらくは」

「じゃあ、駄目《だめ》だ。小一郎と花火やろうって約束してるんです」

それを聞いて、龍村は朗らかに笑った。

「埒《らち》もない。明日の夜もやればいいのさ。この集落でも、花火くらいは買えるぜ。どうせ夜は暇《ひま》なんだ。テレビを見るか花火をするかくらいしか、やることはない」

「あ、そうか。ここにいる間、毎日花火でもいいんだ！　じゃあ、今からやりましょう」

「よし。じゃあ、僕は物置からバケツを取ってこよう。君は、祖母からマッチをもらってきてくれ、琴平君。この時間なら、まだ茶の間でテレビを見ているだろうから」

「わかりましたっ」

遊ぶことにかけては、チームワーク抜群の龍村と敏生である。あっという間に役割分担して、行動を開始する。

「やれやれ。元気なものだ」

森は呆《あき》れ顔《がお》で、座布団《ざぶとん》に腰を下ろそうとした。が、容赦ない龍村の声が庭から飛んでくる。

「おい天本。バケツの前に裏庭から枝豆を取ってくるから、茹《ゆ》でてくれよ。花火には、ビールと枝豆が不可欠だ！　ビールは冷蔵庫に入ってる」

「……やれやれ。俺にも仕事を割り振るのか」

わが身に降りかかった災難を嘆きつつ、森は、湯を沸《わ》かすべく、台所へ向かった。

「すみません、枝豆を茹でるので、台所をお借りします。……敏生、君もここか」

茶の間のハツエに声をかけ、台所へ行った森は、流しの下の戸棚《とだな》を四つんばいになって覗《のぞ》き込《こ》んでいる敏生に、ギョッとして立ちどまった。だがしかし、すぐ我に返って、敏生の襟首《えりくび》を掴《つか》んで引き戻すと、戸棚の中に入っている鍋《なべ》を取り出す。

「あー、酷《ひど》いや天本さん。僕を猫か何かみたいに扱うんだから」

「邪魔《じゃま》だからだよ。何をしてる」

「マッチ捜してるんですよ。あ、あった。……あれ、空っぽだ」

せっかく捜し当てた大きなマッチ箱の中はすでに空になっており、敏生はがっかりした顔で立ち上がった。

「お祖母《ばあ》ちゃん、台所のマッチ箱、もう空なんですけど」

「あれ、悪いね。それやったら、お仏壇にもマッチ箱あるから、それを使《つこ》うて」

「お仏壇？」

「隣《となり》が仏間やから。ここから行ったらええ」

「わかりました」

敏生は茶の間へ上がり、ハツエが指さした襖《ふすま》を開けて、仏間へ入っていく。森はそれを何の気なしに見送り、鍋《なべ》に水を張って火にかけた。茶の間でテレビドラマを楽しんでいるハツエの邪魔《じゃま》をするのも気が引けて、適当に引き出しを開け、塩を捜していると……。

「それに触ったらアカン！」

突然、ハツエの大声が響いた。その直後に、何かが畳《たたみ》に落ちる乾いた物音。

森は驚いて台所を飛び出した。茶の間のテレビの前に座っていたはずのハツエの背中が、仏間の入り口から見えた。森は足早に、そちらへ向かう。ハツエの背中越しに、仏壇の前に呆然《ぼうぜん》とした顔で立っている敏生が見えた。

「ご……ごめんなさい。仏壇のマッチも、もう一本しかなくて。僕、新しいのが、下の戸《と》棚《だな》に入ってないかなと思って……。そしたら、この箱があったから……」

敏生はハツエの剣幕に驚き、慌《あわ》てて謝りつつ、床に落としたものを拾い上げた。それは、小さな黒塗りの箱だった。

「あの、ごめんなさい。ホントにごめんなさい」

敏生は半泣きの顔で謝り続けているが、ハツエは青い顔で、それすら耳に入らない様子である。森は、ハツエを押しのけて仏間に入っていき、そんな敏生に声をかけた。

「いったいどうした。何をしたんだ、君」

敏生は、途方に暮れた顔で、森に歩み寄る。

「天本さん。……あの、僕、マッチを捜してて、仏壇の下の戸棚《とだな》を開けてみたんです。中には、この箱しかなくて。玉手箱みたいだなって思って、つい出して眺《なが》めちゃったんです。で、もしかしたらこの中にマッチが入ってるかなって開けてみようとしたら、お祖母《ばあ》ちゃんが……」

「……お仏壇の下にはな、昔から大事なものを入れとくんよ、田舎《いなか》の人間は」

ようやく少し冷静になったハツエは、まだ少し厳しい声でそう言って、敏生の手から箱を取り上げた。

「大事な……もの？」

ハツエがさっきほどは怒っていないことに安心したのか、敏生は少し落ち着きを取り戻して訊《たず》ねる。ハツエは頷《うなず》き、決まり悪そうに森と敏生を交互に見た。

「そうや。せやから、勝手に出したり開けたりしたらアカン。こ……これはな、祖母《ばあ》ちゃんが娘時代から大事にしとる、ああ、ええと、玉手箱なんよ」

「玉手箱？　これが？」

敏生は目を丸くして、ハツエが両手で大事そうに持っているその箱を見た。確かに、深く被《かぶ》さった蓋《ふた》は色褪《いろあ》せた柿色《かきいろ》の紐《ひも》でしっかりと結わえられていて、いかにも古そうな品ではある。だが、蒔絵《まきえ》を施してあるわりでもないただの黒塗りの小さなそれは、「玉手箱」というにはあまりに粗末に見えた。

「そうや。浦島太郎《うらしまたろう》の伝説は知ってるやろ」

ハツエは、さっきの自分の不自然な怒りようをごまかすように、急に朗らかな口調でそんなことを言い出した。敏生は瞠目《どうもく》したままで、しかしハツエが機嫌《きげん》を直してくれたことに、ひとまずはホッとして頷《うなず》く。

「はい。ええと、浦島太郎が亀《かめ》を助けて、お礼に竜宮城《りゅうぐうじょう》に連れていってもらうっていう話ですよね？」

「そうや」

頷きながら、ハツエは「玉手箱」を手に持ったまま、茶の間のほうへ行く。仕方なく、敏生と森も、その後に続いた。

「浦島太郎は、このあたりの人なんよ」

ハツエはそう言いながら、茶の間の卓の上に箱を置き、腰を下ろした。つられたように、敏生もハツエの斜め前にぺたんと座り、興味深そうに訊《たず》ねた。

「そうなんですか？　間人《たいざ》の？」

「いいや、この近くに、伊根町《いねちょう》っちゅうところがあって。そこに、浦嶋《うらしま》伝説があるんや。町の中に、浦嶋公園や、浦嶋神社があるんよ」

「へえ。……じゃあもしかして、浦島太郎の玉手箱が、それ？」

「そんなアホな」

ハツエは、伏し目がちに箱を見ながら言った。

「浦嶋神社に、本物……いや、本物かどうかは知らんけど、浦島太郎の玉手箱、っちゅうのが、ちゃんと奉納《ほうのう》されとるよ。……これは、ホンマはただの箱。せやけど祖母《ばあ》ちゃんにとってこれは、玉手箱なんや」

「それって……」

どういう意味ですか、と敏生が訊《き》こうとしたとき、勝手口の扉《とびら》が勢いよく開き、龍村が顔を覗《のぞ》かせた。

「おい天本、枝豆取ってきたぞ。……む？　二人とも、何をそんなところで油を売ってるんだ」

「……あ……」

タイミングを逸して、敏生が口ごもっているうちに、ハツエは箱を手に、腰を庇《かば》いながら立ち上がった。

「何や、これから酒盛りか？　私は、もう寝るわ。明日も早いしな。ほな、おやすみ。あんまり飲みすぎたらアカンよ」

そう言うと、少し逡《しゅん》巡《じゅん》したが、結局箱を仏壇の下に戻そうとはせず、そのまま手に持って、茶の間を出ていってしまう。

「あ、おやすみなさい。……ごめんなさい」

「ええのんよ。気にせんといてな」

敏生の謝罪をあっさりと受け流し、ハツエはさっさと、自分の寝室のほうへ廊下《ろうか》を歩き去ってしまう。

龍村は、敏生の悲しげな顔と、森の渋面を見比べ、わけがわからないといった様子で手にした枝豆を振り回した。

「おーい、天本、琴平君。どうかしたのか？」

「……何でもない。つくづく間の悪い男だと思っただけさ」

森は冷淡な口調でそう言うと、ツカツカと龍村に歩み寄り、まだ泥が付いた枝豆の束を乱暴に奪い取った。そのまま、流しの水で、ガシガシと豆を洗い始める。

「お、おい……。何だ？　そりゃ、僕のことか？」

「ほかに誰がいる」

森の返事には、取りつく島もない。事情のわからない龍村は、呆気《あっけ》にとられた様子で、敏生を見た。

「おい、琴平君……」

「知りません。もう、龍村先生ってば」

さすがの敏生も、プウッとむくれてそっぽを向いてしまう。

「お、おい。僕が何をしたっていうんだ、二人とも……」

龍村はオロオロ声で訊《たず》ねたが、二人ともそっぽを向いたきり答えない。居心地の悪い沈黙の中、龍村はひとり、勝手口で仁王立《におうだ》ちになって狼狽《うろた》えるばかりであった……。

「何だ、そういうことだったのか。そりゃ、悪いことをしたな」

それから数十分の後。ようやく森からことのあらましを告げられた龍村は、頭をバリバリ掻《か》いて苦笑いした。

「まったくだ。せっかく彼女から何か訊《き》き出《だ》せそうだったのに、当事者のあんたがぶち壊していては、話にならないよ」

森は苦り切った顔で、しかしさっきほどは腹を立てていない様子でそう言った。

「すまんすまん。わざとじゃなかったんだ。怒らないでくれ」

「……怒ってはいないよ。よく考えてみれば、あそこで彼女を詰問して、精神的に追い詰めてしまわずにすんでよかったと思ってる。少々、あんたの出現のタイミングが早すぎたがね」

それを聞いた龍村は、闇《やみ》を透《す》かすように森の白皙《はくせき》の面《おもて》を見た。

「鈍い僕にも、さすがに何となくわかった。祖母は何かを心に抱えてる。……たぶん、二十四年前の事件に関することだ。お前もそう思ってるんだろう？」

森は軽く頷《うなず》く。

「それも、今日はもう語らないつもりの話題か？」

「ああ、そうだ。俺には考える時間が必要なんだよ、龍村さん」

「そうか。なら、もう言うまい。……ただ、できるだけ祖母には心配や負担をかけたくないと思ってるんだ、僕は」

「わかっているつもりだ」

森は簡潔に答えて、視線を龍村から、目の前にしゃがみ込んだ敏生のほうへ滑《すべ》らせた。

闇の中で、敏生が手にした線香花火が、パチパチと小さな金色の火花を弾《はじ》けさせる。龍村と森は縁側に並んで腰掛け、ビールを飲みながら、それを眺《なが》めていた。

ハツエが突然激怒したことにショックを受けていた敏生だったが、森に、

「確かに君の行為は褒《ほ》められたことではないが、おかげで俺の考えを一歩進めることができたよ」

と慰《なぐさ》めとも何ともつかない言葉をもらったおかげで、何とか気分を立て直すことができた。

本当は、ハツエが「玉手箱」と言ったあの箱のことや、彼女が立腹した理由が気になって仕方がない敏生である。しかし森の表情を見ていると、今夜はそれ以上、そのことについて語る気がないことは察せられた。

しつこくその件を持ち出して森を不機嫌《ふきげん》にさせるよりは、今夜は龍村の気を紛らわせるためにも、楽しく花火をして一日を締めくくろう。敏生はそう思ったのである。

「敏生、もっと大きな花火があるだろう」

森が声をかけると、縁先にしゃがみ込んだ敏生は、照れくさそうに笑って答えた。

「でも、天本さん。やっぱり、これ全部僕がやっちゃうのは、一生懸命仕事をしてる小一郎に悪いから。今日は、これでおしまい。あとは、明日、小一郎と一緒にやります」

「そうか。……もう、時間も遅いしな。今日はいろいろあったから、早めに休むとしようか」

森にそう言われて、敏生は手にした線香花火の火花が消えるのを待って、立ち上がった。

「じゃあ僕、花火のゴミとバケツの水を捨ててきます」

バケツを提げて、敏生は軽い足取りで、勝手口のほうへ行く。それを見送って、森はポツリと言った。

「龍村さん。本当にこのまま、二十四年前の事件を追いかけていいんだな?」

龍村は、太い眉《まゆ》を一直線に繋《つな》がるほどきつく顰《ひそ》める。

「どういうことだ。さっきも僕はそうするつもりだとハッキリ言っただろう」

「ああ……そうなんだが……」

森は、しばらく何と言ったものか考え込んでいる様子だったが、やがて力ない口調でこう言った。

「敏生じゃあるまいし、こんな言いぐさは術者としてどうかと思うが、ほかに言いようがないから言う。嫌《いや》な予感がするんだ」

その森らしからぬ発言に、龍村は驚いて言葉を失う。森は、自分を嘲笑《あざわら》うように唇《くちびる》を歪《ゆが》めた。

「俺の考えが正しければ、あんたはこのままいくと、とんでもない選択を迫られることになるかもしれない。……俺はそのとき、あんたの力になれるかどうか」

「天本……。まったくお前らしくないぞ、そんなことを言うのは」

「……まったくだな。馬鹿《ばか》げたことを言った」

森は、腹立たしげに自分の膝《ひざ》を叩《たた》いた。

「あんたは、物事を曖昧《あいまい》なまま放置して生きていける人じゃない。……俺は、俺の親友を救えないほど無能な術者になったつもりはない。そういうことだ」

「……天本……」

森は、深呼吸を一つして、ようやくいつもの彼らしい、怜悧《れいり》な笑みを浮かべて龍村を見た。

「つまらない弱音を吐いて、悪かった。心配するな。……さて、布団《ふとん》を敷いて蚊帳《かや》でも吊《つ》るか」

「おう。そうしよう」

龍村は、ビールの空き缶を片手でクシャリと握《にぎ》り潰《つぶ》すと、立ち上がった。揃《そろ》って座敷に引き上げながら、森の背中に声をかける。

「なあ、天本よ」

「うん？」

押し入れを開け、布団を取り出しながら、森は生返事をした。

「どんな選択を迫られるのか知らんが、お前こそ心配するな。お前と琴平君がいてくれれば、僕はいつだって最善の決定が下せる。そんな気がするんだ」

「……今回もそうであるように祈ってる」

やはり振り返らないまま照れくさそうにそう言った森に、龍村は大きく頷《うなず》いた……。

六章　見つからない言葉

頬《ほお》にフワリと涼しい風を感じて、森《しん》は目を覚ました。

まだ身体《からだ》が動かないので、目を閉じたまま、意識だけをゆっくり覚醒《かくせい》させていく。

自然の風にはあり得ない冷たさの、しかしクーラーのそれよりずっと優しいその風は、ゆったりしたリズムで、森の頬《ほお》から首筋のあたりを撫《な》でていった。

それが、誰かが団扇《うちわ》で自分を扇《あお》いでいる風だとわかった瞬間、森はハッとして目を開けた。

「……敏生《としき》?」

天橋立《あまのはしだて》に行った敏生が帰ってくるような時間まで寝込んでしまったのかと、さすがに焦《あせ》ったのである。だが、森の視界に映ったのは、枕元《まくらもと》に正座しているハツエの姿だった。

「あ……すみません」

森は慌《あわ》てて半身を起こした。そのとき、自分の身体にタオルケットが着せかけられていることに気づく。少し横になろうと思っただけだったので、何もかけず、座布団《ざぶとん》を枕に寝転んだ記憶がある。ということは、これもハツエがかけてくれたのだろう。

「あれ、起こしてしもたかね。かえって悪かったねえ」

ハツエは、いかにもすまなそうに森の顔を覗《のぞ》き込《こ》んだ。

「いえ、ちょっと横になるだけのつもりだったんですが、つい眠り込んでしまったらしくて。お気遣《きづか》いいただいて申し訳ありません」

「あんた、暑さに弱いんやてね。今朝、泰彦《やすひこ》が言うとったわ。クーラーもない家に無理やり連れてきて、あの子も悪いねえ」

「いや、そんなことは……」

「昼ご飯のとき呼びに来たらよう寝とったし、そのままにしといたんよ。せやけど、全然起きてけえへんしねえ。もういっぺん見に来たら、何や苦しそうな顔しとるし、きっと暑いんやろから、ちょっと扇《あお》いであげようかと思うてね。どっか具合悪うしとるん違うか」

「いえ、大丈夫《だいじょうぶ》です」

「ほな、ちょうどお三時やし、冷たいお茶でも持ってこようか。待っとって」

よいしょ、と団扇《うちわ》を畳《たたみ》の上に置いて立ち上がったハツエは、座敷を出ていった。

「参ったな」

森は呟《つぶや》きながら、畳の上に胡座《あぐら》をかいた。タオルケットをきちんと畳《たた》み、その上に団扇を置く。

朝、出かけようと張り切って準備中の龍村《たつむら》と敏生に、森は、自分は残ると告げた。

「む？　どうした、昨日動きすぎて、体調を崩したんじゃないか？」

龍村は気がかりそうに、黄色いパイナップル柄のアロハシャツに着替えながら訊《たず》ねた。

敏生も、座布団《ざぶとん》の上に座っている森の前に来て、心配そうに問いかける。

「今朝は、朝ご飯もいらないって言うし……。ホントに大丈夫《だいじょうぶ》ですか？」

「ああ、大丈夫だよ。心配いらない。少し休みたいのは事実だが……」

「小一郎《こいちろう》が、まだ帰ってこないから？」

敏生は、昨夜と同じ姿勢で簞笥《たんす》の上に座っている羊人形を見遣《みや》った。森は軽く頷《うなず》く。

「それもある。……が、ちょっと君たちがいない間に、やっておきたいことと考えたいことがあるんだ」

「僕たちがいないほうが、いいんですか？」

敏生はちょっと傷ついた顔をする。森は、ふんわりと柔らかい敏生の栗色《くりいろ》の髪を、クシャリと撫《な》でた。

「そんな顔をするな。せっかく、行きたかった場所へ連れていってもらえるんだろう」

「でも……。天本《あまもと》さんをひとり置いていくなんて」

「置いていくのではなく、違うところで、それぞれの仕事をするのさ」

森は龍村には聞こえないように、低い声でそう言った。敏生は、きょとんとして森を見る。

「それぞれの仕事？」

「そうだ。俺が情報を集め、これからのことを考えている間、君は龍村さんを守ってくれ」

「龍村先生を……守る……？」

敏生の幼い顔に、緊張が走る。森は、敏生をリラックスさせるように、心なしか強張《こわば》った敏生の頰《ほお》に、冷たい手のひらで触れた。

「何か起こると確信しているわけじゃない。ただ、龍村さんを決してひとりにしないように。妖《あやか》しに魅入《みい》られた人間には、魔が寄りやすいものだ。気をつけてやってくれ」

「わかりました」

「楽しむところは楽しんで、だが常に注意を怠《おこた》るな」

「はいっ。そうか、僕は今回、龍村先生のボディーガードなんですね」

敏生は、ようやくニッコリして頷《うなず》いた。

「わかりました。僕は、僕のできることを一生懸命してきます。お土産《みやげ》も買ってきますね」

「ああ。楽しみに待っている」

森も、微笑して頷《うなず》いた。

「おーい、琴平《ことひら》君。準備ができたなら、そろそろ行くか。大江山《おおえやま》に昼前に着きたいから、早めに出発しよう。天本、本当にいいんだな？」

身支度《みじたく》のできた龍村は、仕上げにパナマ帽を頭に載せた。

「ああ、俺はここにいるほうがいい。敏生が世話をかけるが、頼むよ」

森はそう言って、敏生に悪戯《いたずら》っぽく目配せした。敏生は、元気よく立ち上がる。

「それじゃ、行ってきます。お祖母《ばあ》ちゃんにも挨拶《あいさつ》してから出かけなきゃ」

「そうだな。じゃ、行ってくる」

龍村は、片手を上げて森に挨拶すると、のしのしと座敷を出ていく。それについていこうとした敏生を引き留め、森は、未《いま》だ「中身」が戻らない羊人形を手渡した。

「天本さん、これ……」

「小一郎も、そのうち戻るだろう。必要があれば、君と龍村さんの居場所がいつでも奴《やつ》に……つまりは俺にわかるように、持っていけ」

「わかりました。じゃあ」

「気をつけてな」

敏生は、羊人形をジーンズの腰にぶら下げると、ぺこりと頭を下げ、元気よく龍村の後を追いかけた。

その後ろ姿を見送り、森は座布団《ざぶとん》に戻った。

蚊帳《かや》を畳《たた》み、布団を上げた座敷は、龍村と敏生がいないこともあり、やけに広く感じられる。その真ん中に座っているのはどうにも落ち着かなくて、森はすぐに立ち上がり、どこか居心地のよさそうな場所はないかと部屋じゅうを見回した。

そのとき森の耳に、背後から聞き慣れた声が飛び込んできた。

「主殿《あるじどの》。ただいま戻りましてございます」

「小一郎か」

森は、縁側に通じる障子《しょうじ》を素早く閉めた。室温が上がって不快なのだが、式神《しきがみ》の姿をハツエに見られるほうがずっと面倒なことになりそうだったからだ。

結局、元の座布団に腰を下ろした森の前に、白いタンクトップとジーンズという、まるで人間の若者そのものの姿の小一郎が跪《ひざまず》いた。

「遅くなりまして、申し訳ございませぬ」

「いや。何かわかったか」

「早川《はやかわ》どのから、これを」

小一郎は恭《うやうや》しく、一通の封筒を森に差し出した。受け取った森は封を切り、中に入っていた何枚かの紙片に素早く目を通す。

「……やはりそうか」

森の満足そうな表情に、硬かった小一郎の目つきが、安堵《あんど》で僅《わず》かに和《なご》む。

「お役に立ちますでしょうか」

「ああ。まさしく俺がほしかった情報だ。お前も、早川を手伝って無茶な仕事をさせられたんじゃないか？」

小一郎は、思わず頷《うなず》きかけて、慌《あわ》てて首を横に振る。

「い、いいえ。ただ、深夜、人けのない建物に忍び込み、書類を出し入れする作業を言いつかっただけでございます」

「……世間では、それを『泥棒』と呼ぶんだがな」

森は苦笑しつつ、しかし求めていた正確な情報を得られて満足げに口元を緩めた。だが、ふと気づいたように、紙面から顔を上げた。

「そういえば、早川は何か言っていたか？」

「は。『借りを作ったなどと考える必要はまったくありません』と言《こと》づてを」

「……京都人の『ぶぶ漬《づ》け食べていきなはれ』と同じニュアンスだな」

森は思わずこめかみを片手で押さえる。小一郎は、小首を傾《かし》げた。

「主殿《あるじどの》、それは如何様《いかよう》な意味合いの表現でございましょうや？」

「気にするな。あいつの本心は、言葉どおりではないということだ。ご苦労だった」

「……恐れ入りまする」

労《ねぎら》われ、小一郎は深く頭《こうべ》を垂れる。そんな小一郎に、森は告げた。

「ゆっくり休め、と言ってやりたいところだが、お前が消耗していなければ、もう一つ仕事を頼みたい」

「これしきの仕事、何でもございませぬ。何なりと、お申し付けを」

「それなら、お前のねぐらを追いかけろ」

思わぬ命令に、小一郎は驚いて顔を上げた。森は、真面目《まじめ》な顔で小一郎に告げる。

「敏生に、羊人形を持たせてある。すぐに飛べ」

「それは、うつけを見張れということでございますか？」

「いや、龍村さんと敏生の両方を見ていろ。あの二人の今日の予定は一応聞いてあるが、予想外の動きをしないとも限らん。お前は、龍村さんを海に引き込もうとした妖《あやか》しを知っている。そうだな」

「……御意《ぎょい》」

「万一、妖しが龍村さんに再度近づくことがあれば、お前が阻止しろ。ただし……事前に、あの二人の行動を妨害したり、制止したりすることはしないでいい」

「主殿《あるじどの》……それは……」

「小さな妖しは敏生で十分だし……敢《あ》えて行動を起こしてくれたほうが、わかりやすくなることもある。理解できなくてもいい、言ったとおりにしろ」

「……承知仕《つかまつ》りました。お任せを」

あくまでも主人に忠実な式神《しきがみ》は、うっそりと頭を下げた。次の瞬間、目の前の青年の姿は、跡形なく消え去る。

森は再び、早川から届けられた紙切れに視線を落とした。

それは、古い新聞の切り抜きをコピーしたものだった。日付は、大正《たいしょう》十四年八月二日と読みとれる。

「七十年あまり前か……。死人の魂が妖《あやか》しになるには、十分な年月なのかもしれないな」

そう呟《つぶや》いて、森は立ち上がり、障子《しょうじ》を大きく開け放った。

そろそろ、太陽は高い空で、パワー全開に照りつけようとしている。

（……タイミングを見計らって、彼女に話を訊《き》かなくてはな）

縁側で読書を再開するには、庭からの照り返しがやや強すぎるようだ。森は仕方なく、紙片と本を手に、座敷の奥の日が射《さ》さない場所に移動した。

座布団《ざぶとん》を枕《まくら》に、ゴロリと横になる。

そうしてみると、やはり昨日の疲れが、身体《からだ》に重く溜《た》まっているのがわかった。耳を澄《す》ませていると、ハツエが階段を上っていくらしい、大きな足音が聞こえる。おそらく、二階の物干し台に、洗濯物を干しにでも行くのだろう。

（……もう少し後のほうが、よさそうだな）

それなら、少し休息しようと森は思った。自分の読みが正しければ、今夜あたり、大仕事を一つ片づけることになるだろう。その前に、夏場でなけなしの体力と気力を、少しでも回復させておきたい。

「……これも仕事のうちさ」

起床して三時間も経《た》たないうちに昼寝しようとしている自分の行為をそんな独り言で正当化して、森は本を開きもせず、目を閉じた……。

そう、確か寝入ったのは、十一時になるかならないかという頃合いだったはずだ。ということは、自分は四時間ほど眠っていたことになる。

ふと見ると、畳《たたみ》の上には豚の形をした陶器の蚊遣《かや》りが置かれていた。おそらく昼に部屋を覗《のぞ》いたとき、ハツエが火をつけてくれたのだろう。中の蚊取り線香は、かなり短くなっている。

(……本当に、参ったな)

森は、がっくりと肩を落とし、寝乱れた髪を手櫛《てぐし》で直した。

これまで、肉親にそんなふうに優しく思いやられたことなど、ほとんどないに等しい森である。「親友の祖母」という何とも微妙な存在のハツエに親密に世話を焼かれ……あまつさえ、無防備な寝顔を見られていたと思うと、気恥ずかしいやら申し訳ないやら、もう、いたたまれないような気分になってしまう。まして今の森にとっては、ハツエはこれから問いつめなくてはならない、いわば容疑者のような存在なのだ。複雑な思いで、森は嘆息した。

そんな森の気持ちを知ってか知らずか、ハツエは西瓜《すいか》と麦茶を持って、笑顔で戻ってきた。いかにも田舎《いなか》らしい「おやつ」である。

二人は縁側に並んで腰掛け、しばらくは黙って西瓜を囓《かじ》った。彼らが座っているところは、庇《ひさし》に守られ、直射日光は当たらない。だが、つま先の少し向こうの地面はカラカラに乾ききり、白く光っていた。

思えば、ハツエと二人きりになったのは、これが初めてである。ただでさえ人見知りする質《たち》で、特に年寄りと子供が苦手な森には、どんなふうにハツエに接すればいいのか、よくわからない。

(……確かに、彼女に話を訊《き》こうと思っていたんだから、向こうから来てくれて好都合なんだが……)

対照的に敏生は、ここに来た夜にハツエとすっかりうち解けてしまい、本当の孫のように楽しげに話をしていた。そんな敏生の人なつっこさを羨《うらや》ましく思いつつ、森は重い口を開いた。

「……その……。何とお呼びすればいいでしょう」

ハツエは何も言わず、無表情に森のほうを見る。

「お訊《き》きしたいことがあります」

また、二人の間に沈黙が落ちかける。それを遮《さえぎ》るように、森はポツリと言った。

ハツエも、本当に照れたようにそんなことを言った。割烹着《かっぽうぎ》のポケットに突っ込んだタオルで、西瓜《すいか》の汁に汚れた口元を拭《ぬぐ》う。そのタオルをそのまま差し出されて、森は躊躇《ためら》いつつも、べたつく両手を拭《ふ》いた。

「ああ、ハツエでええよ。何か恥ずかしいみたいやけど。あははは。二十歳若返った気がするわあ」

「ハツエさん、でよろしいですか。それとも本田《ほんだ》さんのほうが？」

複雑な女心というやつなのだろう。森は苦笑いしつつも、少し互いの距離が近づいたような気がして、薄い唇《くちびる》を僅《わず》かにほころばせた。

「アンタみたいに、外人さんみたいな綺麗《きれい》な顔したお兄ちゃんに『お祖母《ばあ》ちゃん』て呼ばれたら、かえって落ち込みそうや。名前で呼んでや」

ハツエも、敏生や龍村と話しているときと違って、どこか堅苦しい声音《こわね》で答えた。民宿を長年経営し、様々な客に接してきたハツエでさえ、森の持つ頑《かたく》なな雰囲気の前には、本来のおおらかな彼女でいることができないらしい。

「ああ、私かいね」

「昨夜の……あなたの『玉手箱』のことです」

そう言って森は正座を解き、縁側から両足を下ろした。長い脚をゆったり組み、片足を踏み石に置かれた下駄《げた》の上に置く。傍《かたわ》らに正座したハツエは、いつの間に持ってきていたのか、さっきの団扇《うちわ》でゆったりと森を扇《あお》ぎながら頷《うなず》いた。

「私も、そのことを話したいと思うとったんよ……アンタにな。泰彦と敏生君が帰るまでに、アンタが起きてくれてよかったわ」

「……見せていただいてよろしいですか？」

「ああ、ええよ」

ハツエはつと立って座敷を出ていくと、ほどなく例の「玉手箱」を手に戻ってきた。大事そうに抱えたそれを、両手で森に差し出す。

森は箱を受け取ったが、それを膝《ひざ》の上に置いたまま開けることはせず、ハツエの憔悴《しょうすい》した顔を見た。

今日は朝食をパスしたので、森がハツエの顔を見るのは、これが初めてだった。おそらく、龍村と敏生には、無理をして元気に振る舞っていたのだろうが、今、森の前の彼女は、疲労しきった顔つきを隠すこともできずにいる。

「……眠れなかったんですか」

ハツエは頷《うなず》く。森は、あちこち塗りの剝《は》げた箱の蓋《ふた》に触れながら、静かに訊《たず》ねた。

「どうして俺に、この箱のことを話そうと？」

　ハツエはしばらく黙り込んだ後、森の冷たく整った顔を見遣《みや》って言った。

「何でやろな。アンタが泰彦の友達やから。……それだけやないな。私は宿をやっとったから、たくさんの人を見てきたけど……アンタみたいな目をした人は、見たことがない」

　ハツエは、森の目をまっすぐ見て、しんみりと言った。

「何やアンタの目は、人の心の底まで見通す力があるような気がしてなあ。何か、私はずっと、アンタが近くにいると落ち着かんかった。ごめんなあ、こんなこと言うて」

　森も、微苦笑して首を振った。

「いえ……目つきと愛想の悪さはよく指摘されますから、気にしないでください。確かに俺は、最初に『神隠し』事件の話を聞いたときから、あなたが何かを隠していることに気づいていました。だからこそ、ずっとあなたの行動に注意していた。それで不快な思いをさせてしまったのなら、謝ります」

「いや、それはええんや。私も……泰彦を呼ぼうと決めてから今日までずっと、迷い続けてきたんよ。……そのせいで、昨夜は敏生君に、あんなふうに怒鳴ってしもて。すまんことしたわ」

　ハツエは、森が触れている箱を指さした。

「開けてみても、ええんよ」

だが森は、箱の蓋《ふた》に手のひらをそっと置き、こう言った。

「その必要はありません。この中に何が入っているかあなたはご存じだし、これを開けて見るべきなのは、俺ではなく龍村さんです」

それを聞くなり、ハツエの張りのある頬《ほお》が、ピクンと引きつる。ハツエは、両手の指を組んだり解いたりしながら、縋《すが》るような口調で森に問うた。

「昨日……泰彦に何があったんか、聞かせてもろうてもええやろか」

森は頷《うなず》いた。

「龍村さんは、あなたを心配させたくないばかりに、昨日のことは内緒にしておこうと敏生にも口止めしていたようです。……彼は昨日、平《へい》海水浴場で、溺死《できし》しかけました」

「……何やて⁉」

ハツエの手から、団扇《うちわ》がポトリと地面に落ちる。だが二人とも、そんなことはまったく気にしなかった。

森は、昨日の「事故」について、ハツエに語って聞かせた。ハツエの顔から、赤みがみるみる失《う》せていく。まったく脚色をしない、殺伐とした森の語り口が、かえって状況をリアルに想像させているのかもしれない。

「……というわけで、敏生がその場に居合わせたので、龍村さんは溺《おぼ》れ死《じ》ぬことはありませんでしたが……。彼は、海の中で、女性の声を聞いたそうです」

「女の人の……声？　海の中で……」

「ええ。その女性は、龍村さんにこう言ったそうです。『また、会えたね』と」

小一郎の存在は伏せ、敏生が龍村を救出したことにして、森は話を中断した。

ハツエは、しばらく何も言えずに、ただ俯《うつむ》いて唇《くちびる》を震わせていた。膝《ひざ》の上で握り締めた両手の関節が真っ白になっている。

森は、氷が溶《と》けかかった麦茶のグラスを、ハツエの手に無理やり持たせた。

「幸い、龍村さんは命を落とさずにすんだ。だが、それは単なる幸運にすぎません。あなたは、龍村さんがあの海水浴場に……二十四年前、彼が姿を消したあの場所へ行くことで、何かが起こるかもしれないと恐れていた。違いますか？」

「……違わへん……」

ハツエは一口麦茶を飲み、少し落ち着きを取り戻して口を開いた。

「泰彦に言うた理由は、本当や。あの子の心に、あの『神隠し』事件が傷を作ってへんことを確かめたかった。立派に成長したあの子を見て、もう大丈夫《だいじょうぶ》やと思うた。いや、思いたかった」

「平海水浴場に行ったと龍村さんが言ったとき、あなたは少しだけ顔を曇《くも》らせた。それが、俺にあなたへの疑念を抱かせました」

「昨日は、何事もなく帰ってきてくれて、ホンマにホッとしたんよ。ああ、やっぱり大丈夫やったんや、私の取り越し苦労やったんや、って。……せやけど……」

「俺の一言が、あなたの束《つか》の間《ま》の安心を吹き飛ばした。俺はあのとき言いましたね、龍村さんに『海の中の女性がご執心《しゅうしん》だったよう』だと。あなたはあのとき、酷《ひど》く狼狽《うろた》えた」

森は、ハツエの顔を、鋭い切れ長の目でジッと見据《みす》えた。

「あなたは、二十四年前の事件で、何かを俺たちに話さず隠している。……そして、それを『何でもないこと』だと確かめ、安心したいと思っていた。だが、そうはいかず、あなたは今、怯《おび》えている。龍村さんをここへ呼んだことを後悔し、彼を平海水浴場から……いや、ここの海から遠ざけたがっている」

森の口調は、徐々に厳しさを増していた。思わず顔を背けたハツエをどこまでも追いかけるように、容赦ない口調で、森は言葉を継いだ。

「あなたが、俺に今話しているのは、そうすることで、何らかの救いを得たいとあなたが望んでいるからだ。救いが、あなたと龍村さん、両方にもたらされることを、あなたは切望している。……だが、そのためには、あなたが包み隠さず、すべてを話してくれることが必要です」

「……あの子を……私まで助けてくれるのんか？　アンタが……？」

ハツエは必死の面持ちで、森の膝《ひざ》に手をかけた。だが森は、硬い表情で、わかりません、と言った。

「俺だって、龍村さんに無事でいてほしい。今回のことでも、全力を尽くして彼を救おうと思っています。それは敏生も同じ思いです」

「敏生君も……？　あの子も、知ってるんか？」

「ええ。だからこそ、今日は敏生を龍村さんと一緒に行かせました。俺がいないときは、敏生が龍村さんを守ります。ああ見えても、敏生は頼りになりますよ。心配はいりません。……ハツエさん。よく聞いてください」

森は、ハツエの顔を覗《のぞ》き込《こ》み、その目を捉《とら》えてゆっくりと言った。

「龍村さんをここに呼んだことを、あなたは後悔すべきではないと思います。彼はまっすぐな人間だ。他人の手によって忘却を強《し》いられたとはいえ、自分が過去に交わした約束を果たさずに生きてきたことを、きっと悔《く》やむでしょう。そして、その約束を果たそうとするはずだ。それは、いつかやってくる、避けられない運命のようなものだったんです」

「せやけど……私が死ぬまで何も言わんといれば……」

「それでも同じことですよ。あなたが秘密を持ったまああの世に行ったとしても、龍村さんは何も知らず、偶然ここに来るかもしれない。そして、何も知らないまま、命を落とすことになるかもしれない。……人の持つ運命というのは、いろいろな要素が複雑に絡《から》み合《あ》って、変化していくものです。起こしてしまった行動を悔やんでも、何の意味もありません」

「……アンタは……神様みたいに何でも知ってるんやね……」

ハツエは、呆《ほう》けたような表情で呟《つぶや》く。森はいいえ、と静かな声で言った。

「何でも知っているなら、苦労はしません。今のも、推測を元にした誘導尋問のようなものです。でも、正解だったなら、自信を持ってあなたにアドバイスできます。この箱は、あなたにとっては開けてはならない『玉手箱』でも、龍村さんにとっては、大切な記憶を封じ込めた、開くべき箱だと俺は思います」

「……そうやろうか……」

不安げなハツエに、森は深く頷《うなず》く。

「あなたは、俺の知らないことを知っている。……俺は、おそらくあなたの知らないことを知っている。両方を合わせれば、龍村さんは……いや、我々は、すべてを知ることができるはずです」

「……すべてを……」

「この箱を開けるか、開けずに燃やしてしまうか、それを決めるのは龍村さんだ。それによって、あなたが救われるか、この先の人生を後悔に埋もれて生きていくのかは、俺にもわかりません。俺は、全能の神ではありませんから」

冷淡にそう言い放ち、しかし森は、少し温かみのある声で、こう付け足した。

「あなたがこの箱の中身を、これまで処分せずに大切に取っておいた気持ち……俺には何となくわかります。あなたもやはり、龍村さんの祖母で……まっすぐな心を持った人なんでしょう。子供だったとはいえ、孫が誰かと交わした『約束』の証《あかし》を、黙って闇《やみ》に葬《ほうむ》ることはできなかった。そうではありませんか？」

ハツエの龍村に似た角張った顎《あご》が、ごく小さく上下する。

「だったら……すべてを龍村さんに教えてあげるべきです。今日、彼らが帰ってきたら……話していただけますね？」

ハツエは、さっきよりは少し大きく頷《うなず》く。森は、酷薄《こくはく》な口元を僅《わず》かにほころばせた。それだけで、二人の間の張りつめた空気が、目に見えて緩む。

「それまで、これはお返ししておきます」

森は、両手で箱を持ち、ハツエに差し出した。ハツエは黙って、大切そうにその箱を受け取る。

「それから……」

森は、ハツエの顔色を見て、こう言った。

「少し、お休みになられたほうがいい。どうせ、あの二人はあと三、四時間は帰ってきません。今日の夕飯は、俺が支度《したく》しましょう」

「アンタが？　小説家さんは、男だてらに料理もできるんかいな」

ハツエは吃驚《びっくり》して森の顔をつくづくと見る。森は薄く微笑して、立ち上がった。

「俺は敏生と二人暮らしなので、料理は俺の仕事です。安心して任せてください。あなたがそんな酷《ひど》い顔でいたら、龍村さんが心配します。俺が虐《いじ》めたんじゃないかとね」

「……そんなこと」

「本当ですよ。それほど、あなたは疲れた顔をしておられるということです。……俺があなたの心の重荷を、半分引き受けます。眠れないかもしれないが、せめて横になってください。敏生も、あなたのことを心配しています」

俺もね、と少し照れくさそうに言って、森はハツエに手を貸して立ち上がらせた。

「すべてが上手《うま》くいくように祈っているのは、俺も同じです。……大丈夫《だいじょうぶ》ですか」

少しよろめきつつもしっかりと立ったハツエは、無理をしていることのわかる笑みを浮かべ、頷《うなず》いた。そして、箱をしっかり抱いて、座敷を出ていった。

「……ふう……」

森はハツエが襖《ふすま》を閉めてから、大きな溜《た》め息《いき》をついた。急にどっと疲れが込み上げてきて、思わず縁側にそのまま座り込む。

これまで推測を積み重ねてきたことが、ハツエの話から、おそらくすべて「当たり」であることがわかった。

「ということは、やらなくてはならない厄介事も、すべて俺の想像どおり降りかかってくる予定、であるわけか……」

森は、雲一つない青空を見上げ、憂鬱《ゆううつ》な声で呟《つぶや》いた。

「……よけいなことはせず、さっさと帰ってこいよ……龍村さん」

＊　　＊

だがしかし、「よけいなこと」をせずにすむわけがないのが、龍村《たつむら》と敏生《としき》である。

それから一時間後、彼らは天橋立《あまのはしだて》を出発し、丹後《たんご》半島をぐるりと半周して間人《たいざ》に至る、国道一七八号線を走っていた。

「どうですか、僕の運転」

ごねにごねて、ようやく龍村からキーを受け取った敏生は、誇らしげにハンドルを切りながら龍村のほうを見た。途端に、龍村の愛車ＢＭＷはセンターラインをオーバーしそうになり、助手席の龍村は慌《あわ》てて前を指さす。

「お、おい琴平《ことひら》君。知らない道で脇見《わきみ》をするんじゃない」

「……あ！　す、すみません」

敏生は慌ててハンドルを戻した。あまり交通量が多くなく、道もいいので、龍村もこれなら大丈夫《だいじょうぶ》だろうと敏生に運転させてやることにした。しかし、龍村の想像よりずっと、敏生は運転が下手だったのである。さっきから龍村は、神経の休まるときがなかった。

そしてそれは、敏生の腰に下がった羊人形の中で、じっと二人の様子を見守っている小《こ》一郎《いちろう》にしても、同じことだった。

(うつけめ……。まったく、何という危なっかしい運転だ。このような腕で、これまで主《あるじ》殿《どの》を乗せて出かけておったのか、こ奴《やつ》は!)

実をいうと、小一郎が敏生の運転する自動車に乗るのは、これが初めてである。これまで式神《しきがみ》は、森《しん》の運転しか知らなかった。人間は誰でも安全運転ができる、そう思っていたのだ。

だが……。敏生の運転は、式神の日にも、あまりに不安定だ。もうやめろ、と小一郎は羊人形の前足で敏生のジーンズの腰を叩《たた》いてみたが、運転で必死の敏生は、それに気づくゆとりもない。あいにく森からは、二人の行動に制限を加えてはいけない、という主旨の命令を受けている。

(そうでなければ、こ奴を締め上げてでも、運転をやめさせるのだが……)

小一郎は、歯がみしたいような思いで、羊人形の中でじっと耐えるしかなかった。

「おい、琴平君。どうしてそんなに左寄りで走行するんだ。バイクや歩行者をはね飛ばしそうで、僕は気が気じゃないぞ」

「……え。でも、教習所で、『キープレフト』って習ったんですけど」

「ああ……そういえば、そういう言葉もあったような気がするが、忘れろ」

して頷《うなず》いた。

「えー？　忘れちゃっていいんですか？」

敏生は、生真面目《きまじめ》に前を見て運転しながら、素《す》っ頓狂《とんきょう》な声を上げる。龍村は、苦笑い

「忘れないと、君は早晩人身事故を起こすぞ。センターラインを踏まない程度に、道路の真ん中を走ってろ」

「わかりましたっ」

敏生は緊張した声で答える。その両肩から腕にかけて、ガチガチに力が入っているのを見て、龍村は心の中で嘆息した。

（やれやれ、天本《あまもと》よ。彼の運転に駅前まで耐えるお前の愛に、僕は心から感服する）

駅前のスーパーまで、時折森を乗せて買い物に出かけるのだ、と敏生は誇らしげに言っていた。歩いて二十分ほどの道のりなので、自動車を使えば、せいぜい五分ほどで行けるはずだ。だが、町中を敏生の運転で行くとなると、さぞ気を遣《つか》うことだろう。龍村は、心から森に同情しつつ、口を開いた。

「なあ、琴平君」

「はい？　ちゃんと法定速度で走ってますよう」

敏生は、真剣な面持ちで返事をする。龍村は、澄《す》ました顔でこう言った。

「だが君、せっかくの海辺の風景を見る余裕がないだろう」

「それはそうですけど……でも、龍村先生の車、凄《すご》く運転しやすくて面白いから、いいです」

運転しやすくてその危なっかしさか、という嘆きは危ういところで呑《の》み下《くだ》し、龍村はさらに言った。

「それならいいが……。この景色を楽しめないとは、いかにも残念だなあ」

「……そんなに……綺麗《きれい》ですか？」

敏生は、龍村の芝居がかった台詞《せりふ》が気になったらしく、問いかけてくる。龍村は、ここぞとばかり力を込めて、力説した。

「そりゃあもう、絶景と言ってもいいな。……ちょっと運転を代わって、外の景色を見てみないか？」

「うー……」

「ほら、あそこに果樹園の看板が出ているぜ。桃《もも》と梨《なし》と葡萄《ぶどう》とメロン。おそらく今は、メロンがシーズンだろう」

「えっ！　ホントですか！」

「ああ。丹後半島でも、最近ではあちこちでメロンを作っているらしい。けっこう旨《うま》いと、祖母が言っていたよ」

「わー。食べてみたいな」

食べ物の話になると、敏生はすぐに食いついてくる。龍村は、内心ほくそ笑みながら仕上げにかかった。

「うむ。ちょっと寄っていこうか。そこで運転を代わろう」

「はいっ！」

敏生は、元気よく頷《うなず》いた。龍村は……そして、羊人形の中の小一郎も、ホッと胸を撫《な》で下《お》ろしたのであった……。


そして、首尾よく熟《う》れたメロンを手に入れ、今度は自分がハンドルを握った龍村は、軽快に車を飛ばし、丹後半島の北端にある経ケ岬《きょうがみさき》の傍《そば》を通りかかった。

「……なあ、琴平君」

それまで楽しげに話していた龍村は、不意に硬い声音《こわね》で敏生を呼んだ。敏生は、少し驚いて、張り付いていた助手席の窓から離れ、龍村のほうを向く。

「どうしたんですか？」

「このまま行けば、あと三十分ほどで家に着くんだが……」

敏生は首を傾《かし》げ、龍村の言葉を待つ。龍村は、躊躇《ためら》う様子で、口ごもりながら言った。

「あのな。もう一か所だけ、寄り道したいんだ」

「どこですか？」

「……昨日行った、平海《へい》水浴場に」

「龍村先生……！」

敏生は仰天して、思わず大声を出してしまった。

「どうして、そんなところに……」

龍村は、片頰《かたほお》だけで気障《きざ》に笑って、広い肩を揺すった。

「どうしてだろうな。ただ、もう一度行ってみたいんだ。……どうも、昨日水の中で聞いた、あの女の声が気になる。昨日は怖さが先に立って、あまり冷静に思い返すことができなかったんだが……やはり、あの声に僕は何か、特別なものを感じる」

敏生は、何故《なぜ》か心臓が速く脈を打ち始めるのを感じながら、そっと訊《たず》ねてみた。

「特別なものって……どんなものですか？」

「わからない。……あの声を頭の中で甦《よみがえ》らせるたびに、懐《なつ》かしいような、切ないような、不思議な気分がするんだよ。だからもう一度、あの海を見てみたい」

「でも……。今は天本さんがいないし、それにもし何かあったら……」

敏生は、龍村を制止しようとした。だが、龍村は強い口調で言い切った。

「これは、僕の問題なんだ。だから……どうしても行ってみたい。海には入らない。波打《なみう》ち際《ぎわ》から見るだけにする。……それなら、いいだろう？」

「……いい……のかなあ」

「君が嫌《いや》なら、僕はひとりで行くさ」

「……そんな！」

なおも心配そうに言う敏生に、龍村はもう返事をしなかった。

（いいのかな……。何だか凄《すご》く、嫌な予感がするんだけど……）

敏生はふと、何かが自分の太腿《ふともも》に当たるのに気づいた。視線を落とすと、羊人形が、柔らかい前足で、パフパフと盛んにジーンズの腿を叩《たた》いている。

（小一郎……帰ってたんだ）

敏生は、声を出さずに呼びかけた。すぐさま、頭の中に、式神《しきがみ》のぶっきらぼうな声が聞こえる。

——昼前から、戻っておったわ。……お前の運転はろくでもないことが、骨身に沁《し》みてわかった。

（何だよう。慣れない道だし、龍村先生を乗せるの初めてだから、緊張して失敗しただけだってば。……それより……）

——わかっておる。俺がいるからには、心配はいらぬ。行くがよい。

（……それって、天本さんが、龍村先生があそこに行こうとするの、予想済みだったってこと？）

——主殿《あるじどの》は、お前たちが何か予想外の動きをするやもしれぬと。そして、その動きを妨げず、ただ守れと命じられた。それ故《ゆえ》、行くがよい。俺は俺の務めを果たす。

（わかった。……天本さんがそう言うんなら、これも必要なことなんだね。僕も、僕の役目を果たさなきゃ）

敏生は、そっと胸の守護珠《しゅごじゅ》に触れた。体温よりほんの少し高い熱が、じわりと手のひらに伝わってくる。

「わかりました。僕も一緒に行きます。その代わり、約束ですよ。絶対水には入らないって」

守護珠に後押しされるように笑顔でそう言った敏生を、龍村はちょっと驚いた顔で見遣《みや》り、しかしすぐに大きく頷《うなず》いた。

「ああ、約束だ。……ありがとう、琴平君」

そして十数分の後、龍村と敏生は、再び平海水浴場にやってきた。

もうすぐ、午後六時になろうとしている。まだ日は暮れていないが、海水浴場には、あまり客がいなかった。残っている人々も、ほとんどが帰り支度《じたく》を始めている。

龍村と敏生は、靴《くつ》の中を砂でジャリジャリにしながら、波打《なみう》ち際《ぎわ》まで歩いた。潮風はすでに冷たくなっているが、砂は日中太陽で温められていたせいで、まだ熱いほどだった。

「龍村先生……」

敏生の呼びかけに答えず、龍村は、靴《くつ》のつま先が濡《ぬ》れるほど水に近いところに立った。風の匂《にお》いを嗅《か》ぐように、両手をバミューダパンツのポケットに突っ込み、じっと暮れかかっていく水平線を見つめる。

敏生は、ひたすら海面に意識を集中させた。昨日は感じられなかった妖《あやか》しの気配を、今度は取り逃がすまいとするように、少年の手はしっかりと守護珠《しゅごじゅ》を握り締める。おそらくは、愛らしい羊人形の中で、式神《しきがみ》も神経を研《と》ぎ澄《す》ましていることだろう。

龍村はそのまま、ずいぶん長い時間、海を見つめていた。大きなオレンジ色の太陽が、水平線にだんだん近づいていく。

龍村は眩《まぶ》しげに目を細め、敏生のほうを振り向いて四角い顔を歪《ゆが》めた。それは、笑みのようにも、苦悶《くもん》の表情のようにも見えた。

「やはり、僕の冴《さ》えない勘違《かんちが》いだったのかな、琴平君。今日は、何も起こらないな」

「……龍村先生……」

敏生は何と答えていいかわからず、口ごもる。龍村は、「帰ろうか」と踵《きびす》を返し、敏生のほうに一歩踏みだした。だが……。

——うつけ！　来るぞっ。

敏生の頭に、式神の鋭い声が響く。それとほぼ同時に、敏生も、胸の守護珠が飛躍的に熱を増すのを感じていた。

「龍村先生ッ！」

敏生は慌《あわ》てて龍村の腕を摑《つか》み、海から引き離そうとした。だが龍村は、敏生の手を乱暴に振り払う。そしてどこか呆《ほう》けたような表情で、海へと踏み込んだ。靴《くつ》を、海水が容赦なく濡《ぬ》らす。それでも龍村は、ザブザブと海の中へ入っていった。

――うつけ！　龍村どのを止めろ。俺は、結界を張る。人間どもに感づかれては、面倒だ。妖《あやか》しを仕留めることより、まずは龍村どのを正気に返らせるのだ！

「わかった！」

いったんは龍村になぎ払われ、砂の上に倒れた敏生だが、すぐに起き上がり、自分も龍村を追って、海へ飛び込んだ。たちまち、服や顔もびしょ濡れになったが、そんなことにかまってはいられない。敏生は両腕で龍村を背後から抱きしめ、動きを止めようとした。

「龍村先生、やめてくださいっ。水には入らないって約束……あ……！」

龍村に触れた途端、敏生の耳に、か細い女の声が聞こえた。

――来てくれたのね。……大きくなって。

（この声……龍村先生に呼びかけてる。そうか、この人が、昨日の！）

「……誰……誰なんですか、あなたは。どうして、龍村先生を……」

敏生は、全力で龍村を引き留めながら、その女に呼びかけた。だが、その声は女に届いていないようだった。

——約束を守って……来てくれた……来て……くれた……。

「駄目《だめ》か……。龍村先生ってば……お願いですから、しっかりして！」

まるで、何かよくわからないものに邪魔《じゃま》をされている、というふうに敏生のほうをチラと振り向いた龍村は、あからさまに虚《うつ》ろな目をしていた。

——早く来て。……あたしの手を。さあ。

（この声が……この声の持ち主の女の人が、龍村先生を呼んでるんだ……。駄目だ、止めなきゃ）

だが、龍村と敏生では、体力が桁違《けたちが》いである。四肢《しし》をフルに使って龍村にしがみついても、龍村は確実に沖へと歩いていく。波は、すでに敏生の腰のあたりまで来ていた。

いくら遠浅の海でも、途中でガクンと深くなるポイントがあることは、昨日経験済みである。そこへ行くまでに、龍村を止めなくてはならない。

——うつけ！　早くせぬか。

上空を、おそらくは結界を保ちながら、鳶《とび》の姿となった小一郎が大きく旋回しつつ、敏生を叱責《しっせき》する。

「わかって……る……！」

敏生は、龍村に必死で抱きついたまま、片手で胸の守護珠《しゅごじゅ》に触れた。敏生の手に包まれた瞬間、守護珠からボウッと金色の光が放たれる。

「ごめんなさい……僕、あなたのことは何も知らない。約束って何のことか、全然わかんない……」

敏生は、どこかにいるはずの、龍村を誘う妖《あやか》しに向けて話しかけた。

「でも、天本さんと約束したんです。龍村先生を守るって。だから、あなたに連れていかせるわけにはいかない……」

——……あたしのもの……。さあ、こっちへ……。

そんな声に導かれるように、龍村はただひたすらに沖を目指す。敏生は、手の中で灼《や》けつくような熱を放つ守護珠《しゅごじゅ》に、強い念を込めた。

「ごめんなさい……でも、今は、龍村先生のこと、返してもらいます……っ！」

その叫びに呼応するように、守護珠から、パアッと四方に光の筋が迸《ほとばし》った。光は、暗い海面に突き刺さり、水の中を深く明るく照らしていく。

女の悲鳴を聞いた、と敏生は思った。水の中から、強い波動を感じる。全身を震わせ、皮膚をピリピリさせるようなその甲高《かんだか》い悲鳴が消えると同時に、敏生が感じていた妖しの気配が、海の底に消えていく。龍村の足も、ピタリと止まった。

「龍村先生！　大丈夫《だいじょうぶ》ですか？」

敏生は、ザバザバと股《また》の付け根まで来ている波を掻《か》き分《わ》け、立ち尽くす龍村の前に回り込んだ。両腕に手をかけ、強く揺さぶる。

完全に放心状態だった龍村の目に、徐々に意思の光が戻ってくる。薄く開いた唇《くちびる》から、微《かす》かな呻《うめ》き声《ごえ》が漏《も》れた。

「龍村先生ってば！」

敏生は、打ち寄せる波の動きによろめきつつも、必死で龍村に呼びかける。

「……琴平君……」

瞬《まばた》きを忘れてその仁王《におう》の眼《まなこ》を見開いたまま、龍村は掠《かす》れた声で囁《ささや》いた。

「呼んでいた……。もう、思い違いなんかじゃない。彼女は、僕を呼んでいた。そしてきっと僕は……あの人に会ったことがあるんだな……」

「……先生……」

敏生は途方に暮れて、龍村の名を呼び、その四角い顔を見上げることしかできなかった。龍村は、まるで敏生だけが、自分をこの世界に繋《つな》ぎ止《と》める碇《いかり》であるかのように、その華奢《きゃしゃ》な身体《からだ》をいきなり抱え込む。

「だが……誰だ。あれはいったい……誰なんだ……」

濡《ぬ》れそぼった広い胸に、息が苦しいほど抱きしめられたまま、敏生は、龍村の苦い呟《つぶや》きを聞いた。上空で、鳶《とび》が、高く長く鳴いた……。

着替えもなく、タオルの持ち合わせもなかったので、龍村と敏生は二人して、ずぶ濡れのまま帰宅した。玄関先で靴《くつ》を脱ごうとすると、海水が靴から噴き上がるほどで、何をしてきたかは一目瞭然《いちもくりょうぜん》である。

「……泰彦《やすひこ》……アンタ……」

玄関で出迎えたハツエは言葉を失ったが、森は一足先に帰宅した小一郎から報告を受けていたのか、あるいはすべて予想済みであったのか、ごく平静な顔で一言言った。

「とにかくその格好をまず何とかしろ。話はそれからだ」

「……うむ」

蒼白《そうはく》な顔をした龍村は、森とハツエを見ると、硬い表情のまま頷《うなず》き、そのまま風呂場《ふろば》へと姿を消した。ハツエはただ、その背中をオロオロと見守るばかりである。

「天本さん……。すみません、僕」

敏生は、龍村を危険な目に遭《あ》わせたことを、森に謝ろうとした。が、その口元に、森は自分の人差し指をすっと当てて、言葉を遮《さえぎ》る。

「いいから。……龍村さんも、これでわかったろう。自分が今、どういう状況にあるか」

敏生は、森の顔を見上げ、何だか泣きそうな顔つきで言った。

「天本さん……僕も聞きました。女の人の声。……龍村先生と約束したって。早く来てって。龍村先生を、呼んでた……」

「わかってる」

森は、敏生を落ち着かせようと、そのクシャクシャに乱れた頭を、何度か軽く叩《たた》いて言った。

「わかっているから、君もまずは、シャワーを使ってこい。風邪《かぜ》でも引かれては、たまったものじゃない」

「……はい」

森の手に触れられて、敏生はようやく少し気持ちが和らいだのか、こっくりと頷《うなず》いたのだった。


座敷の大きな卓に向かってきちんと正座した森は、風呂《ふろ》を使い、サッパリした服装に着替えた龍村と敏生を前にして、口を開いた。

「……さて。どのみち、あんたたちが帰ってきたら、ハツエさんと俺からすべてを話すつもりだった。その前に、あんたが自分の置かれた危機的状況を身体《からだ》で理解してくれて、やりやすくなったよ、龍村さん」

「天本……。お前、僕を呼んだ、あの海の中の声が誰のものなのか、知っているのか？あの女性のことも、二十四年前の事件のことも、何もかもを」

龍村は、詰問《きつもん》するような圧《お》し殺《ころ》した声で問う。森は、小さくかぶりを振った。

「何もかもじゃない。これから、何もかもを明らかにしていくのさ。……ハツエさん」

森の隣《となり》に座っているハツエは、促《うなが》されて、この部屋に入ってきてからずっと膝《ひざ》に抱いていた箱を、卓上に置いた。

「あ……お祖母《ばあ》ちゃんの玉手箱」

昨夜のことを思い出したのか、敏生はハッとしてハツエの顔を見る。

森の忠告に従って、ハツエはどうやら夕方まで休んでいたらしい。昼間、森と話していたときよりは、少し顔色がよくなっている。

「玉手箱だと？　祖母ちゃん、これは……」

龍村は、箱に触れることはせず、ただ疑わしげな目つきでハツエを見た。ハツエは、そんな孫に、頭を下げた。

「泰彦。堪忍《かんにん》したって。アンタをここに呼んだ理由、祖母ちゃん一つ隠しとった」

「祖母ちゃん……。いいから話してくれ。二十四年前の事件のことなんだな？」

龍村も、帰宅したときよりはいくぶん冷静さを取り戻したらしく、祖母を労《いたわ》るように問いかける。ハツエは頷《うなず》き、語り出した……。

「アンタが行方不明になって、三日後無事戻ってきたとき……。アンタは確かにぼうっとして、言葉もろくに言われん様子やった。せやけど、私や松子《まつこ》に、アンタは一生懸命訴えとったんよ。『お姉さんと約束をした、大きくなったら海へ行く』って」

「それって……役場の人が聞いたのと同じ言葉……」

敏生は驚いてハツエの顔を見る。ハツエは、卓上の物言わぬ箱を見ながら、話を続けた。

「私も松子も、アンタのお父さんも、誰もアンタが何を言うてるんかわからんかった。アンタは、その言葉だけを何度も繰り返して、そのうち死んだように寝入ってしまったんよ。私は、そんなアンタにずっと付き添っているうちに……妙なものに気がついたんや」

ハツエは箱をそっと、龍村のほうへ押しやった。龍村は、太い眉根《まゆね》を寄せ、ハツエと箱を見比べる。

「妙なもの？」

「この座敷に……そう、ちょうどこの辺やったね。布団《ふとん》を敷いて、アンタを寝かせた。暑い日で、アンタはバスタオル一枚かけただけやのに、汗びっしょりで。私はアンタを団扇《うちわ》で扇《あお》ぎながら、よう無事に帰ってきてくれた、元気に戻ってきてくれた、と涙に暮れとった。……そうしたら、ふと、アンタの手の指に見慣れんもんがついてるのに気がついた。それが……箱の中に入っとるもんや。開けてみたらええ」

「…………」

龍村は、無言で箱を自分の前に引き寄せた。蓋《ふた》をしっかりと封印していた固い結び目を、ゆっくりと解いていく。やがて紐《ひも》はほどかれ、龍村は両手で小さな箱の蓋を、そっと持ち上げた。

閉じ込められていた二十四年前の黴臭《かびくさ》い空気が、フワリと鼻をくすぐる。龍村と、その隣《となり》に座した敏生は、ほぼ同時に箱の中を覗《のぞ》き込《こ》み……そして、小さな声を上げた。

そこに入っていたのは、布きれであった。着物の生地とおぼしき薄桃色の布が、細長いリボン状に引き裂かれたものである。不思議に色褪《いろあ》せていないその布に、龍村は恐々《こわごわ》手を伸ばそうとした。だが、森はそれを、鋭い声で制止する。

「龍村さん。あんたはまだ、それに触ってはいけない。敏生」

「あ……はい」

敏生は頷《うなず》き、箱の中の布きれを、そうっと手に取った。羽根のように軽いその布を、四人の真ん中にふわりと置く。布からは、仄《ほの》かに甘い花のような匂《にお》いがした。

「祖母《ばあ》ちゃん、これは……?」

ハツエは、固く目を閉じた。遠い日のことを、瞼《まぶた》の裏に映し出しているのかもしれない。

「アンタの右手の小指に、その布が巻き付けてあったんや。……そんな布、出かけるとき、アンタは巻いてへんかった。どっか怪我《けが》したん違うかと思うて、私は慌《あわ》ててその布を外したんや。そうしたら……突然、女の人の声が聞こえた」

「女の声……?」

先刻のことを思い出したのか、問いかける龍村の声は、微妙に震えている。ハツエは、目をつぶったまま、小さく呟《つぶや》いた。

「『約束よ……約束よ……』って、何度も繰り返してそう聞こえた。細くて綺麗で、今まで聞いたことがないくらい、悲しそうな声やった。それがこの布きれから聞こえてくるんやてわかった途端、私、えらいことをしてしもうたような気がしてなあ……」

ハツエは、うっすらと目を開け、卓上に置かれた細い布きれを手に取った。透《す》き通《とお》るほど薄いその布を、自分の胸におし抱く。

「アンタが眠りにつくまで、譫言《うわごと》みたいに言うとった、『お姉さんと約束』したっちゅう言葉が思い出されて、ああ、その約束のしるしが、この布きれやったんやて。何でか知らんけど、わかってしもた。そうして、勝手にそれを解いてしもたことを悪いと思いながらも、無性に怖《こお》うなった」

誰も何も言わず、ハツエの話にジッと耳を傾けている。ハツエは、布を再び、龍村の前に大切そうに置いた。

「その人の声は、いつまでもいつまでも聞こえてきたんよ。『会いにきてね、迎えにきてね』……布きれから、声が聞こえるなんてことが……あるはずあらへん。そう思うて、何度確かめても、やっぱりその声は、布から聞こえてくるんや。おまけに、その声に誘われるみたいに、泰彦が布きれのほうに眠ったまま手を伸ばして……」

ハツエは、ブルリと身を震わせる。

「気がついたら、目についたこの箱に布きれを突っ込んで、力いっぱい紐《ひも》を結んどった……。それを、私が思いつくいちばん頼りになる場所に……仏間の、仏壇の下に押し込んで。そうしたら、死んだ亭主が、守ってくれるような気がしてなあ」

「……そうしたら……どうなったんだ？」

「さすがに、もう声は聞こえんようになった。アンタはそれから死んだように眠り続けて、そうして目が覚めたときは、事件のことは、きれいさっぱり忘れとった。『お姉さんと約束』したことも、小指に巻いてあった布のことも、何もかもな」

「このリボンみたいな布きれを解いちゃったから、龍村先生、『お姉さん』のことを忘れちゃった……ってことですか？」

敏生は、ハツエと森、両方に問いかけた。答えられないハツエに代わって、森が腕組みして、目を伏せたまま口を開く。

「龍村さんが約束したという『お姉さん』が、ただの人間でないことは、容易に想像がつく。でなければ、こんな布きれから、声が聞こえるはずがない。たまたま、ハツエさんが動揺しつつ布きれを押し込んだ仏壇……それが、結果的には幸か不幸か、簡単な結界の役目を果たしたんだ」

「結界、ですか？」

「ああ。それほど強い力は持たないが、その布きれの持ち主である『お姉さん』は、元は人間であったものが妖《あやか》しに堕《お》ちたものだろう。それに、どうやらそう強い怨《うら》みを持ってこの世に留《とど》まったわけではないらしい。だから、それほど力が強くなかった。仏壇の結界に遮《さえぎ》られて、この布きれは、龍村さんにそれ以上影響を及ぼすことができなくなった……」

「なるほど。だが、祖母《ばあ》ちゃん。どうしてそれを、二十四年もの間、置いておいたんだ。怖いなら、捨てようと思うのが普通じゃないのか？」

ハツエは、力なく首を振った。

「何度も、捨てようと思うた。アンタが家に帰ってから、近くの年寄りに『神隠し』の話を聞くたびに、アンタを隠そうとしたんが、この布をアンタの指に巻いた女の人……いんや、女の化け物やっちゅう考えが、頭に浮かんでなあ。怖くて怖くて……。せやけど、できへんかったんや」

「どうして……ですか？」

敏生が、おずおずと問いかける。

「私が女やから、かもしれへん……。上手《うま》いこと言われへんねんけど、あのとき聞いた悲しそうな声が、耳にこびりついて忘れられへんのや。……どんな約束かは知らん。けど、アンタは確かに、子供ながらに真剣に、あの布をくれた女の人と約束をしたんや。指に布を巻いて、約束のしるしにしたんや。それを私は、勝手に解いてしもうた。アンタの知らんうちに、何もかも忘れさせてしまった……それが、ずうっと心に引っかかっとってな」

ハツエは、龍村にもう一度深々と頭を下げた。

「堪忍《かんにん》な、泰彦。祖母《ばあ》ちゃん、結局アンタをここに呼んでも、まだこれを見せる決心がつかなんだんや。あんときのことは気のせいやと思いたい気持ちと、アンタにホンマのことを教えたらなアカン、そうでないと『お姉さん』とアンタの両方に申し訳が立たんと思う気持ちと……せやけど、そんなことをしたら、アンタがまた神隠しに遭《お》うて、今度こそ帰ってこおへんの違うか、って……そんな気持ちが、ぐじゃぐじゃになってな」

「頭を上げてくれ、祖母ちゃん。それで、黙って僕を平海水浴場へ行かせたのか。で、僕が無事に帰ってきたから、ああやっぱり気のせいだったんだ、あれは神隠しなんかじゃなかったんだと。そう思って安心しかけたところに、天本が『海の中の女性』なんて言葉を使って、祖母ちゃんにカマをかけた。それで、あんなに動揺したんだな」

ゆっくりと頭を上げたハツエは、まだ畳《たたみ》に両手をついたまま、龍村の顔をじっと見た。その目には、涙が盛り上がっている。

「堪忍。……祖母ちゃん、年取って、心が弱くなったんやね。アンタのことを心配しとるんはホンマやのに、お仏壇を見るたびに、この布きれのことを……あんときの女の人の声を思い出して、胸が苦しゅうなったんや。どうしたらええかわからんようになってしもたんや」

「……二十四年、あなたは龍村さんを守ってきた。もう十分です」

何と言ってやればいいかわからず、呆然《ぼうぜん》としている龍村をチラリと見て、森は静かにそう言った。ハツエは、首だけをゆっくり森のほうへ巡《めぐ》らせる。

「せやけど……」

「女の声を聞いたことで、あなたは、その女……妖《あやか》しと化した女に、呪《しゅ》をかけられてしまったんです。だから、忘れられなくなった」

「呪……？」

「布きれを解いたせいで、あなたは、龍村さんと妖しの約束の言葉を聞いてしまった。言葉で交わされた約束は、すなわち一種の『呪』です。約束は、龍村さんと妖しの間に為《な》された。にもかかわらず、その約束の言葉を聞いたハツエさんも、その盟約を分かち合う人間になってしまったんです。……だから、約束の履行《りこう》を妨げているのが自分だという罪の意識に、ずっと苛《さいな》まれてきた。……あなたは、自覚することなしに、二十四年間、呪《のろ》いを受け続けてきたんです」

「……呪い……を……」

ハツエは切れ切れに呟《つぶや》く。森は頷《うなず》き、龍村の前に、一枚の紙片を置いた。それは今朝、早川《はやかわ》から届いた新聞の切り抜きだった。

「天本……これは？」

龍村は、紙片を取り上げる。森は、淀《よど》みない口調で言った。

「あんたが二十四年前に約束を交わした『お姉さん』の正体だ」

「何だって⁉」

「早川に頼んで、平海水浴場付近で溺死《できし》した人間の記録を調べてもらったんだ。そうしたら、この事件が出てきた」

「……ずいぶん古いな。活字が読みにくい」

「大正《たいしょう》十四年。七十年以上前の事件だよ。人名はどうでもいい。東京で知り合い、恋仲になった、若い芸者と京都育ちの実業家。芸者は胸の病に冒され、実業家は事業に失敗して破産し、共に絶望していた。それで二人は、実業家の実家のある京都へやってきたが、そこでも冷たい扱いを受け、とうとうこの丹後町《たんごちょう》に流れてきたんだ」

「……それで……？」

「当時はあんなに開けた海水浴場ではなかったんだろうな。平海水浴場の、あの美しい砂浜を歩いているうち、いっそここで死んでしまおうということになったらしい。二人は、手に手を取り合って、沖のほうへと歩いていった……」

森はそこで口を噤《つぐ》んだ。新聞記事に目を通した龍村が、低いがよく通る声で話を続ける。

「だが、二人は心中しそこなったんだな。男だけが、岸に生きて這《は》い上《あ》がったんだ。……途中で死ぬのが怖くなって、女の手を振りきり、戻ってきたのか。……なんて野郎だ。そして、女の死体は、とうとう上がらなかった……。おい、天本。もしかして、このひとりだけ死んだ女が……」

森は、ああ、と静かに告げた。

「そうだ。おそらくその女性が、あんたと約束を交わした『お姉さん』だよ、龍村さん」

「……この人が……。僕が二度までも海の中から聞いた声は、この人のものだったんだな」

「ああ」

龍村は、大きな手の中で、紙片をぐしゃりと握り込んだ。

「天本、僕はどうしたらいいんだ。ここまで聞いたら、何としてもその『約束』を思い出さないわけにはいかない。僕は、この人に、会わなきゃならない」

それを聞いて、それまで凍りついたように両手を畳《たたみ》についたままだったハツエが、顔色を変えた。龍村ににじり寄り、その太い腕を両手できつく摑《つか》む。

「泰彦、そないなこと……そないなことしたら、アンタが……」

だが龍村は、穏やかな笑みすらその顔に浮かべ、ハツエの手をそっと自分の手で包み込んだ。

「大丈夫《だいじょうぶ》だ、祖母《ばあ》ちゃん。長いこと、ひとりでつらい思いをさせて、本当にすまなかった。……子供時代の僕が、その『お姉さん』と約束したせいで、祖母ちゃんまで巻き込んでしまったんだな。……だが、もうそれを終わりにしなきゃならん。でないと、僕がここに来た意味がない」

「泰彦……」

「そうだろう、天本。僕が『お姉さん』に会って、話をつける。それしか、この事件を終わらせる手だてはないんだろう？」

「……そうだな」

森は重々しく言った。

「天本さん。だけど……だけど、その妖《あやか》しに会ったら、龍村先生はどうなっちゃうんですか？　昨日だって今日だって、妖しに海に引きずり込まれたんですよ？　またそんなことになったら……」

「泰彦……！　祖母《ばあ》ちゃんが悪かった。せやから、やめて。行かんといて。アンタに何かあったら、私はどないしたら……」

敏生の言葉に、ハツエは涙を零《こぼ》して龍村を制止しようとする。それでも龍村は、キッパリと言い切った。

「大丈夫《だいじょうぶ》だ。昨日と今日は、事情がわからなくて、僕もずいぶん恐ろしい思いをした。だが、今はもう怖くないよ。僕は、二十四年前の約束を思い出すべきなんだ。男が交わした約束は、それが子供時代のことだとしても、果たされるべきだ。……おい、天本」

「何だ？」

「お前は知ってるんだな、『お姉さん』のこと、そして『約束』の内容を思い出す方法を」

「知っているよ」

森は、窓から吹き込む風に、さやかに揺らいでいる布きれを指さした。

「今は、俺がその布きれに込められた呪《しゅ》の力を抑えている。……だが、あんたがそれを元どおり右手の小指に巻けば、二十四年前に失われた記憶と約束は、共にあんたに戻るだろう。……だが、それを思い出したとき、あんたが約束を本当に果たすかどうか。それはあんたが決めることだぞ、龍村さん」

「……わかっている」

龍村は頷《うなず》く。だが森は、彼らしくなく、念を押した。

「『約束』の内容がどんなものでも、あんたはそれを果たしにいく。そう言うんだな？」

「泰彦……」

「龍村先生」

ハツエと敏生は、心配そうに龍村の厳《いか》つい顔を見守る。だが龍村はやはり、毅然《きぜん》として言い切った。

「ああ。もう決めた。だから僕は、これを指に巻く」

しかし、再び布きれに手を伸ばそうとした龍村を、森は止めた。

「待て」

「天本、僕は……」

「巻くのは、現地に行ってからでいい。それほどまでに決心が固いなら、今、あれこれ思い悩む時間は必要ないだろう」

森は布きれを取り、箱の中に戻した。しっかりと紐《ひも》をかけ、結ぶ。そして、彼は口元に淡い笑みを浮かべ、こう言った。

「日付が変わった頃に、出かけよう。……まずは、きちんと腹ごしらえして、休息しておけ。今夜は俺が飯を作ったんだ。残したら協力してやらないから、そう思え」

七章　永遠の終わり

「……そろそろ、時間だな」

龍村《たつむら》の言葉に、自動車の助手席でじっと目を閉じていた森《しん》は、ゆっくりと半眼を開いた。後部座席で息を殺すように座っていた敏生《とし き》も、小さく身じろぎする。

ダッシュボードの時計は、午前零時過ぎを指していた。


あれから四人で、夕餉《ゆうげ》の膳《ぜん》を囲んだ。夏場はめったに料理をしない森が、ハツエに代わって珍《めずら》しく腕を振るったのである。いつもは和食ばかりのハツエは、卓に並ぶイタリアンメニューに、目を見張った。

新鮮な海の幸を使って、森はアクアパッツァやサラダ、ペスカトーレなど、龍村と敏生の好物をたくさん作っていた。

孫の身を案じて、食べ物も喉《のど》を通らない状態のハツエを気遣《きづか》い、敏生はあれこれと彼女の皿に料理を取り分け、世話を焼いた。そういうことにかけては、敏生以上の適任者はいない。最初、泣きそうな顔で、座っているのがやっとの様子だったハツエも、少しずつではあるが料理を口にし、その初めての美味に感嘆の声を上げさえした。

「天本《あまもと》さんはね、凄《すご》く料理が上手なんですよ。僕、毎日美味《おい》しいご飯作ってもらえて、ラッキーです」

敏生は、努めて明るくそんなことを言いながら、自分も盛んに料理をぱくついた。きっといつもと同じに、いや、新鮮な材料を使っているのだからいつも以上に、森の料理は美味しいはずだった。だが、龍村のことが心配で、敏生にはそれを味わう余裕がない。それでも、自分が明るく振る舞うことで、ハツエの気持ちを少しでも上向けることができたら……。そんな思いで、少年は精一杯の努力をしていたのだ。

そして、当事者である龍村は、四人の中でもっとも「普通」に過ごしていた。わざとらしく陽気になったり、深刻に落ち込んだりはせず、まったくふだんどおりによく食べ、よく喋《しゃべ》った。

森もまた、そんな龍村といつものように言葉少なく語り合いつつ、自分の料理の出来を確かめる程度に、ごく軽い食事を摂《と》った。ただ敏生には、森の白皙《はくせき》の面《おもて》に、いつも仕事前に見せる緊張以外に、何か不安の色のようなものが見て取れるように思えた。

(天本さん……。今夜は、いつもの「仕事」のときと、少し違う感じがする。やっぱり、龍村さんが大変だからかな。大事な、友達だもんね……)

「……どうした？」

　向かいで敏生が自分をジッと見ていることに気づいた森は、そのもの問いたげな鳶色《とびいろ》の瞳《ひとみ》に微笑を向けた。

「何でもないです。……ううん、美味《おい》しいです」

　まるで砂を噛《か》むような思いでもぐもぐ頬張《ほおば》っていたガーリックトーストを飲み下し、敏生は笑みを返した。森は怪訝《けげん》そうな顔をしたが、何も言わなかった。


　食事の後、龍村は、酷《ひど》く心細そうなハツエを気遣《きづか》って、茶の間に残ると言った。そこで森と敏生は、二人で座敷に戻った。

「十一時過ぎになったら、出かけよう」

「わかりました」

　敏生が頷《うなず》くと、森は床の間の前で、座布団《ざぶとん》を枕《まくら》にゴロリと横になった。

「時間まで休むよ。せっかく昼寝をしたのに、夕飯を作ったせいで消耗した」

「お布団、敷きましょうか？」

「いや、いいよ」

「じゃあ、せめてこれだけでもかけてください。時間になったら、ちゃんと起こしますから」

「ああ、頼む」

「おやすみなさい」

敏生はそう言って、押し入れからタオルケットを出して森にかけてやると、自分は障子《しょうじ》を閉めて、縁側に出た。

「ふう……。僕はそれまで、何しようかな」

縁側からぶらんと足を下ろして腰掛けると、敏生は暗い庭を見遣《みや》って独り言を言った。

出発まで、まだ二時間ほどある。森の眠りを妨げたくないので、座敷にはいられない。かといって、茶の間へのこのこ出ていき、龍村とハツエの大切な二人きりの時間を邪魔《じゃま》することもできない。

「僕も寝られればいいんだけど」

さっき、妖《あやか》しをひとまず退け、龍村を正気に返らせるために、すでにひと働きした敏生である。それほど強い力を必要としなかったとはいえ、心身共にある程度疲労していることは、自覚していた。

（だけど……疲れきってないせいか、神経がカリカリして、眠れないや）

大抵の「仕事」のときは、事前に自分が何を為《な》すべきかがある程度わかっている。だが今回は、いったい龍村のために自分は何をすべきなのか、何ができるのか、敏生には想像もできなかった。森が何の指示もしないということは、彼にも明確なビジョンがないということなのだろう。だとすればよけいに、体調を万全にして、あらゆる事態に対処できるようにしておかなくてはならない。

「でも……眠くないなあ」

敏生がまた一つ嘆息したとき、庭先で、にゃあ、と甲高《かんだか》い声がした。

「あれ……猫？」

敏生は、縁側から庭に降りて、しゃがみ込む。ちちち、と舌を鳴らして呼ぶと、庭の茂みの中から、一匹の黒猫が現れた。闇《やみ》の色を溶《と》かし込《こ》んだような、真っ黒でしなやかな身体《からだ》をしならせ、敏生のまん前に躍《おど》り出《で》る。

「うわっ」

敏生は驚いて姿勢を崩し、地面に片手をついた。と、ちょっと目を離した隙《すき》に猫の姿は消え、そこには大きな足があった。敏生は、そろりと視線を上に滑《すべ》らせる。

予想どおり、そこには、仁王立《におうだ》ちに腕組みというお馴染《なじ》みのポーズで自分を見下ろしている、式神《しきがみ》の姿があった。

「小一郎《こいちろう》。どうしたの？」

「主殿《あるじどの》は、あの妖《あやか》しは海から出られぬのだと仰《おお》せになったが、念のため、この屋敷の周囲を見回っておったのだ」

白いVネックTシャツとブラックジーンズという青年の姿となった小一郎は、縁側に腰を下ろし、低い声で言った。

「そっか。小一郎も、さっきので疲れたでしょう。少し休んでおいたほうがいいんじゃない？」

敏生も、小一郎に並んで座り、式神《しきがみ》の浅黒い顔を透《す》かすように見た。

「あれしきのことで、参るものか。主殿《あるじどの》は？」

「天本さん、寝てる。龍村先生は、茶の間でお祖母《ばあ》ちゃんと一緒」

「ふん。で、お前は何をしておるのだ」

敏生は、小一郎に馬鹿《ばか》にされるか怒鳴りつけられるかどちらかだろうと予想しつつ、正直に答えた。

「寝たほうがいいってわかってるんだけど、何だか気が高ぶって眠れないんだ」

「……そうか」

だが小一郎は、怒りもせず呆《あき》れもせず、縁側に胡座《あぐら》をかいてむすっと黙り込んだ。会話が途絶えると、虫の声だけが賑《にぎ》やかに響き渡る。

「先刻の布きれの話……俺も、屋敷の外から聞いていた」

不意に、小一郎は口を開いた。敏生は、思いがけない式神の言葉に、伏せていた目を大きく開く。小一郎は、敏生の顔を見ず、庭を見たまま言った。

「俺たち妖魔《ようま》にとって、『契約』は命のやりとりを意味する。俺は、主殿のもとに出戻ったとき、捕らえられて縛《しば》られるのではなく、『契約』により、再び主殿《あるじどの》の式《しき》になった」

　敏生は、黙って小一郎の話に耳を傾ける。

「俺は、お前とも『契約』した。それ故《ゆえ》、俺は俺の命を懸《か》けて、お前を守る。それが、お前との、ひいては主殿との『契約』を守ることになるからだ」

「……うん。ねえ、小一郎。前から気になってたんだけど、その『契約』に反したら、いったいどうなるの？」

　小一郎は、肩をそびやかし、感情のこもらない声で言った。

「俺は、一度も『契約』を違《たが》えたことはない。それ故、これはほかの妖魔より聞き知ったことだが……」

「うん。それでもいいから、教えて」

「式神《しきがみ》が主との契約を忘れ、主に刃向《はむ》かったそのときは……。契約を為《な》したとき式にかけられた主の呪《しゅ》により、その身が塵《ちり》すら残さず砕《くだ》け散《ち》る……そう言われておる」

「……そんな……天本さんは、小一郎にそんなことしないよ。絶対、しないよ」

「主殿が、俺に呪をおかけになったか否《いな》かは知らぬ。気にもならぬ。俺は、主殿を裏切ることは決してせぬからな」

「どうして？」

　小一郎は、敏生を見据《みす》えてキッパリと言った。

「以前、話したことがあろう。俺は主殿《あるじどの》に捕らえられ、この名を与えられることによって、式《しき》にされた。されど一度は解き放たれた後、俺の意志で、再び主殿のお側《そば》に戻ったのだ」

「うん。その話は、よく覚えてる。前に、小一郎が話してくれたよね」

「考えてもみろ。縛《しば》られて式になった妖魔《ようま》は多いが、主を選ぶことができる妖魔など、そうはいまい。俺は、最高の主を、自ら選ぶ栄誉を得た。そして、主殿はそれ以来、ずっと俺をお側に置いてくださっている。これに勝る幸いはない。俺は、この世でもっとも運のよい式神《しきがみ》のひとりだ」

誇らしげに胸を張る小一郎のどこか森に似た顔を、敏生はつくづくと見つめ、そして笑って頷《うなず》いた。

「うん、そうだね。でも、天本さんもきっと、小一郎みたいな式を持てて、ラッキーだと思ってるよ。僕も、小一郎に会えて幸せ」

「…………ふん」

小一郎は照れてそっぽを向いたが、しかしすぐに敏生のほうに向き直り、真面目《まじめ》な顔で言った。

「先日、お前は人間の『約束』について俺に話したが……。それも、『契約』と同じ意味を持つのであろう？」

　敏生は、曖昧《あいまい》に頷《うなず》く。

「そ……うだね、基本的には同じだと思う。人間の場合、約束を破ったからって、身体《からだ》が砕《くだ》け散《ち》るわけじゃないけどね。それでも、こないだ言った『針千本呑《の》ます』じゃないけど、約束を破られたほうが怒って、破った人に罰を与えることはあるよ。そうだね。酷《ひど》いときには、それが殺人事件に発展することも……たまには」

「そうなのか……」

　再び口を噤《つぐ》んだ小一郎に、敏生はやや明るい口調で言った。

「だけどね。ほとんどの人はそうだと思うけど、みんな、お互いを束縛《そくばく》するために、約束するんじゃないんだよ。相手と本当に何かをしたいと思うから、その気持ちを確かめ合うために、約束するんだ。お互いが、相手のことを信じてるってことを、言葉で誓い合うのが『約束』なんだよ」

「……うつけ」

　小一郎は、酷《ひど》く驚いた様子で、敏生の顔を凝視した。敏生は、決まり悪そうに小一郎を見返す。

「な、何さ」

「お前がこれまで俺にした説明の中で、今のが最も理解に難《かた》くなかったぞ」

「そ……そう？」

「うむ。なるほど、相互間の信頼を示す手段か。それ故《ゆえ》、龍村どのは、あのように固い決意で、『約束』を果たしにいくと言っておられるのだな」

「うん、そうだね。約束を破ると、他人から罰を与えられるだけじゃなくて、自分で自分に腹が立ったり、情けなかったりするもの。龍村先生はああいう人だから、約束を破ったりしたら、自分で自分が許せないと思うよ」

「あの御仁の胸の内が、ようやく理解できた。俺とて、もし主殿《あるじどの》を裏切るようなことがあれば、自ら己《おの》が身《み》を引き裂くであろう。……さすが主殿が唯一無二の友と呼ばれるだけあって、龍村どのは心正しきお人なのだな」

敏生は、微笑して頷《うなず》く。

二人はそのまましばらく黙って座っていた。やがて、小一郎は、敏生に訊《たず》ねた。

「やはり、休まぬのか？」

敏生は、小さくかぶりを振る。すると小一郎は、少し迷った後で、こう言った。

「ならば龍村どのを見習い、お前も約束を果たすがよい」

「……え？」

小一郎は、いかにもぎこちない仕草で、右手の小指を立ててみせる。

「お前と俺で、『約束』をしたであろう。この地で、共に花火とやらを試用すると」

「……あ……」

一瞬ポカンと口を開いた敏生は、やがて、悪戯《いたずら》っ子《こ》のような笑顔を見せ、頷《うなず》いた。

「そ、そうだね！　あのね、天本さんがお土産《みやげ》に、花火買ってきてくれたんだよ、昨日。小一郎とやろうと思って、面白そうなやつをいっぱい残してあるんだった。今持ってくる！　天本さん起こさないように、静かにやろうね」

口元に指を当てて「しーっ」とやってから、敏生は足音を忍ばせて、座敷に戻った……。


そして、午後十一時。

「天本さん、起きてください。時間です」

敏生に揺り起こされた森は、目を開けるなり、奇妙な顔をした。

「天本さん？　どうかしました？」

「何だ？　……どこかから、火薬の臭《にお》いがする」

「あ……あはは。それは、僕と小一郎が、さっきまで花火をやってたからです」

森は、ゆっくりと身を起こしながら、呆《あき》れ顔で敏生を見る。

「花火？　……如何《いか》なるときでも平常心、か。感心なことだ」

「だ、だって。僕も小一郎との『約束』、守らなきゃいけなかったんですよう。それより……」

「ああ、わかってる」

森は真顔に戻ると、立ち上がって箪笥《たんす》を開けた。いくぶんくたびれたシャツを脱ぎ、真新しい白いシャツに袖《そで》を通す。「仕事」に取りかかるときの、彼なりのこだわりなのだろう。

「敏生、龍村さんを呼んできてくれ。もう出発すると。それから……」

「小一郎は、先に現地へ飛ぶと言ってました。平海《へい》水浴場に人がまだいれば、追い払っておくって」

「……君の采配《さいはい》か？」

「采配じゃないです。僕たちが、一緒に考えて決めました」

敏生は、ニッコリ笑う。森は薄い唇《くちびる》にちらりと笑みをよぎらせ、頷《うなず》いた。

「上等だ。独断ではなく、君と相談のうえなら、評価しよう」

「ありがとうございます。じゃ、龍村先生呼んでき……あ！」

敏生が座敷を出ていこうとしたそのとき、ガラリと勢いよく襖《ふすま》が開いて、龍村が大股《おおまた》に入ってきた。

「さて、そろそろ出発だろう！　僕は準備オーケーだぜ」

「……今、呼びに行こうと思ってました」

龍村の顔を見上げた敏生は、あまりにもふだんどおりの龍村の顔に面食らいながら言った。龍村は、ニヤリと笑って頷く。

その龍村の背後から、「玉手箱」を持ったハツエが現れた。ずっと、龍村と事件のことを話していたのだろう。いつも元気で気丈《きじょう》だったハツエが今は酷《ひど》く疲れた様子で、泣《な》き腫《は》らした目をしていた。

「お祖母《ばあ》ちゃん……」

かける言葉を捜す敏生に、ハツェは一歩近寄り、黙って箱を差し出した。敏生は戸惑い、森を見る。森は、シャツのボタンを留めながら頷《うなず》いた。

「君が現地まで持っていてくれ」

「わかりました」

敏生は、ハツエから箱を受け取り、両手でしっかりと持った。身支度《みじたく》のすんだ森は、簡潔に言った。

「行くぞ」

「はいっ」

「おう」

敏生と龍村も、短く返事して、森の後に続く。ハツエも、黙って玄関までついてきた。

森は、ハツエに軽く目礼すると、さっさと外に出ていってしまう。龍村は、片手を上げて、快活に祖母に挨拶《あいさつ》した。

「じゃあ、祖母ちゃん。ちょっと行ってくる」

「泰彦《やすひこ》ッ」

それまで石のように押し黙っていたハツエは、ハッとして孫を呼び止めた。龍村は、四角い顔に笑みを浮かべ、ハツエを見る。

「うん？」

「やっぱり……やっぱり、私もアンタと一緒に……」

「駄目《だめ》だ」

祖母の申し出を、龍村はキッパリとはねつけた。そして、少し声を和らげ、諭《さと》すように続けた。

「さんざん話し合ったろ？　何が起こるかわからない。祖母《ばあ》ちゃんは、ここで待っていてくれ。……な？」

しかしハツエは、両手で龍村に縋《すが》り、必死の形相で引き留めようとした。

「泰彦。お願いやから、やっぱりやめて。行かんといて。祖母ちゃんが代わりに行って、謝ってくる。私が悪いんやて。やっぱりそうしよう。な、泰彦……」

「駄目だよ祖母ちゃん。僕はもう決めた。……祖母ちゃんはここで待つんだ」

龍村は、優しく祖母の腕を解き、くずおれる彼女を、板の間に座らせた。まるで幼い子供にするように、ハツエの頭を、ごつい手でそっと撫《な》でる。

「大丈夫《だいじょうぶ》だよ。天本と琴平《ことひら》君がいる。……行ってくるから」

「泰彦。約束してや。無事で帰ってくるて。約束、な？」

ハツエは流れる涙を拭《ふ》きもせず、龍村に約束を迫った。だが龍村は、困ったように笑って、勘弁《かんべん》してくれ、と言った。

「僕はこれから、『約束』を一つ片づけに行くんだぜ？　その前に、また新しい約束を増やすなんてのはまっぴらだ。約束はなしだよ」

「……泰彦……」

「じゃあな！　さ、行くぞ、琴平君」

龍村は、とびきり気障《きざ》な笑顔を残し、のしのしと家を出ていく。敏生も、ハツエに深く頭を下げた。

「行ってきます。……お祖母《ばあ》ちゃん」

「敏生君……」

「あのう……僕も天本さんも、龍村先生のこと、大好きです。だから……できることは何でもやるつもりです。……あんまり安心できないかもしれないけど、頑張《がんば》りますから」

それ以上何も言えず、敏生はもう一度、ぺこりと礼をして、外へ飛び出した。ハツエの啜《すす》り泣《な》く声を背中で聞きながら、自動車の後部座席に乗り込む。

まるで、いつも遊びに行くときのように、龍村がハンドルを握り、森は助手席で目を閉じてしまっている。だから敏生も、いつもどおり元気に後部座席に乗り込んだ。

「お待たせしました！」

「よし。それじゃ行こう」

龍村は力強く言って、アクセルを踏み込んだ……。


そして、今……。

森は、静かな声で言った。

「決心は変わらないか、龍村さん」

「くどいぞ」

龍村は、きっぱりと答える。森は小さく嘆息して、そうか、と言った。

「なら、失われていた記憶と『約束』を取り戻すときだ。敏生、箱を」

「はいっ」

敏生は緊張の面持ちで、それまで膝《ひざ》の上で大事に抱えていた箱を、森に手渡した。森は、無造作に紐《ひも》を解き、中の布きれを取り出す。

「指を出せ」

「……ええと、右の小指だったよな」

龍村は、大きくて無骨な手を「指切りげんまん」の形にして、森の鼻先に突き出す。森はほんの数秒躊躇《ためら》い、しかし低い声でボソリとこう言いながら、龍村の太い小指に、柔らかな布きれを巻き付けた。

「いいか、龍村さん。絶対に、死ぬな」

「天本……さっきも祖母に言ったんだが、約束は……」

「約束じゃない。これは、俺からの命令だ」

切り口上で言い、森は、布きれの端と端を、しっかりと結ぶ。

しばらくぼんやりと自分の小指を見ていた龍村は、やがて、ハッと目を見張った。暗がりの中で、布きれに包まれた右の小指が薄桃色の光を発し、その光は徐々に、龍村の全身に広がっていく。

「……ああ……」

微《かす》かな呻《うめ》き声《ごえ》が、薄く開いた龍村の唇《くちびる》から漏《も》れた。いったんは見張られた仁王《におう》の眼《まなこ》が、徐々に閉じていく。森と敏生は息を詰め、龍村の身体《からだ》を膜《まく》のように覆《おお》った淡い光が消え去るまで、じっと見守っていた。

やがて龍村は、ゆっくりと目を開けた。

「……龍村……先生？」

敏生が、恐る恐る声をかける。龍村はゆっくりと項垂《うなだ》れていた顔を上げ、まずは森を、それから敏生を無表情に見た。それから、ふうっと深い息を吐き、背もたれに身体を預ける。

「……思い出した……。何もかも、思い出した……」

「聞かせてくれ。二十四年前、何があったかを」

森は、冷たく冴《さ》えた声で促《うなが》す。龍村は軽く頷《うなず》き、再び目を閉じた。

「あのとき、僕はひとりでこの海水浴場に来た。浅瀬で遊んで、身体《からだ》が冷えたら浜に上がって温めて、腹が減ったら、祖母が持たせてくれたお握りを食って、疲れたら松の木陰で眠って……。そうだ。そんなふうにうたた寝してるうちに、夕方になってしまってたんだ……」


「うーん……。あれっ」

心地よい眠りから覚めた龍村少年は、うーんと伸びをしながら、周囲を見渡し、驚きの声を上げた。いつの間にか、太陽は水平線にかかるほど低くなっており、夕日の色を映して、すべてのものが橙《だいだい》色《いろ》に染まっている。

「うわあ……僕、凄《すご》く長い間、寝ちゃってたんだ」

少年は、身体を預けていた松の太い幹から背中を浮かし、ぴょんと勢いよく立ち上がった。浜には、もう誰もいない。皆、遊びを切り上げ、帰ってしまったのだ。

あんなに賑《にぎ》やかだった浜なのに、今はもう、打ち寄せる波の音しか聞こえない。少年は、急に心細くなった。

「どうしよう……お祖母《ばあ》ちゃん、心配してるだろうな」

とにかく、早く帰らなくては。そう思った少年は、砂の上にポツンと残された自分の荷物へと駆け寄った。

……と。

「あ……」

荷物から少し離れたところ、さっきは誰もいないと思った砂の上に、ひとりの女が座っているのに、少年は気づいた。

女も、砂を鳴らして近づいてくる龍村少年に気づき、ゆっくりと振り返った。

まだ若い。白い顔と、折れそうに細く長い首が、まず目に留まった。それから、梟《ふくろう》のように柔和な眼差《まなざ》しと、胸まである長い髪。

何より少年にとって新鮮だったのは、女が着物姿であることだった。えび茶の縞柄《しまがら》という渋い色合いの着物を着たその女は、膝《ひざ》を崩して砂の上にぺたりと座り込んだまま、龍村少年を手招きした。当時の少年には知るよしもない言葉だが、まさしく白魚のような、たおやかな手であった。

自分が呼ばれていることを悟《さと》り、少年は、恐々《こわごわ》女に近づいた。

「坊や、ひとり？」

女は、目の前に立ち尽くす少年に、優しく問いかけた。本当に若いのだろう。まだ、少女めいた華《はな》やぎが、その声には残っていた。

綺麗《きれい》な人だ、と少年は思った。こんな若くて美しい女に、間近で話しかけられるのは初めての経験である。ただでさえ内気な少年は、喉《のど》がカラカラになって、声が出てこない。かろうじてコクリと頷《うなず》いた少年に、女はにこりと笑った。そして、少年の手を取り、自分のほうへ引き寄せた。その手の冷たさに、少年はビクリと身を震わせる。

「ああ、ごめんねえ。あたしの手は冷たいね。……ねえ、ちょっとお座りよ。日が沈むのを、一緒に見よう。綺麗だよ」

龍村は、誘われるままに、女の隣《となり》、まだ温かい砂の上に腰を下ろした。早く帰らなくては、と思う一方で、横にいる女が何故《なぜ》か酷《ひど》く寂しそうに見えて、そのまま立ち去ることがどうしてもできなかったのだ。

「坊やはここの子？」

女はまた訊《き》いた。龍村は、これまた黙って首を横に振る。女は、だんまりを通す少年に腹を立てる様子もなく、笑ってこう言った。

「そうかい。あたしもよそ者だよ。生まれは北の国。そっから、流れ流れて、こんなところに来ちまった」

女が黙ると、会話が自然と途絶えてしまう。二人は黙って、沈んでいく夕日を眺《なが》めた。

「お腹《なか》が空《す》いてやしないかい？　ああ、お菓子でも持ってりゃよかったのに、何もかも海

の中に落としてきちまったんだよ。あれば坊やにあげたのにねえ」

「海の中に？」

少年は、思わず訊《き》き返《かえ》していた。

「おや、やっと口を利《き》いたね」

女は嬉《うれ》しげに笑って、少年の頭を撫《な》でた。少年は、恥ずかしくて真っ赤になり、俯《うつむ》いてしまう。女は、何でもないことのようにこう言った。

「あたしはねえ、男とここに来たのさ。どうせ死ぬなら、一緒に、この海の底へ行こうって。あの人はねえ、このあたりの海のどこかに、竜宮城《りゅうぐうじょう》があるって、そう言ったんだよ」

「竜宮城⁉　本当？」

少年は、その言葉に、恥ずかしさを忘れて顔を上げた。前に、母親が読んでくれた「浦《うら》島太郎《しまたろう》」の絵本。そこに出てきた豪華絢爛《けんらん》な竜宮城の光景が、少年の頭には浮かんでいたのである。

「あの人は、浦島太郎はこのあたりの人だって、そう言ってた。だから、竜宮城もこの海の底のどこかにあるんだって。一緒に行こうって約束して、二人で海に入ったのさ」

「亀《かめ》を助けなくても、行けるの？」

無邪気な少年の質問に、女はふわりと笑った。華やかな、しかしどうしようもなく悲しげな笑顔だった。

「さあ、どうだろうねえ。でも、あの人は行けると言った。あたしもそれを信じたよ」

「行けたの？　行けなかったの？」

女は投げやりに答えた。だからあたしはここにいるのさ」

「行けなかった。だからあたしはここにいるのさ」


「どうして行けなかったの？　道に迷ったの？　やっぱり亀《かめ》がいないと駄目《だめ》だったんじゃないの？」

女は、目を細め、眩《まぶ》しい夕日に頬《ほお》を染め、独り言のように言った。

「あたしの手を引いて、竜宮城《りゅうぐうじょう》まで連れてってくれるって言ったあの人が、いなくなっちまったからさ」

「どっかへ行っちゃったの？」

「ふふ。あれは、ちょうど今ぐらいの頃合いだったねえ。ふたりで手を繋《つな》いで、この海をどんどん沖へ歩いていってさ……」

女の細い指先が、水平線の、今まさに夕日が落ちようとするあたりを指し示す。

「水が顎《あご》の上まで来て、ああ、このままこの人とずうっと沈んでいくんだ。そう思った」

「……それで、どうしたの？」

「急に海が深くなって、あたしの頭のてっぺんまで水に浸《つ》かって……海水をたくさん飲んで、苦しくて。あの人に縋《すが》ろうとしたそのとき、あの人がいきなり、あたしの手を振りほどいたのさ。そうして、あたしをそのまま置き去りにして、どこかへ消えちまった」

「どこへ？」

「さあねえ」

女は、手で掬《すく》った砂を海のほうへ向かって投げつけた。

「あたしに見えたのは、夕日の色の赤い水の中を、海藻みたいにゆらゆらしてる自分の髪と……消えてったあの人の指先だけさ」

少年は、何だか恐ろしいような、けれど悲しいような気持ちで、女の顔を見た。

「それから、どうしたの？」

女は、海風に乱された髪を片手で掻《か》き上《あ》げ、少し皮肉な口調で言った。

「それから？　ずっとここにいるよ。竜宮城《りゅうぐうじょう》を見つけられないまま、ずうっとここにこうしてね」

「ずうっと？　ひとりで？」

「そう。ほかに行くとこなんか、もうないからね。あの人もいなくなっちまったし」

少年は、胸に今まで感じたことのない、甘いような苦いような、不思議な感じが満ちてくるのを感じながら、おずおずと訊《き》いた。

「その男の人のこと、嫌《きら》いになった？」

「べつに。土壇場で気が変わる男なんて、珍《めずら》しくもない。べつに怒ってやしないよ」

「じゃあ、その人のこと、待ってるの？」

女はちょっと考え、小首を傾《かし》げて、「さあねえ」と寂しく笑った。

「待ってるのかねえ、女は馬鹿《ばか》だから。そんな男でも、まだちょっと信じてみたいと思ってるのかもしれないねえ。でもさ、ほんとはわかってるんだよ。あの人はもう、あたしのところへは帰ってきやしないって」

幼い子供には女の言うことが理解できるはずもなく、少年は酷《ひど》く戸惑った顔をした。

「どうして、帰ってこないの？　お姉さんのこと、嫌《きら》いになったの？」

「さあねえ」

「じゃあ、どうして帰ってこないの、わかってるのに待ってるの？」

「……ほかにどうしようもないからさ。行くとこもなけりゃ、頼る人もいないんだ」

女は婀娜《あだ》っぽい仕草で小さな肩を竦《すく》めると、また、するりと少年の頭を撫《な》でた。

「どうしてどうしてってうるさい子だねえ。さ、もう暗くなってきたから、そろそろお帰り。おうちの人が捜してるんじゃないかい？」

「うん……」

だが、促《うなが》されても少年は、立ち上がろうとしなかった。女は、困ったように大袈裟《おおげさ》な溜《た》め息《いき》をつく。

「どうしたんだい？　まだ訊《き》きたいことがあるのかい？」

少年はぶんぶんとかぶりを振って、心配そうに言った。

「だって、僕が帰ったら、お姉さんまたひとりになるよ」

「もう、ずいぶん長いこと、あたしはひとりでいるよ」

「でも。寂しいでしょう？」

「そりゃ……ね」

「じゃあ、僕のお祖母《ばあ》ちゃんち、おいでよ。お祖母ちゃん、民宿やってるんだ。泊まるお部屋、あるよ。ね？」

女は少年を見て、困ったような笑みを見せた。

「行けないよ」

「どうしてさ。大丈夫《だいじょうぶ》だよ、お祖母ちゃん優しいし。ね？」

少年は立ち上がり、女の手を引っ張って立たせようとした。夕日が落ちると、周囲は急激に暗くなる。だが女は、立ちこそしたが、少年がいくら手を引いても、歩き出そうとはしなかった。

「行こうってば」

「……無理だよ。あたしは、ここからもう動けないんだ」

「どうして？」

「また『どうして』かい。本当に、困った子」

女は溜《た》め息《いき》をついて、少年の肩に両手を置き、その顔を覗《のぞ》き込《こ》むようにして言った。

「どうしても、さ。だから……あたしをひとりにしたくないなら、坊やがここにいてくれればいい」

後半は、どこか挑《いど》むような調子だった。龍村少年は、口を一文字に結び、うーんと唸《うな》って考え込む。祖母や兄は、今頃きっと、帰ってこない自分のことを心配しているだろう。そうは思っても、何故《なぜ》か出会ったばかりのこの女が気になって仕方ない自分がいた。

「嘘《うそ》だよ。さ、お帰り」

女はカラリと笑い、少年を押しやろうとした。しかし、半ば反射的に、少年は女に抱きついていた。

「何だいこの子は。あたしは坊やのお母ちゃんじゃないよ？」

女は、驚きつつも、少年を優しく抱き留める。少年は、一生懸命の口調で言った。

「じゃあ、僕、一緒にいる。ここにいる」

「……本当かい？」

女はつと目を細める。少年は、何度も頷《うなず》いた。家族が恋しいと思う気持ちより、今、この寂しそうな目をした女と離れがたい気持ちのほうが大きかったのである。

「だったら、おいで。坊や、こっちへおいで……」

どこへ、と訊《き》こうとしたのに、舌がもつれて何も言えない。少年は驚いて、自分の両手を握り締める女の冷たい手を見、それから、女の顔を見上げた。

「おいで……おいで、あたしと一緒に」

女の心底嬉《うれ》しそうな笑顔が、暗がりの中で白く光って見えた。それが、ぐにゃり、と歪《ゆが》んだ途端、全身から力が抜ける。倒れかけた身体《からだ》をふわりと受け止めた女の腕も胸も、氷のように冷たかった。その冷たさに全身が痺《しび》れるのを感じながら、少年は意識を失った……。

「それで……どうなったんですか？」

敏生は、運転席と助手席の間から身を乗り出すようにして、口を噤《つぐ》んだ龍村に、先を促《うなが》す。龍村は、夢から覚めたような、どこかぼんやりした顔つきのまま、再び話し始めた。

「次に気がついたときは、あたりは明るくなっていた。女が砂浜に寝かされた僕の顔を覗《のぞ》き込《こ》んで、泣いていた。僕は、どうしたの、と言って女の顔に手を伸ばした。女は、僕の手を自分の頰《ほお》に押しつけて、また泣いた。女の顔も、凍えるくらい冷たかった……」

——やっぱり、今はお帰り。連れてけないよ。だって坊やはまだ、子供だもの。

女は涙に濡《ぬ》れた目で龍村少年の顔をジッと見て、そう囁《ささや》いた。

——だけど……。

——大きくなったら、またおいで。そのときは、あたしと一緒になっておくれよ。

少年は、むくりと起き上がり、頰《ほお》を膨《ふく》らませた。理由はわからないが、女に子供扱いされたのが無性に悔しかったのだ。

——大きくなったらって、どのくらい？

女は少し考え、口角を吊《つ》り上《あ》げるようにして笑った。

——そうだねえ。うんと勉強して、学校へ行って、偉い人になってから来ておくれ。

——わかった！

少年は、毅然《きぜん》として頷《うなず》いた。それから、女の手を取り、その小指に、自分の小指を絡《から》めた。

——約束。僕、偉くなるから。大きくなって、偉くなって戻ってくる。そしたら、一緒に海の底へ行こう。竜宮城《りゅうぐうじょう》、捜そう。

——約束、かい。

どこか少女めいた仕草で、嬉《うれ》しそうに指切りした手を上下させ、女は泣き笑いの顔で頷いた。

——いいよ。じゃあ、あたしは坊やが立派になって戻ってくる日を楽しみに、ここで待ってるよ。

——絶対だよ？　きっと、待っててよ。

——ああ。坊やも、きっと来ておくれよ……。あたしに、もう一度男ってものを、信じさせておくれ。

「……そう言って指切りを解いてから、女はふと思いついたように、長襦袢《ながじゅばん》を歯で細く引き裂いて、それを僕の小指にぐるぐる巻き付けたんだ。そして、悪戯《いたずら》っぽく笑って言った。『これは、約束のしるし。坊やが、約束を忘れないように。約束を覚えている限り、これを解いてはいけないよ』」

龍村は、再度右手の小指を立て、小さく振ってみせた。

「僕が『わかった』と言うと、女は僕をぎゅっと抱きしめた。甘い……そう、この布きれの匂《にお》いだ。花みたいな優しい匂いがして、また気が遠くなって、気がついたら、家の近くの道路に立ってた。僕を見かけた人たちが大騒ぎして、そのうち祖母たちが駆けつけてきて。……いろいろ言われたが、とにかく頭が痺《しび》れたみたいにぼんやりして、眠くて……」

ずっと黙って聞いていた森は、そこで初めて口を開いた。

「やはりその『女』が、あの新聞記事の、海で心中を図った女の妖《あやか》しだったわけか。あんたを気に入って、一度は異界へ連れていったものの思い直し、将来の約束をしていったん帰した……」

「じゃあ、龍村先生が気を失ってた時間って……」

「おそらくは異界へ連れていかれ、また戻されたことによって、時の歪《ゆが》みが生じたんだろう。……あんたがぼんやりしてしまったのは、異界とこの世を行き来したせいだ。子供の身体《からだ》には、過ぎる負担さ」

「……なるほど……」

龍村は、今ようやくすべての回路が繋《つな》がったというように、大きく頷《うなず》いた。森は、そんな龍村に、呆《あき》れたような視線を向ける。

「しかし、あんた何だって、出会ったばかりの妖《あやか》しと、そんな大切な『約束』をしてしまったんだ」

龍村は、照れくさそうに頭を掻《か》いた。

「いやあ……。当時は我ながら自分の行動が理解できなかったが、今思えば、一目惚《ひとめぼ》れの初恋ってやつだったんだろうなあ。昔から、純情だったのさ。それにしても、譫言《うわごと》みたいにずっと『お姉さんと約束した』と言ってたってのは……」

森は、感情のこもらない声で、こともなげに言い捨てた。

「妖しに、呪《しゅ》をかけられたんだ。布きれを巻き付け、言葉であんたに呪をかけた。約束を忘れるな、自分のことを忘れるな、とね」

「なるほど……それを祖母が解いてしまったために、僕は何もかも忘れてしまったわけか」

「そういうことだ。強い呪だったなら、解けもしなかっただろうがな」

龍村はしばらく沈黙し、それから静かな声で「行くか」と言った。

「記憶は戻った。僕は今、彼女との『約束』をパーフェクトに思い出した。……とにかく、僕に再会できて喜んでくれた彼女に、僕はもう一度会わなきゃならん」

そして、森と敏生の返事を待たず、龍村は車を降りた。浜に向かって、大股《おおまた》に歩き出す。仕方なく、森と敏生も外へ出た。

湿り気を含んだ潮風が、全身を包む。森は、シャツの胸ポケットから、手袋を出した。甲に小さな銀色の五芒星《ごぼうせい》が縫い取られた、黒い革手袋である。

それを両手に嵌《は》めながら、森は敏生を見遣《みや》って言った。

「やれやれ。龍村さんの一本気にもほどがある。……敏生。今回は、君は俺の後ろで、見ていてくれないか」

敏生は、やや不満そうに森を見返す。

「僕は……見てるだけですか？　天本さん、いったいどうするつもりなんです？」

「まだわからない。だが、龍村さんのことだ、律儀《りちぎ》に妖《あやか》しとの『約束』を守るつもりだろう。みすみす命を落とさせるわけにはいかない」

「だったら僕も……」

敏生は勢い込んで言ったが、森は静かにかぶりを振った。

「俺にやらせてくれ。……過去の借りを返したいんだよ、龍村さんに」

おそらくは、霞波《かなみ》が死んだとき、龍村に命を救われたことを言っているのだろう。あるいは、金沢《かなざわ》で負傷したとき、龍村の手当てを受けたことを。そう察した敏生は、素直に頷《うなず》いた。

「わかりました。……でも、僕にできることがあれば、必ず言ってくださいね」

「……ああ。ありがとう、敏生」

森は、手袋の手で、敏生の肩をポンと叩《たた》いた。

「……行こう」

二人は、足早に龍村の後を追いかけた……。


砂浜は、青白い月明かりに照らされていた。

龍村は、少しも迷いのない足取りで、サラサラした砂を踏みしめ、波打《なみう》ち際《ぎわ》へ行った。そのまま躊躇《ためら》わず、どんどん水の中へ踏み込んでいく。

「龍村先生が……!」

敏生は走って後を追おうとしたが、砂に足を取られ、思うように前へ進めない。森は、能面のように表情を消した顔で、ゆっくりした足取りで海に向かった。

——主殿《あるじどの》。

小一郎が、闇《やみ》の中から呼びかけた。森は、低い声でそれに応じる。

「どうした」

――浜に人間どもが近づかぬよう、ほかの式《しき》どもを各所に置きました。……結界は如何《いかが》いたしましょうや。

「結界は……いらないだろう。力の弱い妖《あやか》しだ。周囲に害を為《な》すほどでもあるまい」

――御意《ぎょい》。

「キャンプ場のほうにも気を配れ」

――承知 仕《つかまつ》りました。

式神《しきがみ》の気配が消える。森は視線を龍村に向けた。

今や、太腿《ふともも》まで水に浸《つ》かった龍村は、沖に向かってよく通る声を張り上げた。

「僕だ！　さっきは、怖がってすまなかった。あなたのことをちゃんと思い出した。だから、いきなり海に引きずり込むのではなく、姿を見せてくれ！」

だが、穏やかに波打つ海面は、月の光を浴びて、キラキラ輝くばかりである。龍村は、右手の小指を空に突き上げるようにして、もう一度声を張り上げた。

「長く待たせて悪かった！　一緒に海の底へ行くという、約束を果たしにきた！」

森と敏生は、波打《なみう》ち際《ぎわ》に並んで立ち、そんな龍村の背中を見守っていた。……と。敏生が、幼い頬《ほお》をピクンと引きつらせる。

「……来た……！」

夕方感じたのと同じ気配が、少年の項《うなじ》をチリチリさせた。森は、無言のまま、厳しい顔で沖を見つめている。

——や……く、そ、く……。

そんな声が聞こえたと思うと、龍村の目の前の海面が、緩やかにうねり始めた。それは、まるでゼリーのように立体的に水面から盛り上がり、そして、見る間に女の上半身になった。

「……あなた……は……」

龍村は、思わず驚きの声を上げる。

軟体動物めいた動きで何度も身を捩《よじ》らせたその「女」は、やがてつぼみが開くように、しなやかな両腕を広げた。

そこにいたのは、まさしく龍村少年がこの浜で出会った女だった。ただ、胸まである長いまっすぐな髪も、ほっそりした顔も、長く綺麗《きれい》な首も、華奢《きゃしゃ》な身体《からだ》も……すべてがクリスタルのように透明だった。まさしく、「海水そのもの」でできた女の唇《くちびる》が、ゆっくりと笑みを形作る。

——来てくれたのね……。

聞き覚えのある声だった。龍村が、この二日、海の中で聞いた声。……そして、二十四年前に遡《さかのぼ》り、この浜で聞いた、女の声。

「やはり……あなただったのか……」

龍村は、ゴクリと生唾《なまつば》を飲んだ。

「天本さん……透《す》き通《とお》ってる……あの人……」

敏生の茫然自失《ぼうぜんじしつ》の呟《つぶや》きに、森は小さく頷《うなず》いた。

「海で死んだ人間は、やがて海にその魂を拡散させていく。あの女もご多分に漏《も》れず、さ。七十年以上も海の底にいれば、もうとっくに波間に溶《と》け去《さ》っていいはずだった。ただ、龍村さんとの約束だけが、彼女を人間の姿に……生前の若い娘の姿に留《とど》まらせているんだ」

「……ただ、龍村先生が来てくれる、その日だけを待ち続けて……あんな姿で……」

女の姿は、妖《あや》しく、しかしどこまでも美しかった。敏生は、胸が締め付けられるような思いで、龍村に向かって腕を伸ばす妖《あやか》しの姿に見とれていた。

――待って……いた……わ、ずっと。

差し出された女の両手に、龍村はおずおずと応《こた》える。手が触れ合った瞬間、龍村はブルリと全身を震わせた。

海水でできた女の両手は、つるりとしてしかし確かな肉感を持ち、それなのに海水よりずっと冷たかった。まるで、柔らかい氷柱《つらら》を触っているようなその感触に、龍村は覚えがあった。

「……そうか……。二十四年前、僕に触れたあなたも、こんなふうに冷たい手をしていた。懐《なつ》かしいな」

硬かった龍村の頬《ほお》に、自然と笑みが浮かんだ。二十四年間、自分から奪い去られていた記憶。それが今、妖《あやか》しの女の手に触れ、声を聞くことでようやく完全に戻ってきた……そんな気がしたのだ。それと共に、少年時代の自分がこの妖しに抱いた仄《ほの》かな恋心までが、静かに胸を満たしていくようだった。

女は、龍村の顔から、首筋、両肩に触れ、そしてその広い胸にゆっくりともたれかかった。

——来てくれた……。ずっと、待っていたの。嬉《うれ》しい。

女の声は夜の清冽《せいれつ》な空気を震わせる銀鈴さながらに美しかった。潤《うる》むように細かく波打つ透明な身体《からだ》の表面が、まるで女が嬉し泣きしているように、敏生には見えた。

龍村は、女の身体の冷たさに耐えつつ、優しく語りかけた。

「約束どおり、大学も出たよ。偉くなったかどうかはわからんが。……ずっと、僕を待っていてくれたんだな。こんなに透《す》き通《とお》ってしまうまで、長い時間、僕を」

——信じて……た……。

女は、龍村の腕の中で、幸せそうに言った。

——さあ……あたしと……一緒、に……。

その言葉に、美しい絵のような光景に魂を奪われていた敏生は、ハッと我に返る。

(一緒にって、龍村先生をホントに海の底へ連れてっちゃうつもりなんだ……! 今度こそ、異界へ……)

「いけない、龍村先生……」

敏生は慌《あわ》てて、龍村のほうへ駆け出そうとした。だが、それより一瞬早く、森の声が夜の闇《やみ》を切り裂いた。

「そこまでだ!」

女は、ハッと龍村から離れる。龍村も、驚いたように森のほうを振り向いた。

「……天本?」

森は、服が濡《ぬ》れるのを気にする様子もなく、バシャバシャと龍村のほうへ歩み寄りながら、厳しい声で言い放つ。

「もう十分だ、龍村さん。妖《あやか》しとの約束を守って、命を落とす必要はない。こいつは、あんたに一緒に異界へ来いと言っているんだぞ。そこは、竜宮城《りゅうぐうじょう》なんかじゃない。妖魔《ようま》どもが群れ集う、混沌《こんとん》の世界だ」

「……わかっているさ。最初から、僕はそのつもりだった。……この人が望むなら」

龍村は、すぐに平静な顔に戻り、むしろ森を宥《なだ》めるように言った。女が、森の殺気を漲《みなぎ》らせた気配に怯《おび》え、一歩後退する。

「どけ、龍村さん！　そいつを調伏《ちょうぶく》する！　それは二十四年前の、まだ人の心を多分に残した妖《あやか》しではない。もう、限りなく雑霊に近い存在になってしまっているんだ」

森は、手袋を嵌《は》めた手で早九字《はやくじ》を切りながら、鋭い声を上げた。だが、龍村は、その大きな身体《からだ》で女を庇《かば》い、森に叫び返した。

「駄目《だめ》だ！　よすんだ、天本。それは、僕が許さん」

「龍村先生……」

飛んでいきたいのをぐっと堪《こら》え、波打《なみう》ち際《ぎわ》で見守る敏生は、二人のやりとりに息を呑《の》む。

「龍村さん、馬鹿《ばか》なことをするな！　そいつにはもう、人間の心はほとんど残っていないんだぞ。約束など守っても、何の意味もない。無駄死《むだじ》にする気か！」

自分に摑《つか》みかかろうとする森を、龍村は手で制止し、静かな口調で言った。

「来るな。……無駄とか有意義とか、そんなことは問題じゃないよ、天本。僕は、確かにこの人と約束したんだ。大きくなったら一緒になる、とね。僕がそれを覚えている限り、そしてどんな姿になろうと、この人がまだそれを望んでいる限り、僕は、この人との約束を守る」

「龍村さんっ！」

「そんな顔をするなよ、天本。琴平君も。……こんなところで人生を終わることになるとは思わなかったが、まあ、それも運命なんだろう。自分が撒《ま》いた種だ、仕方がないさ」

「そんなこと言わないでください！　龍村先生が行っちゃったら、お祖母《ばあ》ちゃんはどうなるんですか！」

敏生の必死の叫びが耳に届いたのだろう、龍村はつらそうな顔で、一瞬躊躇《ためら》いを見せる。だが彼は、小さくかぶりを振り、まっすぐ敏生を見た。

「こうなるような予感がしていたんだ。だから、祖母ちゃんとは約束をしなかった。……悲しませて悪いが、伝えてくれ。あなたの孫は、男らしく、約束を全《まっと》うしたと」

「そんな……」

敏生の大きな鳶色《とびいろ》の目から、堪《こら》えきれず涙が雫《こぼ》れ落《お》ちた。

「そんなの、駄目《だめ》ですよ！　死んでも守らなきゃいけない約束なんて……そんなの！」

龍村は、むしろ穏やかな表情で、敏生に言った。

「この人は、こんなに長い間、僕を待っていてくれたんだ。僕との約束を守るために、こんな姿になっても、この世に留《とど》まっていてくれたんだ」

「龍村さん……！」

「なあ、天本。お前の言うとおり人間の心をほとんどなくしても、僕のことは覚えていてくれたんだ。それって凄《すご》いことだぜ？　そう思わないか。……僕は、この人の信頼に応《こた》えなきゃならん。たとえそれで、命を捨てることになってもな」

龍村の表情は、憎らしいほど落ち着いていた。

「悪いな、天本。お前の友人は、そういう性分なんだ。……僕は、この人と行く」

そう言った龍村の腕に、女が嬉《うれ》しそうにもたれかかる。生身の女のようにたおやかな、しかし氷のように冷たく感じられる女の身体《からだ》を、龍村はしっかりと腕に抱いた。まるで、女の透《す》き通《とお》った身体を自分の体温で温め、再び人間の姿に戻してやろうとするかのように。

そして龍村は、女と共に、また一歩、沖へ歩を進めた。だがそのとき、森が波を掻《か》き分《わ》けて、龍村のほうへ数歩駆け出した。もはや腰まで水に浸《つ》かり、森は未《いま》だかつてなく取り乱した表情で、怒鳴った。

「馬鹿野郎《ばかやろう》ッ！　俺は何もできないのか！　あんたは、俺の命を二度までも助けてくれたんだぞ。そのあんたを俺は、みすみす目の前で死なせなけりゃならないのか⁉　俺の気持ちも少しは考えろっ！」

「……天本……」

さすがにハッとして足を止めた龍村は、今にも泣きそうに顔を歪《ゆが》めた森をじっと見つめた。二人の視線が絡《から》み合《あ》う。だが龍村は、ホロリと片頬《かたほお》で笑って肩を竦《すく》めた。

「すまん。だが、それが僕だ。ここでこの人を見捨てて、お前に調伏《ちょうぶく》させたら……僕は僕じゃなくなる。……融通の利《き》かない友達で、すまん。許してくれ。……天本」

「…………許せと言われて、はいそうですかと納得できるものか！」

森は、肩で荒い息をしながら、龍村を睨《にら》みつける。龍村は、片手を軽く挙げ、いつもの快活な声で言った。

「いつかは納得するさ。そのときは、俺の友達は馬鹿《ばか》正直な男だったと、懐《なつ》かしく思い出してくれればいい。……僕の最後の我《わ》が儘《まま》だ。このまま行かせてくれ」

「…………」

森は、血が滲《にじ》むほどきつく唇《くちびる》を嚙《か》みしめ、両の拳《こぶし》を震わせる。

「ありがとう。……じゃあな」

龍村は、森と敏生に背を向けた。一歩、また一歩と、龍村と、その腕に抱かれた透《す》き通《とお》った女の姿が、遠くなっていく。だが森は、じっと立ち尽くしたきり、もう動かなかった。俯《うつむ》いた頬《ほお》に、一筋の涙が流れる。圧《お》し殺《ころ》した呻《うめ》き声《ごえ》が、森の唇から漏《も》れた。

「馬鹿だ。……あんたは……大馬鹿だ……」

敏生は、たまらず森のもとに駆け寄り、その背中にしがみついた。半身を海水に洗われながら、激しくしゃくり上げる。ボロボロ流れる涙のせいで霞《かす》む視界の中、龍村の広い背中が、徐々に水の中に沈んでいく。

「天本さん、こんなの……嫌《いや》です。いくら約束だって、嫌だ……」

だが、龍村の背中には、飛びついて引き留めることを許さない、強い覚悟と威厳が漲《みなぎ》っていた。どうにかして制止したい、そんな思いが身体《からだ》じゅうを駆けめぐっても、敏生にはどうすることもできなかった。

やがて、龍村のざんばら髪が、波の下に消える。まるで何事もなかったかのように、海面は静けさを取り戻した……。

「こんなのって……」

敏生の硝子玉《ガラスだま》の目から、大粒の涙が幾粒も海に落ちる。堪《こら》えきれない嗚咽《おえつ》が、少年の肩を震わせた。

だが、そのとき……。

敏生の胸の守護珠《しゅごじゅ》が、突然眩《まぶ》しい金色の光を放った。それは、敏生と森の周囲の海面を、温かく、神々しい光で照らす。

「あぁっ！」

泣《な》き濡《ぬ》れた目で海を凝視していた敏生は、驚きの声を上げた。

二人の目の前の海面が、みるみるうちに盛り上がり、先刻の女の妖《あやか》しが姿を現したのだ。しかもその腕には、グッタリした龍村が抱かれていた。

「龍村先生！」

「龍村さんっ」

森と敏生は、驚愕《きょうがく》の声を上げる。女は、透《す》き通《とお》った優しい腕に抱いた龍村を、森の手に託した。

「お前は……」

——嬉《うれ》しかった……ずっと……待ってた……から。

女は、美しい声でそう言った。女の水の身体《からだ》が、守護珠《しゅごじゅ》の発する金色の光を受けてうるうると輝く。

——信じられ……て……嬉しい……から……連れて、いけない。

女は切れ切れに、しかしハッキリとそう言った。森は、信じられないという表情で、女の目鼻立ちがすでに不明瞭《ふめいりょう》なその顔を見る。

——生きて……いて……あたしを……覚えてて……。

女の言わんとすることを理解して、森は龍村をしっかりと抱き支え、頷《うなず》いた。

「龍村さんは、絶対にお前のことを忘れはしない。……龍村さんは、お前との約束に応《こた》えた。お前は、そんな龍村さんの誠意に応えた。……俺も、お前のような妖《あやか》しがいたことを、決して忘れない」

女は、森の言葉に、深く頷いた。そして、森に抱かれた龍村の唇《くちびる》に、そっと口づけた。

意識を失っていた龍村が、女の唇の冷たさに低く呻《うめ》き、薄く目を開く。

自分がまだ生きていることを知り、女が自分を森と敏生に返したのだと気づいた龍村は、掠《かす》れた声で問いかけた。

「……ど……う、して……」

——さよなら……。ありがと……坊や……。

最後の言葉と共に、女の身体《からだ》が、氷が溶《と》けるように崩れ、海水に溶けていく。森の腕に支えられたまま、龍村は呆然《ぼうぜん》として、その光景を見つめていた。

「……彼女は……あんたの真心で、悲しみを忘れることができたんだ。……だから、その魂は満たされて、海へと溶けていった」

森は、静かな声でそう言った。龍村は、まだ半ば放心したような表情で問いかける。

「もう……彼女は、寂しくないんだな？」

森は頷《うなず》く。龍村は、ようやく安堵《あんど》したように大きな息を吐き、そして森の、まだ涙の痕《こん》跡《せき》を留《とど》めた顔をつくづくと見つめた。

「……すまん。心配をかけた。まさか人生の中で、お前を泣かせることがあるとは思わなかった」

そう言って深々と頭を下げる龍村の頭を、森は左の拳《こぶし》で、思いきり殴《なぐ》りつけた。

「痛ッ！　痛いぞ天本！」

「このくらい、当然だッ！」

森は鬼のような形相でそう言い切ると、もう一度、今度は波を殴りつけ、クルリと踵《きびす》を返す。その背中に、龍村はいつもの大声で呼びかけた。

「おおい、僕に借りを返してくれたんじゃなかったのか？」

「借りを返して余りある！　今回のことで、俺に借りを作ったと思え！」

泣いたことを知られた照れ隠しなのか、森はいつになくムキになって怒鳴りながら、物《もの》凄《すご》い勢いで歩いていく。

ショックの後の安堵《あんど》で呆然《ぼうぜん》としていた敏生も、あまりにもいつもどおりな二人のやりとりに、思わず吹き出してしまった。

「……琴平君も。心配かけて、悪かったな」

龍村は、そんな敏生の頭に手を置き、しみじみとした口調で詫《わ》びた。敏生も、怒った顔を作り、両手を腰に当て、龍村を睨《にら》む。

「ホントです。でも、もっと謝らなきゃいけないのは、お祖母《ばあ》ちゃんにですよ。きっと今頃、ひとりで物凄く心配しながら待ってるんですから。早く帰って、謝って、お礼言ってあげなきゃ」

龍村は、ああ、と頷《うなず》き、水辺をジッと見つめた。果てしない海の果てへと、遠く広く溶《と》けていった女を見送るように。そして敏生のほうへ向き直った龍村は、もういつもの彼だった。

快活な力強い声で、龍村は言った。

「さて、家へ帰ろうか！」

＊　　＊

三人の車のエンジン音を聞きつけたのであろう。帰宅するなり、ハツエは転げるように玄関から飛び出してきた。龍村《たつむら》の無事を確かめると、あれほど気丈《きじょう》だった彼女が、その場にへたり込み、大声を上げて泣いた。

「よかった……。無事に帰ってきてくれたんやね。ああ、よかった、ホンマによかった」

「ごめんよ、祖母《ばあ》ちゃん。心配かけて、本当にすまなかった。もう終わった。僕は大丈《だいじょう》夫《ぶ》だよ。ごめん、ごめん、ごめんな……」

龍村は、何度も謝りながら、自分も涙ぐんで、そんなハツエを抱きしめた。そして、ハツエがようやく落ち着きを取り戻した頃、笑ってこう言った。

「心配をかけたが、明日からはまた、楽しくやろうな、祖母ちゃん」

「そうやね。……まだまだお休みはあるんやし、みんなで楽しゅう過ごそうなあ」

ハツエも涙を拭《ふ》きながら、頼もしい孫の顔を見、そして森《しん》と敏生《としき》を見て、ようやく泣き笑いの笑顔を見せたのだった。

そして瞬《またた》く間《ま》に一週間が過ぎ、いよいよ明日の朝、ここを発《た》つというその夜……。

蚊帳《かや》も吊《つ》り、蚊取り線香も用意し、さて、床につこうかというとき、龍村が、今日は別の場所で寝ると言い出した。

「龍村先生？　どうかしたんですか？」

敏生は、不思議そうに問いかける。

「まあ、その……なんだ」

龍村は片頬《かたほお》だけで気障《きざ》に笑って、枕《まくら》を小脇《こわき》に抱えた。

「つもる話もあることだし、三十路《みそじ》男のすることじゃないかもしれないが、今夜は祖母と枕を並べて寝ることにしようと思ってな。祖母《ばあ》ちゃん孝行というやつだ。かまわないだろ、天本《あまもと》」

「……好きにすればいい」

森は無愛想に言ったが、龍村はニヤニヤして、敏生の頭にポンと手を置いた。

「素直に、琴平《ことひら》君と二人きりになれて嬉《うれ》しいと言えよ。ま、そういうわけで邪魔者《じゃまもの》は去るから、同衾《どうきん》でもなんでも、好きにしてくれ」

「どうきん？　雑巾《ぞうきん》？」

「龍村さん！　いい加減にしろよ、あんた」

難しい言葉を知らない敏生は首を捻《ひね》ったが、森は夜叉《やしゃ》のような形相で、手に持っていた本を、龍村に向かって投げつける。

「痛い。おい、照れ隠しで暴力行為に出るなよ、天本」

「誰が照れ隠しだ！」

「わはは、おやすみ。二人とも、いい夢を」

龍村は笑いながら、座敷を悠々《ゆうゆう》と出ていった。

「ねえ天本さん、『どうきん』って何て意味ですか？」

「家に帰るまで覚えていられたら、自分で辞書を引け」

森は自分で投げた本を回収して鞄《かばん》に放《ほう》り込《こ》み、ツケツケと言う。はあい、と敏生は首を縮こめて笑った。

「とにかく二人きりにしてやる、ってことですよね？」

「そういうことだ。……まったく龍村さんも、わけのわからないところで妙な気の回し方をする」

森は憮然《ぶぜん》とした表情でそう言いながら、灯《あかり》をパチンと消し、蚊帳《かや》の中に入ってきた。

布団《ふとん》の上に膝《ひざ》を抱えて座った敏生は、白い月明かりの下で、ニッコリ笑う。

「ホントですよね。僕と天本さん、家に帰ったらいつだって二人きりなのに」

「だな。意外に、俺たちに恩を着せるふりをして、本当にお祖母《ばあ》さんと二人、一晩じゅう語り明かしたいのかもしれないぞ」

「そうかも。だって、二十四年ぶりなんだもん。きっと、話したいことがいっぱいありますよね」

「そうだろうな。……さて、寝るか」

そう言いながら自分の布団《ふとん》のほうへ行こうとした森のパジャマの袖《そで》を、敏生はくいくいと引いた。

「……何だ？」

「僕も、天本さんに話したいこと、いっぱいあります。だから、もうちょっと起きててください」

「……家に帰ったら、いつも二人きりなのに？」

皮肉っぽい口調でそう言う森の声は、いつもの彼からは想像もできないほど甘い。

「だけど、二人でこうして、畳《たたみ》の上にお布団敷いて話すなんて、めったにないでしょう？ それも、蚊帳《かや》の中でなんて」

敏生は笑いながら、森の袖をもう一度、今度は少しきつく引いた。

「……それに、夏の天本さんは、ふだんこんなに僕と話してくれないもの」

「それは……そうだな。ここにいるうちに、ある程度暑さに強くなったような気がするよ」

森は苦笑いしながら、誘われるままに敏生の布団に腰を下ろした。つい、いつもの癖《くせ》で正座してしまう森なのだが、敏生はそんな森の胸に、後ろ向きにこてんともたれかかった。軽く立てた剝《む》き出《だ》しの膝小僧《ひざこぞう》が、やけに子供っぽく見えて可愛《かわい》らしい。

「俺は君の座椅子《ざいす》か」

そんな不平を言いつつも、森は仕方なく、両足を布団《ふとん》の上に投げ出し、敏生を胸の中にすっぽりと抱き込んでやる。

「……暑いな」

「たまには、我慢してください」

敏生はクスクス笑って、森の両手を取り、自分のウエストにその長い両腕を巻き付けた。

「この甘えん坊め」

フッと笑って、森は敏生を後ろからギュッと抱きしめる。できれば夏場は敬遠したいと思っていた人の温《ぬく》もりが、何故《なぜ》かその夜は、とても心地よく感じられた。

「で？　どんな話がしたいって？」

「えっと……」

敏生は口ごもり、それからペロリと舌を出した。

「どうした？」

「忘れちゃいました。天本さんにこうして抱きしめられてると、何だか気持ちよすぎて」

「……敵《かな》わないな、君には」

素直に気持ちを口にする敏生が愛《いと》しくて、森は口元を緩める。だが敏生は、やけに真剣な口調でこう言った。

「でも……天本さんに訊《き》いてみたいことはあるんです」

「何だい？」

「怒りませんか？」

「……それは、聞いてからでないとわからないな」

「うーん」

しばらく躊躇《ためら》っていた敏生は、それでも思い切って口を開いた。

「あのね。天本さんは、僕のこと好きですか？」

森は、軽く眉《まゆ》を顰《ひそ》め、敏生の耳元で囁《ささや》く。

「俺は、君を不安にさせるようなことを、何かしでかしたかな？　それとも、君は常に確認作業を怠《おこた》らない性格なんだろうか」

「天本さんってば。からかわないでくださいよう。僕は真面目《まじめ》に訊いてるのに」

敏生は、唇《くちびる》を尖《とが》らせてむくれる。森は低く笑った。

「悪かった。だが、そんなことは訊くまでもないだろう。俺は、好きでもない奴《やつ》を夏場の、しかもクーラーのない場所でこんなふうに抱える趣味はないんだ」

「そうですよね。ごめんなさい」

それきり敏生は黙り込み、自分を抱く森の腕に、そっと触れた。森は、敏生の頬《ほお》に軽くキスして、続きを促《うなが》した。

「どうした？　それで話は終わりか？」

「ん……ホントはあるんですけど。変なこと言うって、絶対に怒らないでくださいね」

「わかった。だから、もったいぶらずに言え。何だい？」

敏生は、少し俯《うつむ》きがちに、モゴモゴと早口で言った。

「何だか、海で妖《あやか》しに会ったときの龍村さんと天本さんに、僕、ちょっとだけヤキモチ焼いちゃったなって。天本さん、本当に龍村先生のこと、大好きなんだなあって」

それを聞いた森の切れ長の目が、吃驚《びっくり》したように見張られる。やがて耳元で森が笑う気配に、敏生はたちまち真っ赤になって、暴れだした。

「んもう、笑わないでくださいよッ！　酷《ひど》いや」

「君は、怒るなとは言ったが、笑うなとは言わなかったぞ？」

両手をジタバタさせて暴れる敏生を、腕力にものを言わせ、背後からしっかりと抱きすくめて、森は甘い声で囁《ささや》いた。

「馬鹿《ばか》なことを言う。さっきも言ったが、俺は熊《くま》みたいな大男を、こんなふうに抱きしめる趣味は断じてない」

「……そういうことじゃなくて。僕、知ってるんですよ」

敏生は、ようやくおとなしく森の腕の中におさまり、少し意地悪な声でそう言った。

「何を？」

「龍村先生の小指に、あの布きれを巻くとき……。天本さんが、龍村先生にこっそり呪《しゅ》をかけたこと」

「ほう？」

「ごまかしても駄目《だめ》ですよ。天本さん、何気なく言ったでしょう、『絶対に、死ぬな』って。あのときは僕、もう胸がいっぱいで気がつかなかったけど、あの言葉が、呪だったんですね。妖《あやか》しが、龍村さんの指に布を巻きながら『約束』って名前の呪をかけたのと同じ方法で、天本さんも、先生に呪をかけた」

「ふん？　何のためにだ」

「天本さん、もし妖しが龍村先生を本当に連れていっちゃいそうだったら、呪で無理やりにでも先生を取り戻すつもりだったんでしょう。最悪の事態になったときも龍村先生が死なずにすむように、呪で保険をかけてたんだ」

敏生は、ちょっと誇らしげにそう言って、森の胸に後頭部をことんとぶつけた。指先で森の下顎《したあご》のラインをなぞりながら、

「どうですか、僕の推理？」と訊《たず》ねる。

「……降参だ」

森は溜《た》め息《いき》混じりにそう言って、敏生の柔らかい髪に、冷たい頬《ほお》を押し当てた。

「あともう数秒、龍村さんの頭が浮かんでくるのが遅かったら、俺は迷わず龍村さんを呪《しゅ》の力で縛《しば》って、引きずり上げていただろう。……それが、龍村さんの意志に反すると重々承知のうえでね。俺は自分勝手な人間だから、親友を失うのは嫌《いや》だったんだ」

「やっぱり……。だって、龍村先生が戻ってきたとき、天本さん、本当に安心した顔してたもの。僕、それに気がついたとき、やっぱり友達っていいなって思ったんです。龍村先生のこと、凄《すご》く羨《うらや》ましくなった」

「敏生……」

「もし。もし、あれが僕だったら、天本さんは同じようにしてくれたかなあって。……ごめんなさい、僕やっぱり、相変わらず我《わ》が儘《まま》で欲張りですね」

敏生は恥ずかしそうにそう言って、忘れてください、と付け加えた。また森に笑い飛ばされるか、呆《あき》れられるかするに違いないと思うと、頬が燃えるように熱くなった。

だが森は、むしろ怒った口調で、きっぱりとこう言った。

「同じようになんか、するものか」

「……え？」

「君が龍村さんと同じ状況にあったら、あの妖《あやか》しが君に触れることなど、絶対に許しはしなかった。君がどんなに嫌がっても、俺は問答無用であの妖しを調伏《ちょうぶく》してしまっていたさ。大事な君をむざむざ危険に晒《さら》すなんて、まっぴらだ」

「天本さん……」

森の激しい言葉に、敏生は吃驚《びっくり》して目を丸くした。驚きが去ると、喜びがじわりと胸に込み上げる。だが敏生は、ふと心に浮かんだ疑問を、素直に森に投げかけた。

「でも天本さん。どうして龍村先生は、行かせてあげたんですか？　龍村先生だって、大切なお友だちでしょう？」

森は苦笑して、あっさり答えた。

「龍村さんはもう立派な大人で、俺の対等な友人だからだ。ギリギリの線までは、彼の意志を尊重するよ」

「むー！　じゃあ、僕は大人じゃないから、対等じゃないから行かせないんだ！」

「こら。瞬間湯沸《ゆわ》かし器《き》みたいにポンポン怒るな」

森は笑いながらまた暴れようとする敏生の動きを抱擁で封じ、そして敏生の心に言葉を刻み込むように、ゆっくりと言った。

「俺は自分勝手だと言ったろう？　君にはいつまでもこんなふうに……俺の腕の中で守られる存在でいてほしいんだ」

「……ずるいですよ」

さっきよりはずっと小さな、そして甘えるような声で、敏生は不平を言った。

「それじゃあ、僕はずうっと天本さんに守られっぱなしで、いつになっても天本さんと対等になれないんですか?」

そんなことはないさ、と森は静かに笑った。

「わかってる。いつかは君だって本当の意味で大人になって、あるいは俺なんか追い越して、うんと度量の広い人間になるだろう。……それでも……できるだけゆっくりおいで、敏生」

「……天本さんってば」

「俺があんまり我《わ》が儘《まま》で、驚いたかい? それとも呆《あき》れて口も利《き》けないか?」

森はからかうような口調で囁《ささや》く。敏生は小さくかぶりを振って、だけど……と言った。

「うん?」

「だったら、僕も我が儘ひとつ言っていいですか?」

「いいよ。言ってごらん」

声音《こわね》で、森がこのシチュエーションを面白がっていることがありありとわかる。敏生は、森を困らせてやりたいような気分で、思いきって言ってみた。

「僕にしかしない、ってことをやってみせてください」

「……何だって?」

森はさすがに驚いて問い返す。敏生は、クスッと笑って繰り返した。

「ほかの誰にもしないいってことを、今ここで、やってみせてください」

「今、ここで……かい？」

「はい」

森の困惑を全身で感じながら、敏生は澄《す》ました顔で頷《うなず》く。しばらく考えていた森は、わかった、と呟《つぶや》き、片手で敏生の首筋にかかる髪を掻《か》き上《あ》げた。

「……天本さん？　何、す………っ」

突然、首筋に噛《か》みつくようなキスをされて、敏生はくすぐったさに身体《からだ》を捻《ひね》って逃げようとする。しかし森は片手でしっかりと敏生を抱きしめてそれを許さず、さらに赤い痕《あと》が残るまで、細い首筋をきつく吸い上げた。

「天本さ……痛いですよう」

敏生の抗議の声に、ようやく腕を緩めた森は、やけに晴れ晴れした笑顔で言った。

「君が、君にしかしないことをしろと言うから、したまでさ」

「これが、僕にしかしないことなんですか？」

敏生は、まだ少し疼《うず》くような気がする首筋を手のひらで押さえ、上半身を捻る姿勢で振り向いた。上目遣《うわめづか》いに、森を睨《にら》む。森は軽く肩を竦《すく》め、こう言った。

「そうだよ。こうして、誰の目にも留まるところに痕を残して、これは俺のものだと誰彼かまわず言い回りたくなる。……俺をそんな愚か者にするのは、君だけだ」

「…………」

「これでは不満か？」

絶句する敏生の頰《ほお》に触れ、森は優しく問いかけた。そのいつもはきつい目元が、今は照れくさそうに細められている。

「嬉《うれ》しくて、幸せすぎて……頭の中も胸の中も、天本さんでいっぱいになっちゃいました」

敏生は自分から森の首に両腕を絡《から》め、恥ずかしがり屋の彼にしてはうんと長いキスを、森に贈った。ゆっくりと、森の腕が、再び敏生の背中に回される。

音もなく蚊帳《かや》にとまった小さなクサカゲロウだけが、そんな二人を見守っていた……。

あとがき

皆さんお元気でお過ごしでしょうか。榿野道流《ふしのみちる》です。

いやー、今年の夏は暑かったですねえ。と書いたところで「蔦蔓奇談《つたかずらきだん》」のあとがきを読み返してみたらば、去年も「今年の夏は暑かった」と嘆いておりました。とほほ。それより、「蔦蔓」が一年前に書いたものだと気づき、時の流れの速さに吃驚《びっくり》しました。

そういえば、頂くお手紙にも年月を感じることがあります。「人買《ひとかい》」の頃に生まれた読者さんのお子さんが、もう保育園に通っておられたりして。ああ、私も頑張《がんば》って成長しなきゃ！　と思うのは、こんなときですね。そしてキャラクターたちも、私や皆さんと同様に年を重ねています。これまで、いろいろなことが彼らの身の上に起こりました。これからも、たくさんの嬉《うれ》しいこと、悲しいこと、つらいことを経験しながら、出会いや別れを繰り返し、彼らもきっと大きく成長していくのでしょう。それを最後まで見届けたい、彼らと共に歩きたいと、心から願っています。

さてさて、今回の作品「嶋子奇談《しまこきだん》」ですが、タイトルは内容に完璧《かんぺき》に沿ったものではありません。もちろん、「浦嶋子伝説《うらしまのこ》」から取ったものですが、どうしてこんなタイトルをつけたかは、本編を読んでいただければ、何となくおわかりになるかと。

舞台になった丹後町間人《たんごちょうたいざ》という場所は、私にとっては、懐《なつ》かしい思い出がいっぱい詰まったところです。ほんの二、三歳の頃から、毎年夏になると、家族で海水浴に出かけていました。そして、冬には、蟹《かに》を食べに！　今でこそ有名になってしまった「間人がに」ですが、当時は知る人ぞ知る穴場で、夢のようにでっかい蟹をお腹《なか》いっぱい食べられました。ああ、それが今なら！　ものの値打ちがわからない幼い頃に、そんな経験をさせてくれた親を、感謝したり恨《うら》んだり。蟹は今や、とても手の届かないくらい高価な食べ物になってしまいましたものね。

残念ながら、元来南国好きの父が、沖縄《おきなわ》の魅力にはまってしまってからは、間人はとんとご無沙汰《ぶさた》になっておりました。もう、ほとんど忘れかけていたのに、テレビで「間人がに」が取り上げられたのを見て猛烈に懐かしくなり、間人を舞台に話を書いてみたいなあ、と思い立ち……。そして今回、この話を書くために、龍村《たつむら》ではありませんが、それこそ十何年ぶりにかの地を訪ねてみました。

子供時代は、父の車でとても長い旅をして間人に辿《たど》り着《つ》いたような気がしていたのですが、今回は、交通事情がよくなったおかげで、比較的近く感じられました。

途中、大江山《おおえやま》をわざわざ経由して名物の蕎麦《そば》を食べ、ついでに敏生《とし き》と龍村が観光に出かけた天橋立《あまのはしだて》へ足を延ばしたところ、豪雨に襲われ……。南国のスコールと見まごうばかりの凄《すさ》まじい雨に、全身びしょ濡《ぬ》れになってお茶屋さんに駆け込む羽目になりました。雨宿りしながら食べた、名物「智恵《ちえ》の餅《もち》」と「重太郎餅」は、どちらも本当に美味《おい》しかったです。機会があれば、ぜひ召し上がってみてください。

それから、旅の無事を祈り……というわけでもないのですが、伊根町《いねちょう》の浦嶋《うらしま》神社に参拝し、夕暮れになって間人《たいざ》に到着。雨が激しく降っていたので、すぐに、昔海水浴に来ていたときの定宿に入りました。記憶に残っていたのよりずっとこぢんまりした宿で、ちょっと拍子抜け。当時の私は本当に小さかったのだわ、と実感しました。夜の海が見たかったのですが、雨のせいで諦《あきら》めることとなり、結局、その日はそれで活動停止となりました。イカ釣り漁船もその夜は出航せず、ちょっと残念。でも夕食は海の幸づくしで、シーズンオフながら、なかなか美味しい焼《や》き蟹《がに》など出していただき、幸せな夜でした。

翌朝、雨がスッキリ上がったので、朝食後、散歩に出てみました。コースは、龍村と敏生が歩いたのと同じなので、詳細は本編でのお楽しみとさせていただきます。町の中には、変わらないところもあり、変わったところもあり、懐《なつ》かしさと驚きが混ざり合った不思議な気持ちになりました。何度か宿泊したことがある民宿にも立ち寄り、おじさんとおばさんが健在であることを確認してきたので、この冬は、何とか奮発して、蟹を食べに行けたらな……と思っています。

今回は、愛着のある場所で大好きなキャラクターたちを活躍させることができて、とても幸せでした。思い入れが強すぎたのか、最初の原稿がどうも気に入らず、土壇場で二百ページ切り捨てるという暴挙に出たりしましたが。おかげで「同じプロットから全然違う話が書けるものなのだ」ということを、つくづく感じました。やはり奇談に限っては、キャラクターの自主性に任せ、私は書記役に甘んじるのがいちばんいいようです。

今回は、ちょっと懐《なつ》かしい歌を聴きながら、原稿を書きました。THE STONE ROSESというイギリスのバンドの、同名のアルバム。実は、「倫敦《ロンドン》奇談」の冒頭で天本《あまもと》が口ずさんでいたのは、もしやこのアルバムの中の一曲なのでは……？　という曰《いわ》く付《つ》きの一枚です。機嫌《きげん》よく（あるいはキーッとなりつつ）歌を歌いながら原稿を書いている娘を、母は「器用やね……」と呆《あき》れ顔《がお》で見ていましたが、音楽なしで原稿を書くなんて、もはや考えられません。ラジオから流れていた歌からインスピレーションをもらうことも、たくさんあります。それだけではなく、何の気なしに見た絵や、動物や、通りすがりの人の会話からも。あらゆる偶然の積み重ねで、私の書く小説は成り立っているのだな……と、最近しみじみ思います。だからこそ私自身ができるだけ多くのものを吸収し、視野を広げておくよう、精一杯頑張《がんば》らなくてはならないのですね。

ええと、ここからはいつもの話です。例によって、お手紙に①80円切手②タックシールにご自分の住所氏名を様付きで書いた宛名《あてな》シール（両面テープ不可）を同封してくださった方には、特製ペーパーを送らせていただいています。原稿の合間にペーパーを作り、少しずつお返事しますので、かなり時間がかかります。申し訳ありませんが、広い心で待っていただけますようお願いいたします。

また、お友だちのにゃんこさんが管理してくださっている椹野後見ホームページ「月世界大全」http://moon.wink.ac/でも、最新の同人情報やイベント情報がゲットできます。パソコンをお持ちの方は、今すぐアクセスしてみてくださいね！

それから、次回予告。なかなか出てこない天本父、トマスが気になって仕方がない方も多いようですが、さて、次作では登場するのかな？　私にもまだわかりません。場所も未定。ただ、「天本さんの秋の味覚御膳《ごぜん》が見たい」というリクエストが多いので、季節は秋ということにしたいと思っています。お楽しみに。……いったい、敏生は天本にどんなご馳走《ちそう》を作ってもらうのでしょうね。

では最後に、いつものお二人に。

担当の鈴木《すずき》さん。私がへこんだり迷ったりしたときに、いつもさりげなくフォローしてくださるそのタイミングと手際《てぎわ》のよさには、感服・感謝です。いつか、締《し》め切《き》り前に、笑顔で原稿の束をお渡ししてみたいものですが、この野望が叶《かな》うのは、いつのことやら……。

イラストのあかま日砂紀《ひさき》さん。ドラマCDのマンガにちょこっと描《か》いてくださった私の顔が、やけに似ていると評判でした。「シンプルな線で、よく特徴を捉《とら》えてますよねえ」とは、担当鈴木さんの弁。まったく同感です。可愛《かわい》く描いていただき、ありがとうございました～。

では、また近いうちに、お目にかかります。ごきげんよう。

――皆さんの上に、幸運の風が吹きますように……。

椹野《ふしの》　道流《みちる》　九拝

椹野道流先生へのファンレターのあて先
〒112-8001　東京都文京区音羽2-12-21　講談社　X文庫「椹野道流先生」係
あかま日砂紀先生へのファンレターのあて先
〒112-8001　東京都文京区音羽2-12-21　講談社　X文庫「あかま日砂紀先生」係

N.D.C.913　328p　15cm

椹野道流（ふしの・みちる）

講談社X文庫

2月25日生まれ。魚座のO型。兵庫県出身。某医科大学法医学教室在籍。望まずして事件や災難に遭遇しがちな「イベント招喚者」体質らしい。甘いものと爬虫類と中原中也が大好き。
主な作品に『人買奇談』『泣赤子奇談』『八《や》咫烏《たがらす》奇談』『倫敦《ロンドン》奇談』『幻月奇談』『龍泉奇談』『土蜘蛛奇談（上・下）』『景清奇談』『忘恋奇談』『遠日奇談』『蔦蔓奇談』『童子切奇談』『雨衣奇談』オリジナルドラマCDとして『幽幻少女奇談』がある。

white heart

嶋子奇談《しまこきだん》

椹野道流《ふしのみちる》

●

2001年11月5日　第1刷発行

定価はカバーに表示してあります。
発行者——野間佐和子
発行所——株式会社 講談社
東京都文京区音羽2-12-21 〒112-8001
電話 編集部 03-5395-3507
販売部 03-5395-5817
業務部 03-5395-3615
本文印刷—豊国印刷株式会社
製本———株式会社若林製本工場
カバー印刷—半七写真印刷工業株式会社
デザイン—山口　馨

落丁本・乱丁本は，小社書籍業務部あてにお送りください。送料小社負担にてお取り替えします。なお，この本についてのお問い合わせは文庫出版局X文庫出版部あてにお願いいたします。

ISBN4-06-255581-6　（X庫）

講談社X文庫ホワイトハート・FT&NEO伝奇小説シリーズ

黒蓮の虜囚　プラパ・ゼータ　ミゼルの使徒[1]　流　星香
待望の「プラパ・ゼータ」新シリーズ開幕！（絵・飯坂友佳子）

彩色車《カレット》の花　プラパ・ゼータ　ミゼルの使徒[2]　流　星香
人気ファンタジックアドベンチャー第2弾。（絵・飯坂友佳子）

蒼海の白鷹《しろたか》　プラパ・ゼータ　ミゼルの使徒[3]　流　星香
海に乗り出したミゼルの使徒たちの運命は⁉（絵・飯坂友佳子）

見つめる眼　真・霊感探偵倶楽部　新田一実
〝真〟シリーズ開始。さらにパワーアップ！（絵・笠井あゆみ）

闇より迷い出ずる者　真・霊感探偵倶楽部　新田一実
綺麗な男の正体は変質者か、それとも⁉（絵・笠井あゆみ）

疾《はし》走る影　真・霊感探偵倶楽部　新田一実
暴走する〝幽霊自動車〟が竜憲&大輔に迫る！（絵・笠井あゆみ）

冷酷な神の恩寵　真・霊感探偵倶楽部　新田一実
人気芸能人の周りで謎の連続死。魔の手が迫る！（絵・笠井あゆみ）

愚か者の恋　真・霊感探偵倶楽部　新田一実
見知らぬ老婆と背後霊に脅える少女の関係は？（絵・笠井あゆみ）

死霊の罠　真・霊感探偵倶楽部　新田一実
奇妙なスプラッタビデオの謎を追う竜憲が⁉（絵・笠井あゆみ）

鬼の棲む里　真・霊感探偵倶楽部　新田一実
大輔が陰陽の異空間に取り込まれてしまった。（絵・笠井あゆみ）

夜が囁《ささや》く　真・霊感探偵倶楽部　新田一実
携帯電話への不気味な声がもたらす謎の怪死事件。（絵・笠井あゆみ）

紅い雪　真・霊感探偵倶楽部　新田一実
存在しない雪山の村に紅く染まる怪異の影！（絵・笠井あゆみ）

緑柱石　真・霊感探偵倶楽部　新田一実
目玉を抉られる怪事件の真相は⁉（絵・笠井あゆみ）

月虹が招く夜　真・霊感探偵倶楽部　新田一実
妖怪や魔物が跳梁跋扈する真シリーズ11弾！（絵・笠井あゆみ）

黄泉に還る　真・霊感探偵倶楽部　新田一実
シリーズ完結！　竜憲、大輔はどこへ？（絵・笠井あゆみ）

ムアール宮廷の陰謀　女戦士エフェラ&ジリオラ[1]　ひかわ玲子
二人の少女の出会いが帝国の運命を変えた！（絵・米田仁士）

グラフトンの三つの流星　女戦士エフェラ&ジリオラ[2]　ひかわ玲子
興亡に巻きこまれた、三つ子兄妹の運命は⁉（絵・米田仁士）

妖精界の秘宝　女戦士エフェラ&ジリオラ[3]　ひかわ玲子
ジリオラとヴァンサン公子の体が入れ替わる⁉（絵・米田仁士）

紫の大陸ザーン[上]　女戦士エフェラ&ジリオラ[4]　ひかわ玲子
大海原を舞台に、女戦士の剣が一閃する‼（絵・米田仁士）

紫の大陸ザーン[下]　女戦士エフェラ&ジリオラ[5]　ひかわ玲子
空飛ぶ絨緞に乗って辿り着いたところは…⁉（絵・米田仁士）

☆……今月の新刊

講談社X文庫ホワイトハート・FT&NEO伝奇小説シリーズ

オカレスク大帝の夢 女戦士エフェラ&ジリオラ[6] ひかわ玲子
ジリオラが、ついにムアール帝国皇帝に即位!?（絵・米田仁士）

天命の邂逅 女戦士エフェラ&ジリオラ[7] ひかわ玲子
双子星として生まれた二人に、別離のときが!?（絵・米田仁士）

星の行方 女戦士エフェラ&ジリオラ[8] ひかわ玲子
感動のシリーズ完結編！ 改題・加筆で登場。（絵・米田仁士）

グラヴィスの封印 真ハラーマ戦記[1] ひかわ玲子
ムアール辺境の地に怪事件が巻き起こる!!（絵・由羅カイリ）

黒銀の月乙女 真ハラーマ戦記[2] ひかわ玲子
帝都の祝祭から戻った二人に新たな災厄が!?（絵・由羅カイリ）

漆黒の美神 真ハラーマ戦記[3] ひかわ玲子
〈闇〉に取り込まれたルファーンたちに光は!?（絵・由羅カイリ）

青い髪のシリーン[上] ひかわ玲子
狂王に捕らわれたシリーン少年の運命は!?（絵・有栖川るい）

青い髪のシリーン[下] ひかわ玲子
シリーンは、母との再会が果たせるのか!?（絵・有栖川るい）

暁の娘アリエラ[上] ひかわ玲子
〝エフェラ&ジリオラ〟シリーズ新章突入！（絵・ほたか乱）

暁の娘アリエラ[下] ひかわ玲子
ベレム城にさらわれたアリエラに心境の変化が!?（絵・ほたか乱）

人買奇談 椹野《ふしの》道流《みちる》
話題のネオ・オカルト・ノヴェル開幕!!（絵・あかま日砂紀）

泣赤子奇談 椹野道流
姿の見えぬ赤ん坊の泣き声は、何の意味!?（絵・あかま日砂紀）

八咫烏《やたがらす》奇談 椹野道流
黒い鳥の狂い羽ばたく、忌まわしき夜。（絵・あかま日砂紀）

倫敦《ロンドン》奇談 椹野道流
美代子に請われ、倫敦を訪れた天本と敏生《とし き》は!?（絵・あかま日砂紀）

幻月奇談 椹野道流
あの人は死んだ。最後まで私を拒んで。（絵・あかま日砂紀）

龍泉奇談 椹野道流
伝説の地・遠野でシリーズ最大の敵、登場！（絵・あかま日砂紀）

土蜘蛛奇談[上] 椹野道流
少女の夢の中、天本と敏生のたどりつく先は!?（絵・あかま日砂紀）

土蜘蛛奇談[下] 椹野道流
安倍晴明は天本なのか。いま彼はどこに!?（絵・あかま日砂紀）

景清奇談 椹野道流
絵に潜む妖《あやか》し。女の死が怪現象の始まりだった。（絵・あかま日砂紀）

忘恋奇談 椹野道流
天本が敏生に打ち明けた苦い過去とは……。（絵・あかま日砂紀）

☆……今月の新刊

講談社X文庫ホワイトハート・FT&NEO伝奇小説シリーズ

遠日奇談　椹野道流
初の短編集。天本と龍村の出会いが明らかに！（絵・あかま日砂紀）

蔦蔓《つたかずら》奇談　椹野道流
闇を切り裂くネオ・オカルトノベル最新刊！（絵・あかま日砂紀）

童子切奇談　椹野道流
京都の街にあの男が出現！　天本、敏生は奔る！（絵・あかま日砂紀）

雨衣奇談　椹野道流
奇跡をありがとう——天本、敏生ベトナムへ！（絵・あかま日砂紀）

☆嶋子奇談　椹野道流
龍村——秘められた幼い記憶が蘇る……。（絵・あかま日砂紀）

堕落天使　星野ケイ
人間vs.天使の壮絶バトル!!　新シリーズ開幕。（絵・二越としみ）

天使降臨　星野ケイ
君は、僕のために空から降りてきた天使！（絵・二越としみ）

天使飛翔　星野ケイ
天使の生態研究のため、ユウが捕獲された!?（絵・二越としみ）

爆烈天使　星野ケイ
JJ、なぜそんなに、俺を避けるんだ……!?（絵・二越としみ）

天使昇天　星野ケイ
達也たち四人の行く手には別れが!?　完結編。（絵・二越としみ）

クリスタル・ブルーの墓標　私設諜報ゼミナール　星野ケイ
政府からのミッションに挑む新シリーズ!!（絵・大峰ショウコ）

斎姫異聞《いつきひめいぶん》　宮乃崎桜子
第5回ホワイトハート大賞《大賞》受賞作!!（絵・浅見 侑）

月光真珠　斎姫異聞　宮乃崎桜子
闇の都大路に現れた姫宮そっくりの者とは!?（絵・浅見 侑）

六花風舞《りっかかぜにまう》　斎姫異聞　宮乃崎桜子
〈神の子〉と崇められ女たちを喰らう魔物出現。（絵・浅見 侑）

夢幻調伏《むげんちょうぶく》　斎姫異聞　宮乃崎桜子
夢魔の見せる悪夢に引き裂かれる宮と義明《よしあきら》。（絵・浅見 侑）

満天星降《まんてんにほしのふる》　斎姫異聞　宮乃崎桜子
式神たちの叛乱に困惑する宮に亡者の群れが。（絵・浅見 侑）

暁闇新皇《あかときやみのしんのう》　斎姫異聞　宮乃崎桜子
将門の怨霊復活に、震撼する都に宮たちは!?（絵・浅見 侑）

燐火鎮魂《りんかたましずめ》　斎姫異聞　宮乃崎桜子
恋多き和泉式部に取り憑いたのは……妖狐!?（絵・浅見 侑）

諒闇無明《りょうあんむみょう》　斎姫異聞　宮乃崎桜子
内裏の結界を破って、性空上人の霊が現れた。（絵・浅見 侑）

陽炎羽交《かげろうにはねをかわす》　斎姫異聞　宮乃崎桜子
義明に離別を言い渡した宮。その波紋は…!?（絵・浅見 侑）

☆……今月の新刊

講談社X文庫ホワイトハート・FT&NEO伝奇小説シリーズ

花衣花戦《はなのえはないくさ》 斎姫異聞 宮乃崎桜子
中宮彰子懐妊で内心複雑な宮に、新たな敵が！（絵・浅見 侑）

宝珠双璧《ほうじゅにたまをならぶ》 斎姫異聞 宮乃崎桜子
邪神は、〈神の子〉宮を手に入れんとするが⁉（絵・浅見 侑）

天離《あまさかる》熾火《おきび》 斎姫異聞 宮乃崎桜子
黄泉《よみ》に行けず彷徨《さまよ》う魂。激闘の果てに義明が⁉（絵・浅見 侑）

偽りのリヴァイヴ ゲノムの迷宮 宮乃崎桜子
辺境の星ぼしで武と倭の冒険が始まった！（絵・汞《みずかね》りょう）

月のマトリクス ゲノムの迷宮 宮乃崎桜子
廃墟の都市を甦らせる〝人柱〟に選ばれたのは。（絵・汞《みずかね》りょう）

緑のナイトメア ゲノムの迷宮 宮乃崎桜子
新たな目的地は、突然森林が出現した氷の惑星⁉（絵・汞《みずかね》りょう）

☆……今月の新刊

第10回
ホワイトハート大賞
募集中!

新しい作家が新しい物語を生み出している
活力あふれるシリーズ
大賞受賞作は
ホワイトハートの一冊として出版します
あなたの作品をお待ちしています

〈賞〉

大賞　賞状ならびに副賞100万円
および、応募原稿出版の際の印税

佳作　賞状ならびに副賞50万円
（賞金は税込みです）

〈選考委員〉
川又千秋
ひかわ玲子
夢枕獏
（アイウエオ順）

左から川又先生、ひかわ先生、夢枕先生

〈応募の方法〉

○資　格　プロ・アマを問いません。
○内　容　ホワイトハートの読者を対象とした小説で、未発表のもの。
○枚　数　400字詰め原稿用紙で250枚以上、300枚以内。たて書きのこと。ワープロ原稿は、20字×20行、無地用紙に印字。
○締め切り　2002年5月31日（当日消印有効）
○発　表　2002年12月25日発売予定のⅩ文庫ホワイトハート1月新刊全冊ほか。
○あて先　〒112-8001　東京都文京区音羽2-12-21　講談社Ⅹ文庫出版部　ホワイトハート大賞係

○なお、本文とは別に、原稿の1枚めにタイトル、住所、氏名、ペンネーム、年齢、職業（在校名、筆歴など）、電話番号を明記し、2枚め以降に400字詰め原稿用紙で3枚以内のあらすじをつけてください。
　原稿は、かならず、通しのナンバーを入れ、右上をとじるようにお願いいたします。
　また、二作以上応募する場合は、一作ずつ別の封筒に入れてお送りください。
○応募作品は、返却いたしませんので、必要なかたは、コピーをとってからご応募ねがいます。選考についての問い合わせには、応じられません。
○入選作の出版権、映像化権、その他いっさいの権利は、小社が優先権を持ちます。